संजीव

मूर्धन्य कथाकार संजीव का जन्म 6 जुलाई, 1947 को सुल्तानपुर, उत्तर प्रदेश में हुआ। 38 वर्षों तक एक रासायनिक प्रयोगशाला में कार्यरत रहे। सात वर्षों तक 'हंस' समेत कई पत्रिकाओं का सम्पादन और स्तम्भ-लेखन किया। लगभग दो वर्षों तक महात्मा गांधी अन्तरराष्ट्रीय विश्वविद्यालय, वर्धा और अन्य विश्वविद्यालयों में अतिथि लेखक रहे।

संजीव का अनुभव-संसार विविधताओं से भरा हुआ है। साक्षी हैं उनकी प्राय: दो सौ कहानियाँ और 'अहेर', 'सर्कस', 'सावधान! नीचे आग है', 'धार', 'पाँव तले की दूब', 'जंगल जहाँ शुरू होता है', 'सूत्रधार', 'आकाश चम्पा', 'रह गईं दिशाएँ इसी पार', 'फाँस', 'रानी की सराय', 'मुझे पहचानो' आदि उपन्यास। नवीनतम कृतियाँ हैं—महात्मा जोतिबा फुले पर केन्द्रित उपन्यास 'ज्योति कलश', छत्रपति शाहू जी पर केन्द्रित उपन्यास 'प्रत्यंचा', पुरबी के अनन्य गायक महेन्द्र मिश्र पर केन्द्रित उपन्यास 'पुरबी बयार' और 'प्रतिनिधि कहानियाँ'। कुछ कृतियों पर फिल्में बनी हैं, कुछ की उन्होंने पटकथाएँ लिखी हैं।

उन्हें 'साहित्य अकादेमी पुरस्कार', 'कथाक्रम सम्मान', 'इन्दु शर्मा अन्तरराष्ट्रीय कथा सम्मान', 'पहल कथा सम्मान', 'सुधा कथा सम्मान', 'श्रीलाल शुक्ल स्मृति इफको साहित्य सम्मान' समेत अनेक सम्मान प्रदान किए जा चुके हैं।

सम्प्रति : स्वतंत्र लेखन।

सम्पर्क : writersanjiv@gmail.com

मुझे पहचानो

संजीव

राजकमल पेपरबैक्स

पहला संस्करण 2020 में सेतु प्रकाशन से प्रकाशित

राजकमल पेपरबैक्स में
पहला संस्करण : 2025

राजकमल पेपरबैक्स : उत्कृष्ट साहित्य के जनसुलभ संस्करण

राजकमल प्रकाशन प्रा. लि.
1-बी, नेताजी सुभाष मार्ग, दरियागंज
नई दिल्ली-110 002
द्वारा प्रकाशित

शाखाएँ : अशोक राजपथ, साइंस कॉलेज के सामने, पटना-800 006
पहली मंजिल, दरबारी बिल्डिंग, महात्मा गांधी मार्ग, प्रयागराज-211 001
1, अनमोल सोराबजी सन्तुक लेन, धोबी तलाव, मरीन लाइंस, मुम्बई-400 002
वेबसाइट : www.rajkamalprakashan.com
ई-मेल : info@rajkamalprakashan.com

विकास कंप्यूटर एंड प्रिंटर्स
ट्रॉनिका सिटी-201 102
द्वारा मुद्रित

मूल्य : ₹250

MUJHE PAHCHANO
Novel by Sanjeev

ISBN : 978-93-6086-606-8

मित्रवर

प्रेमपाल शर्मा (दिल्ली)

को...

आभार स्वीकार

श्रीमती ममता सिंह (अमेठी), श्री संजय भालोटिया (रानीगंज), डॉ. रविशंकर सिंह (रानीगंज), श्री रामचन्द्र ओझा (राँची), डॉ. रजनीकान्त त्रिपाठी (लखनऊ), श्री मयंक खरे (बाँदा), श्री अखिलेश, सम्पादक 'तद्‌भव' (लखनऊ), श्री अमिताभ राय (इन्दिरापुरम्, उ.प्र.)

1

"लो आ गए रत्नों के देश में-रतनापट्टी!"

"वह पहाड़ी, और यह पहाड़ी-इन्हीं के बीच फैली है रियासत कंठा की। नदी के उस पार विजयगढ़, इस पार अजयगढ़। आड़ी-तिरछी, छोटी-बड़ी कई पहाड़ियाँ, कहीं दूर, कहीं पास, जैसे कंठ में अटकी हुई हड्डियाँ!"—मोटरसाइकिल को बिजूके की तरह खड़ा कर गाइड के अन्दाज में ऐलान कर रहा था दुबे।

बताते हैं कि ज्वालामुखियों के किन्हीं विस्फोटों से जाने किस फिजिक्स और कैमिस्ट्री से वर्षों पहले इन रत्नों का निर्माण हुआ होगा।" तनिक रुक कर उसने कहा, "मेरा मतलब इन नस्लों के निर्माण से भी है। धर्म यहाँ टाँग तोड़कर बैठा हुआ है, विवेक और समयबोध भी। यह उन प्रिंसली स्टेट्स के अवशेष हैं जो ठहरे हुए पानी-सा सड़ रहे हैं, जिनके लिए वक्त बिलकुल नहीं बीता। राय साहब राय साहब हैं, लाल साहब लाल साहब हैं।" कब और कैसे बने अभी तक पूरी तरह अज्ञात है। जो पता चला है वह सिर्फ ऊपरी छिलका-भर है, यानी पश्चिम में पन्ना और पूरब में ओडिशा के 'भोग'

तक फैली हुई है यह पट्टी। कितना सच है कितना मिथ—राम जाने, इसका तिलस्म यहाँ के रियासतदारों, मंत्रियों, ठेकेदारों को भरमाता रहा है।

"अब तक कितनों को मिले हैं रत्न?"

अपने जानते तो किसी को नहीं। इस डायमंड रेस की मरीचिका में राजा उदय प्रताप सिंह, उनके बेटे भी शामिल हुए, और भी कितने, फिर निराश होकर बैठ गए सब-के-सब। मगर वो लोभ है न, सुप्त ज्वालामुखी-सा रह-रहकर भड़क उठता है। रेस की इस मरीचिका में आज से तुम भी जुड़ गए।"

"ताज्जुब है।" मैंने कन्धे उचकाए।

"समूची दुनिया का कारोबार ऐसे-ई चल रहा है प्यारे! भाग्य, भगवान, सट्टेबाजी, जुआ में बिना मेहनत किये अमीर बनने का ख्वाब पाले हुए हरामखोरों की नस्ल। सीधे-सादे मेहनत करनेवालों और काबिल लोगो! एड़ियाँ घिस-घिसकर मर जाओ, 'महाभारत' काल से लेकर 'कौन बनेगा करोड़पति काल' तक। यही चर्चा है। भाग्यं फलति, न च विद्या न च पौरुषम्।"

"नदी के उस पार पहाड़ी पर भी, जो ढहती हुई गढ़ी दूर से झलक रही है, वह राय साहब का महल, और आगे बाईं ओर दो मंजिला कोठी आएगी, लाल साहब की। याद रहे, सामने आते ही जूते उतार लेना, नजर नीची रहे।" दुबे ने मोटरसाइकिल स्टार्ट करते हुए मुझे चेताया।

"क्यों?"

"यही दस्तूर है।"

मैं कट कर रह गया। पाँच साल से नौकरी के लिए भटक रहा था, कहीं लग जाती तो यहाँ आता ही क्यों?

"यहाँ तो मंत्री-वंत्री, डीएम-सीएम भी आते होंगे?"

"यह नियम हमारे-तुम्हारे जैसों के लिए है, वैसे कई अधिकारी भी..."

"यह राय साहब और लाल साहब क्या चीज हुए?"

"यह एक तपे-तपाए राजे-रजवाड़ों का इलाका है। रानियों से राजा साहब को जो लड़के पैदा हुए, राय साहब कहलाए और रखैलों से जो हुए, लाल साहब।"

"पर रखैलें तो कई-कई होती होंगी, जैसे राजकुमार ही नहीं राजकुमारियाँ भी होती होंगी।"

“तुमने शार्क देखे हैं?”

“नहीं।”

“कोब्रा देखे होंगे?”

“हाँ।”

“सुना है, शार्क और कोब्रा भी अंडों से नहीं निकलते, पूरे-के-पूरे शार्क या साँप बनकर निकलते हैं। गर्भ में ही एक-दूसरे को खा जाते हैं, जो बच जाते हैं, वही निकलते हैं। अगर सब-के-सब सही-सलामत निकलें तो सोचो, हमारे-तुम्हारे जैसों का क्या हो!”

“क्या इनके नाम नहीं होते?”

“राय साहब का नाम सुरेन्द्र प्रताप सिंह और लाल बहादुर का नाम वीरेंद्र प्रताप सिंह। वैसे यहाँ नाम कोई नहीं लेता सिर्फ राय साहब या लाल साहब। वैसे उनकी पत्नियों को हम रानी साहिबा ही कहेंगे।”

“दोनों को—‘लाल’, ‘सफेद’ भी नहीं?”

“बहुत सवाल करते हो यार, यही दस्तूर है और क्या!”

नदी पर पूछना चाहा, “यह नदी है या नाला,” पर नहीं, दुबे का जवाब मालूम है, “नदी है, यही दस्तूर है।”

दुबे गाइड के अन्दाज में बोलता गया, “आगे रानी घाट है, घाट पर सिर्फ रानियाँ ही स्नान करती हैं, मन में आया तो कभी राजा लोग भी। उस पार राय साहब, इस पार लाल साहब। जिस दिन उनके स्नान होते हैं, पहले खासी साफ-सफाई, धोना-पोंछना होता है। कुछ महीनों से नहीं हो रहा है लेकिन कनातें अभी भी घिर जाती हैं। कनातें! क्या समझे?”

“कनातें! ताकि लोग ताक-झाँक ना कर सकें।”

“हाँ। बावजूद इसके किसी गुस्ताख ने ताकने की जुर्रत की तो उसकी आँखें निकाल ली जाती हैं।”

“राजकुमारियाँ भी?”

“तुमने यह सवाल पहले भी पूछा था, अव्वल तो राजकुमारियाँ जन्म ही नहीं ले पातीं, जन्म ले भी लिया तो जी नहीं पातीं और जी भी गईं, जैसे अभी लाल साहब की एक है, तो उसे काफी परदे में रखा जाता है।”

"यह हम किस युग में वास कर रहे हैं?"

"इस पर रियासत की जंग खाई तोप पर बैठकर कभी इत्मीनान से सोचना।"

"लो आ गए भुतहा ताल। यह रही लाल साहब की हवेली।"

कोठी के ऐन पहले दुबे ने मोटरसाइकिल रोक ली, जूते उतार लिये। जूते उतारते हुए अपमान की एक लहर रीढ़ में सरसराई पर मैं जब्त कर गया। हाथ में जूते, नजर नीची किये हुए हमने अहाते के बड़े फाटक में प्रवेश किया। कनखियों से देखा, पत्थरों से चिना गया अहाता जगह-जगह ढहा पड़ा था। आगे फूलों की क्यारियाँ थीं, प्रायः सूखी, कुछ एक पेड़-पौधे भी जो रख-रखाव के अभाव में खड़े-खड़े सूख गए थे। उन्हें हटाया तक नहीं गया था। कुछ हटकर हवेली या कोठी से एक दूरी बनाते हुए कुछ मकान थे एक खड़ी चढ़ाई की ढलान पर। कुछ हटकर दाईं ओर पंक्तिबद्ध नादें थीं, पशु एक न था शायद चरने गए हों।

"कुछ मुर्रा भैंसें थीं, कुछ लाल सिन्धी गायें, दो कलारास घोड़े थे, अब शायद एक ही है, एक जोड़ा हाथी, एक मर गया, एक है।" दुबे बताता जा रहा था, सहसा उसकी आवाज लद्द से गिरी, "लाल साहब!"

सामने दो राइफलधारियों के बीच एक खरोंच खाया गोरा रौबीला चेहरा खड़ा था-ब्राउन सफारी सूट, भरे-भरे क्लीन शेव्ड गाल, दाहिने हाथ में रक्षा के लाल धागे (कलावे), औसत कद-काठी, 45 के आसपास की उम्र। पूरे व्यक्तित्व में आकर्षण का केन्द्र थी उनकी रौबदार नीली आँखें। कितने ताप पर लपटों का रंग नीला होता है!

पीछे-पीछे अन्य लोग थे। उड़ती नजरों में इतना ही समझ पाया। हमने जूते किनारे रखकर झुककर अभिवादन किये।

"क्या नाम हुआ आपका?" वे पूछ रहे थे। मैंने लक्ष्य किया, बोलते समय नीली आँखों की त्यौरियाँ नीचे से ऊपर की ओर उठती हैं जैसे पूरे वजूद को तौल रही हों। स्वर में घहराती ठकुराती शान। मुझे 'मुगल-ए-आजम' के पृथ्वीराज कपूर याद आए।

"नाम?" दुबे ने चुटकी काटी।

"जी, मनोज सिंह।"

"यह क्या नाम हुआ? ठाकुरों के नाम रणविजय सिंह, अखंड प्रताप सिंह जैसे होने चाहिए...।"

वे ठमककर उपहास के अन्दाज में धीरे से हँसे फिर गम्भीर हुए, "सुना, खूब पढ़े-लिखे हो!"

"जी, वैसा तो कुछ नहीं, अंग्रेजी और अर्थशास्त्र में एम.ए. किया है और एल.एल.बी.।"

"वाह!" शाबाशी देकर जैसे फिर से उनका जी उचाट हो गया था, "मगर हमें मास्टर नहीं मैनेजर चाहिए।"

"हमारा काम?"

"रियासत की निगरानी और उसे डेवलप करना। काम चौबीसों घंटे का, तनख्वाह एक हजार।"

मैं अचकचाया, "जी?"

एक गर्वीली मुस्कान में पूरे वजूद से अँगड़ाई ली, "चाहो तो हजार उगाह लो। चाहे लाख। यहाँ तो लाइन लगी हुई है फ्री सर्विस देनेवालों की, मगर हमें योग्य आदमी चाहिए। प्रेमचन्द की 'परीक्षा' कहानी पढ़ी होगी?"

"जी।"

"बस वही समझिए।" उन्होंने हमें अन्दर बैठाया, खुद भी बैठे। फिर खड़े हो गए। पीठ मेरी ओर कर दीवारों को सम्बोधित करने लगे, "फटफटिया चलाना तो आता होगा?"

"जी।" मेरे 'न' कहने के पहले ही दुबे ने लपक लिया।

"जीप?"

"जी।"

"घुड़सवारी?"

"जी।"

"बन्दूक चलाना?"

"सीख लेंगे।" मेरी ओर से सारे सकारात्मक जवाब दुबे ही दे रहा था।

"हाँ, मैं चाहता हूँ कि मेरा मैनेजर सोलहों कलाओं में प्रवीण हो।"

"बियाह तो नहीं हुआ होगा?"

"जी नहीं।"

इसके पहले कि दुबे मेरी ओर से 'हाँ' करता, मैंने जल्दी से 'ना' कर दिया। अब उन्होंने दीवार की ओर से पलटकर रुख मेरी ओर किया, "गुड! हम चाहते हैं कि अगले चुनाव तक अपने इलाके का चुनाव जीतकर अपने पुष्पक विमान पर चढ़कर हम राजधानी पहुँचें। पहुँचा सकेंगे?"

"जी, आप निश्चिन्त रहें।" दुबे ने धकियाकर मुझे फिर किनारे कर दिया था। चाँदी की तस्तरी में खोए की मिठाई और नमकीन आया, फिर पानी और चाय। जैसे-तैसे इसे सलटाकर, दुबे की तर्ज पर मैंने झुककर अभिवादन किया और नजर झुकाकर जूते उठाए, (डर रहा था, कहीं कुत्ते न उठा ले गए हों)। तभी उनकी आवाज ने टोका, अरे गुरु, इन्हें रानी साहिबा से नहीं मिलवाओगे, अन्दर से ही हो लो। मुआयना भी हो जाएगा। और सुनो, रहने के लिए डाक बँगले का एक कमरा...

"जी।"

जूतों का क्या करूँ, मेरी समझ में नहीं आ रहा था। अन्ततः उन्हें फाटक के पास रख, नंगे पाँव हमने सीढ़ियाँ चढ़कर ऊपर तल्ले के गलियारे में प्रवेश किया।

"राजा साहब ने यह कोठी खास तौर पर लाल साहब की माँ के लिए बनवाई थी, या पता नहीं लाल साहब की माँ ने ही खुद अपने लिए बनवाई हो। ऐसे कई मसले हैं, जिन पर लाल और राय का यानी नकली और असली वारिसों का मुकदमा चल रहा है। अब लाल साहब हों या इनकी रानी साहिबा दोनों ही हीनताबोध के मारे, सो कुछ ज्यादा ही अटपटे हैं। फूँक-फूँककर कदम रखना होगा। अन्दर जगह-जगह राजवंश के चित्र टँगे हैं मगर इन्हें भर नजर तुम देख नहीं सकते, सब पर जाले पड़े होंगे।" दुबे ने दिखाया।

हमने देखा रख-रखाव के अभाव में बुर्ज, अटारियाँ, झंझरियाँ, बारजे, सब पर बाहर काई पाँव पसार रही थी, अन्दर धूल, जाले, पक्षियों और छिपकलियों के बीट और फूटे अंडे। बिजली न थी। नीम अँधेरा। एक चमगादड़ सीधे हमारे चेहरे से टकराया। आँख फूटते-फूटते बची।

"यहाँ कोई आता-जाता नहीं क्या?" मैं फुसफुसाया।

दुबे ने मेरे होंठों पर उँगली रख दी और फुसफुसाकर कहा, "तेल लगवा रही हैं रानी जी, स्लिम होने के लिए। दो औरतें पंखा झल रही हैं, बाकी दरबार लगाए बैठी हैं। यहाँ एक पहरेदार रहा करता था, लगता है, पैसे नहीं दिये, भाग गया।"

"तुम दुष्ट हो, उन्हें सावधान कर देना चाहिए था।"

"यार, इतिहास में इतनी रानियाँ हुईं, किसी को इस तरह देख नहीं पाया। कौआ का जन्म तो छुड़ा लेने दो।" फिर उसने खँखारा, "रानी साहिबा को कुंज बिहारी दुबे का प्रणाम!"

हड़बड़ाकर रानी साहिबा ने साड़ी को टाँगों पर फैलाया, आँचल ठीक किया और सँभलकर बैठते हुए बोलीं, "आओ दुबे आज बड़े दिनन पर फेरा घूमा, वो भी इस गलियारे से?" फिर उन्होंने तेल लगानेवाली मुटल्ली औरत को झिड़का, "नजर चारों ओर रखनी चाहिए थी न!"

"हमने समझा कि लाल साहब ने खबर भिजवा दी होगी कि हम मुआयना करते हुए इसी रास्ते आ रहे हैं, छिमा। आपके नये मैनेजर मनोज सिंह आपको सलाम करने आए हैं।"

मैंने आगे बढ़कर उनके पाँव छूकर आँखों से लगाया तो मलाल जाता रहा। वे गद्‌गद हो गईं, "ऊँचे खानदान के लगते हो!"

"और क्या चल रहा है रानी साहिबा?" दुबे ने पूछा।

"चलने का क्या है, अन्दर-बाहर का सब हाल देख ही रहे हो। इधर नमकहराम रैयत और उधर बेईमान पट्टीदार, सबकी गिद्ध जैसी नजर हमारे ऊपर। ये तो माता भवानी की किरपा है कि अभी तक आँख उठाकर देखने की हिम्मत किसी में नहीं है वरना...!" फिर वे विदेश और देहरादून में पढ़ रहे अपने बेटों की चर्चा करने लगीं, अन्ततः लौट आईं अपने अतीत में, "वे भी क्या दिन थे!"

"जयन्त की मौत कैसे हुई कुछ पता चला?"

"कहते हैं, उस्मान ने उसके कान में कह दिया था, 'तुम्हारी रानी साहिबा मर गईं' बहोत मानता था मुझे, बहोत। लाख बिगड़ा हो और मैं डाँट दूँ—'जयन्त!' तो मान जाता था। बस सुना और गिर पड़ा। जब से मरा, सब सूना हो गया।

जयन्ती तो बौरा ही गई। तभी तो उसने उस्मान को...।" कहते-कहते खुद को रोक लिया उन्होंने।

"सुनकर बहुत अफसोस हुआ। आपके हाथा-हाथी आदमी से ज्यादा बुद्धिमान और वफादार थे।"

अब जाकर मेरी समझ में आया कि वे हाथी की बात कर रहे थे। इस बार मैंने भर नजर अपनी स्वामिनी को देखा, गोरा गोल उदास मुखमंडल, हल्की स्थूलता, पैंतीस-चालीस की उम्र।

बाहर कुछ जीपें गुजर रही थीं। पीछे कुछ औरतें कोई प्रार्थना गीत गाते हुए गुजर रही थीं। कोठी की औरतें अटारी पर खड़ी होकर उत्सुकता में उन्हें लगीं देखने, रानी साहिबा भी। कोई बीसेक औरतों की टेढ़ी-मेढ़ी कतार थी, जिनकी रंगीन साड़ियाँ झालर की तरह लहरा रही थीं।

"कोई पूजा है?"

"अरे धन्धा है धन्धा! कुल देवी या सती माई के पूजन को जाय रही होंगी राय साहब के घर की महारानियाँ।" रानी साहिबा ने मुँह बिचकाया।

"तब तो आपको भी जाना चाहिए।"

"हम...?" उनकी त्यौरियाँ चढ़ गईं बिचकी मारी, "हुँह!"

"और बताओ दुबे, राय साहब का राजपाट कैसा चल रहा है?"

"मस्त हैं।"

"सुना, सती मैया का थान फैलते फैलते इस पार चला आ रहा है।"

"पब्लिक है, भीड़ बढ़ती जा रही है। वैसे आपके नये मैनेजर साहब आ गए हैं सब मैनेज कर देंगे।"

"अच्छा रानी साहिबा" दुबे उठ खड़ा हुआ "अब इजाजत दीजिए। इन्हें इस्टेट भी घुमाना है।"

"जाइ रहे हो।" रानी साहिबा भी उठ खड़ी हुईं, "अच्छा सुनो, मनीजर साहिब।"

"जी?" मैं आगे आया।

"हमारी पलँग में शीशा नहीं है...जैसे राय साहब के यहाँ है, वैसा ही..."

"लग जाएगा।" इस बार फिर दुबे ने ही उत्तर दिया।

"ई इयरिंग टेढ़ा हो गया है, उसी करवट सुते रह गए थे न देर तक!"

"दे दीजिए, ठीक करवा देंगे।"

और सुनो, कुछ नये जमाने का चीनामाटीवाला बर्तन...बेटे आते हैं तो चाँदी के बर्तन देखकर नाक सिकोड़ते हैं।"

"आ जाएँगे।"

"पैसे का दें, ई पुराने ढंग के गहने हैं, अब इनका रिवाज नहीं है, बेच देना।"

हमने रूमाल में गहने समेटे, पाँव छुए और लौट पड़े। फिर वही गलियारा, धूल, जाले, बीट की बदबू और चमगादड़। गनीमत थी कि लाल साहब से फिर सामना नहीं हुआ। हमने जूते उठाए। अहाता पार होते ही दुबे पर बरस पड़ा, "तुम तो जानते हो कि साइकिल और भैंस छोड़कर कभी मैंने गधे तक की सवारी नहीं की और तुमने घोड़े, मोटरसाइकिल, जीप और क्या-क्या नहीं गिना डाले।"

"ओह! वह सब प्रोटोकॉल है प्यारे। इतने बड़े इस्टेट के मैनेजर को यह सब तो आना ही चाहिए। डोंट वरी, इनके ट्रकों वगैरह के कारोबार मैं ही देखता हूँ। मुझे वे सारे गुर मालूम हैं, आखिर राय साहब के इस्टेट का मैनेजर हूँ। दस दिनों में एक्सपर्ट बना दूँगा।"

"तुमने कहा था राय और लाल में बनती नहीं है फिर तुम लाल साहब से जैसे बतिया रहे थे और मुझे ले आए, इसका मतलब क्या हुआ?"

"मैनेजर हूँ तो आये दिन काम तो पड़ता ही रहता है। लाल साहब ने ही कहा था एक योग्य मैनेजर लाने के लिए तो तुम्हें ले आया। अब तुम पर है कि अपनी योग्यता को प्रमाणित करो।"

2

और वे दस दिन!

मैं भन्ना रहा था, "मैनेजरी की इन्तिहा तो यह है कि पैसे एक नहीं, मैं इनके गहने बेचूँ, ये बेचूँ वो बेचूँ। किसी दिन उस पगली जयन्ती को कुत्ते की तरह चेन पकड़ाकर कहा जाएगा कि इसे भी बेच दो, इसका रिवाज नहीं है।"

"तो बेच आना। बात आई तो तुम्हें बता दूँ, पिछले मैनेजर की नौकरी हाथी बेचने में ही गई। राजों-रजवाड़ों, चिड़ियाघरों यहाँ तक कि सर्कस तक में बेचारा गया, लोगों ने टके-सा जवाब दिया, 'हाथा लेकर हम क्या करेंगे?' तुम बेच पाओ तो महान मैनेजर कहलाओगे।" दुबे ने 'मैनेजर' को फुलाकर गुब्बारा बना दिया। लेकिन उड़ने के पहले खयाल आया, हाथ में जूते हैं।

"अमा इन जूतों का क्या करूँ।"

"माला बनाकर पहन लो गले में।" दुबे ने कुढ़कर कहा, "अरे जूते उतारने, सिर झुकाकर बार-बार 'जी-जी' करने से रत्नों की इस पट्टी में लाखों-करोड़ों का मालिक बनना नसीब हो जाए तो जूते तो जूते मैं कपड़े तक उतरवाने को तैयार हूँ।"

"मैं 'लाखों-करोड़ों' को चुभला रहा था मगर कोई रस नहीं निकल रहा था, "यार ये लाखों-करोड़ों आएँगे कहाँ से और कैसे।"

"पहले इस्टेट घूम लो फिर पूछना। मेरा कमीशन मत भूलना...और हाँ, मुझे 'दुबे-चौबे ' नहीं 'गुरु' कहा करो।"

"अब तुम्हारी शान को कहाँ बट्टा लगने लगा?"

"देखा नहीं, लाल साहब ने मुझे क्या कहा? राजों-रजवाड़ों से लेकर मराठों तक में ब्राह्मण ही गुरु होता आया है। क्या समझे? यही दस्तूर है।" हम दोनों भिलभिलाकर हँस पड़े।

"आते समय तुमने 'भुतहा ताल' को ठीक से नहीं देखा होगा, अब ठीक से देख लो।"

मैंने देखा, हरे-भरे पेड़ों की कतार दूर तक खिंच गई थी। इनसे घिरा एक खर-पतवार का क्षेत्र, पानी दिख नहीं रहा था।

"यह भुतहा क्यों है?"

"क्योंकि इसमें कई आत्माएँ गुम हैं। अक्सर यहाँ लोग मरते नहीं, देखते-ही-देखते एक दिन गुम हो जाते हैं।"

औरतों की टेढ़ी-मेढ़ी रंगीन साड़ियों की झालर और उनके प्रार्थनागीत लौटे आ रहे थे। दुबे ने झटपट अपनी मोटरसाइकिल स्टार्ट कर दी, "भागो।"

कोठी के इर्दगिर्द की हैंगिंग गार्डन की तरह झूलती आबादी अब उजाड़ प्रान्तरों में डिजॉल्व कर रही थी। काफी देर तक मोटरसाइकिल 'घुर्र-घुर्र' करती रही, फिर दुबे ने उसे एक टीले पर खड़ा कर दिया, "बाल-बाल बचे।"

"ये रानी साहिबा कुछ कहते-कहते थम गई थीं कुल देवी के बारे में?"

"रानी साहिबा ने पहली बार भेद भरे अन्दाज में भेद खोला था कभी कि कुल देवी कुलीन नहीं थीं।" फिर वह उनकी नकल करता-सा बोला, "अरे ई हमरी-तुमरी जैसी नहीं थीं, कौनो नीच जात की थीं। बियहुता भी थीं लेकिन उसकी सुन्दरता पर लुभाय गए उठवा लाए। बहुत मानते थे। पर सुख भोग न पाईं, एक दिन उसी इनारा में...हमने सोचा चलो किस्सा खत्म हुआ।

लेकिन हाय दैया, उसको तो कुल देवी बनाई गए राजा साहेब। तब से पूजा होती है।" दुबे खुद में लौट आया, "वे इतने जोरों से फुसफुसाकर बोलीं कि कान अभी तक कलबला रहे हैं, रानी साहिबा कहती हैं कि राय साहब निगलें तो निगलें हमसे तो जीती मक्खी नहीं निगली जाएगी।"

"सती मैया की पूजा में नहीं जाएँगी।

"इनके बीच गोली-बन्दूक से बात होती है मुँह से नहीं। वैसे राजा का मन और भैंस का मन—इनकी थाह कौन ले सकता है! अभी 'न-न' कर रही हैं लेकिन उस दिन हो सकता है जयन्ती पर सवार होकर अपनी शान दिखलाने के लिए चल ही पड़ें। यहाँ का सबसे बड़ा सिरदर्द है, इनकी झूठी शान का झगड़ा।" दुबे के कान की कलबलाहट अब मेरे कान में उतर आई थी। टीले पर से हाथ लहराकर दुबे ने दिखलाया सैकड़ों एकड़ जमीन है लेकिन कुछ परिवारवालों के नाम पर है, कुछ कुत्ते-बिल्ली हाथी-घोड़ों के नाम, कुछ पर रैयतों से और कुछ पर पट्टीदारों से मुकदमे चल रहे हैं। सम्पत्ति के नाम पर खेती और पेड़ हैं—बाँस, सलई, सागवान, शीशम जैसी इमारती और चन्दन जैसी कीमती लकड़ी और आम-कटहल जैसे फलदार। भुतहा ताल के किनारे-किनारे भी, इधर-उधर छिटके-छितराए हुए ज्यादातर कुँआरी नदी के किनारे-किनारे। सबसे ज्यादा कीमती है यह रतनापट्टी की जमीन करोड़ों-अरबों की...। छोटी-मोटी सम्पत्ति को दूसरों के चंगुल से छुड़ाकर लाल साहब की झोली में डाल देना ही तुम्हारी सफलता की कसौटी होगी।" वह तनिक रुका, "और तुम्हें ऐसा न करने देना मेरी सफलता की कसौटी...। वकील हो ही, अमला पटवारी से लेकर जजों तक को पटा सकते हो।"

"अन्य पट्टीदार कहाँ रहते हैं?"

"शहरों में रीवा, अम्बिकापुर, सतना, जबलपुर, सोनभद्र या दिल्ली-विल्ली।"

"लाल साहब के बच्चे?"

"बड़ा राजेन्द्र अभी हाल ही में लन्दन पढ़ने गया है, छोटा विजयेन्द्र देहरादून में, बेटी दुर्गावती यहीं कस्बे के स्कूल में। वो जो मोटी औरत थी कौसिल्ला, वही साथ ले आती ले जाती है जीप में। कभी-कभी कोई शूटर भी साथ होता है।"

“क्यों उसे भी किसी अच्छे स्कूल में...?”

“सोच तो बहुत दिन से रहे हैं।”

“दिक्कत क्या है?”

“अब क्या है कि लड़की जात ठहरी और लाल साहब तो हर जगह होते हैं न!”

“हूँ! पेड़ तो ढेरों हैं, बाँसवारियाँ भी।”

“पहले और ज्यादा थे, हाथी का टेरा काटते-काटते खंखड़ हो गए, फिर पानी की क्राइसिस।”

“खेती से ही मालामाल हुआ जा सकता है।”

“पठारी जमीन है बहुत कम फसल होती है। नीचे की जमीन में धान, ऊपर अरहर, सरसों और गुंज। असली फसल है रत्न...हीरे-जवाहरात!”

“पानी कहाँ है? कुँआरी तो सूखती जा रही है।”

“नदी में, ताल में, ऊ नीचे। है तो नाममात्र का और उस पर भी उसका उपयोग हाथा-हाथी, माने जयन्त-जयन्ती की केलि-क्रीड़ा के लिए होता था। रानी साहिबा को यूँ ही अपने खानदान पर गुरूर नहीं है, जयन्त-जयन्ती उनके दहेज में आए थे। ऊपर एक बावड़ी है जिसका जिक्र उन्होंने किया था जिसे उस कुजात रानी कुलदेवी ने प्रजा के लिए खुदवाया था, अब भठ रही है। अब लाल साहब का हिसाब-किताब क्या है, पानी-बीज-खाद का जुगाड़ खुद करो और आधी पहुँचा दो। मुर्गे-मुर्गियाँ, बकरे-बकरी, लड़कियाँ तैयार करो, जरूरत पड़ने पर हम ले जाएँगे। बेगार करो, पैसे मत माँगो, मन में आया तो दे देंगे। इस पर इनके ख्वाब हैं कि अन्य रायसाहबों की तरह एमएलए एमपी मंत्री बनेंगे। हेलीकॉप्टर पर बैठकर राजधानी जाएँगे। जुबान लड़ाए कि ताल में खदेड़ देंगे। वहाँ हाथी तो हैं ही। तुम्हें क्या लगता है, कम पैसे लगते होंगे मौतों को हजम करने में! आपसी झगड़ों में परेशान न रहें, तो जीने न दें किसी को।”

“पेंऽऽऽक।”

ताल से हाथी (हथिनी) ने चिग्घाड़ा, मानो हमें चेताया, “अपने काम से काम रखो।” अपने बड़े-बड़े कानों और सूँड़ को उठाकर वह हमें ही ताके जा रही थी।

"अरे बाप रे! यह कहाँ से?"

"अपने नये मैनेजर को सलाम कर रही है।" दुबे हँसा।

"यहाँ सिर्फ हाथी-घोड़े ही हैं कि...?"

"क्यों? वो देखो भेड़ें भी हैं।" दुबे हँस पड़ा, "चलो गाँव की ओर चलते हैं।"

हम जिन बस्तियों से भी गुजरे हमें प्राय: वीरान मिलीं, कहीं-कहीं बूढ़े-बूढ़ियाँ मात्र। कहाँ चले गए लोग? आखिर बात किससे की जाए? खैर, उस्मान की बस्ती में एक पाँच-छह साल का बच्चा मिल ही गया। उम्मीद जगी कि आसपास कोई-न-कोई होगा ही।

बच्चा मेमने से खेल रहा था। उसके हाथ में पाकड़ की एक टहनी थी जिसके पत्तों को दिखा-दिखाकर मेमने को ललचा रहा था। जैसे ही मेमना पत्तों तक लपकता वह उसे हटा लेता। हमें देखते ही अपना खेल भूलकर अपनी बिलबिलाती आँखों से लगा हमें घूरने। उसे यह भी खयाल न रहा कि मेमना पत्तों को नोच-नोचकर खाए जा रहा है।

"यह उस्मान पिलेवान का बेटा लगता है।" दुबे ने अनुमान लगाया। मगर यह हमें क्यों इस तरह घूरे जा रहा है?

जवाब घर के अन्दर से आया, "छोटका है। जब भी कोई आता है, समझता है इसके अब्बा आ गए।" आवाज भर्रा गई, "और घूरने लगता है।"

"च्च! च्च!" दुबे ने अफसोस जताया, "और बड़का?"

"ऊ तो तब्बे से भागा हुआ है।"

आगे की बस्ती में लोग इसलिए मिल गए कि वहाँ किसी औरत पर सती मैया की सवारी आई हुई थी। झोंटा झटकारती, हाथ-पाँव पटकती वह जवान औरत अपनी रौद्र मुद्रा में बड़ी खौफनाक लग रही थी। ओझा के प्रयास से वह शान्त हुई तो भी लोग सीधे मुँह बात करने से कतराते रहे। गोलमटोल ढंग से लोगों ने जो बताया, उससे लगा कि लोग चाहते हैं कि उन्हें बेगारी, वसूली और मुकदमे में और परेशान न किया जाए। एक बूढ़े ने बताया कि पहले यहाँ कोल थे, केवट थे, गोंड थे, कोरी थे, सतनामी थे, बाभन, ठाकुर, अहीर, गड़रिया, कुम्हार, लोहार, कहार, हिन्दू, मुसलमान...

"माने कि सब थे।"

"हाँ, कइयों को तो राजा साहब ने ही बाहर से लाकर बसाया था लेकिन लाल साहब के चलते लोग एक-एक कर जाने लगे। कुछ कंठा के किनारे पशुपतिपुर में बस गए, कुछ इधर-उधर। अब तो यहाँ वही लोग रह गए हैं जिनकी कहीं समाई नहीं है। कुछ को जबरन रोक के रखा है, जैसे नाई और कहार।"

"आप लोगों ने कभी कुछ कहा नहीं?"

"हाकिम-हुक्काम उनके, थाना-कचहरी उनकी। किससे कहते?"

"पीछे एक ताल है," एक नौजवान ने बताया, "उसी में उनके लठैत ले जाकर छोड़ देते, जहाँ उनके हाथा-हाथी खदेड़कर मार डालते। मेरे बाप की जान ऐसे ही गई थी।"

"खुद?"

"खुद तो कुछ भी नहीं करते थे, उनका एक पिलेवान (महावत) था उस्मान, पीछे की पट्टी में रहता था, उसी से कराते, बड़ा हेकड़ था, अपने आगे किसी को न सेटे। जल्लाद था साहब जल्लाद! आखिर भगवान ने सुन ली, अपनी ही मौत मरा।"

"एक ताल और है, यहाँ से एक कोस दूर—कंठा, वहाँ भी कुछ अजीबोगरीब होता रहता है। खैर, छोड़िए।"

फिर तो भुतहा ताल, उस्मान हाथा-हाथी, राजा-रानी के इतने किस्से खुलने लगे कि हम घबरा से गए।

"ताल का पानी तो माना कि हाथी के चलते नहीं छू सकते आप, सुना यहाँ कोई बावड़ी भी बनवाई थी किन्हीं कुलदेवी जी ने।"

कुलदेवी का नाम आते ही चेहरे के रंग बदलने लगे, "सचमुच की कोई देवी थी इस इलाके में तो वही थीं। गरीब आदमी का दर्द समझती थीं, बावड़ी जब तक रही पीने के पानी की कोई तकलीफ न हुई, दूर-दूर से लोग पानी ले जाते लेकिन जब से उसमें उनकी लाश मिली छूट गई वह।"

हमें आश्चर्य इस बात का हुआ कि वे गाँव के लोगों की भी कुलदेवी थीं और श्रद्धापूर्वक पूजी जाती थीं। हमने वह बावड़ी देखी—प्राय: तीस फीट

व्यास का विशालकाय इनारा, जिसमें पत्थरों की चक्करदार सीढ़ियाँ तल तक गई थीं पर अब जिस पर पीपल, पाकड़ और बरगद के उग आए पौधों के चलते नीचे तक देख पाना भी मुमकिन न था। हैरानी की बात यह थी कि लोगों में कुलदेवी के प्रति जितनी श्रद्धा थी रानी के हाथा के प्रति उतनी ही नफरत। ताल के किनारे एक भीट है उस पर सीमेंट का एक चबूतरा है, वही समाधि है हाथा यानी जयन्त की। बावड़ी के पास से जाते हुए लोगों के हाथ जुड़ जाते हैं और उस समाधि से गुजरते हुए वही नफरत से भर जाते हैं।

लौट आए थे हम।

दुःस्वप्नों भरी रात। कभी अपने विकराल कान और सूँड़ उठाए जयन्ती चिग्घाड़ती हुई मेरी ओर लपकती, कभी उस्मान का 'छोटका' मेमने को पाती खिलाते हुए, आँखें बिलबिलाते हुए हमें घूरने लगता, कभी तेल लगवाती रानी साहिबा हड़बड़ाकर अपना खुलापन ढकने लगतीं, कभी बावड़ी की चक्करदार सीढ़ियों का तिलस्म। इन सबकी पृष्ठभूमि में रात-भर एक नीली आँख मुझे उछालती, गिराती रही।

दुबे मुझे गेस्ट हाउस में सेटल कराकर लौटने लगा तो मैंने पूछा, "सती मैया कौन थीं?"

"राय साहब, लाल साहब, माने इन्हीं के वंश की कोई रानी...।" दुबे रुक-रुककर बताने लगा, "मैं विजयगढ़ अभी आया-ही-आया था कि उसके कुछ वर्ष पहले हुई थीं सती, इसी कुँआरी नदी के बगल। उन दिनों चारों तरफ सिर्फ उन्हीं के चर्चे थे। विश्वास है कि सीधे सरग गई थीं सशरीर!"

"जलकर या बिना जले?"

दुबे ने खा जानेवाली नजरों से मुझे घूरा, "ऐसे सवाल नहीं करते, आस्था का सवाल है। पैंट खोलकर खदेड़ दिये जाओगे।"

"पर पैंट पहने-पहने एक जायज सवाल तो पूछ ही सकता हूँ।"

"पूछो।"

"इन दिनों यह कैसे सम्भव है यार? आखिर सरकार-वरकार, समाज-वमाज के रहते ऐसा कैसे हो सकता है?"

"उसी सरकार-वरकार, समाज-वमाज से पूछो।"

मैंने हथियार डाल दिये। "दुबे यह काम मैं नहीं कर पाऊँगा।"

दुबे ने गर्दन घुमाई, मुझे अन्दर तक झाँका, "काम तो तुम शुरू कर चुके हो प्यारे...कल तुम्हें गहने लेकर सुनार के पास भी जाना है, वकील पेशकार के पास जाना है, शूटिंग और ड्राइविंग और घुड़सवारी भी सीखनी है...और हाँ एक ड्यूटी और।"

"क्या?"

"रानी साहिबा को लेकर मजार जाना है। फोन आया था उनका।" वह दुष्टता की हँसी हँसता जा रहा था, "देखो भैया ज्यादा मत चिपको, अपने पाँव पर खड़े होना सीखो।"

"जी।"

रानी साहिबा का ईयरिंग देने गया था कि देखा वहाँ साड़ियों की कनातें तनी हैं। कोई औरत झुककर सीढ़ियाँ पोंछती पीछे खिसकती चली आ रही है। पोंछी हुई जगह पर ऊपर से नीचे कदम तोलती रानी साहिबा और उनके पीछे डोलची में कपड़े लिये कौसिल्ला। जिस औरत को कुछ ही दिन पहले अधनंगी देखा था वह अब सात परदों में आ रही है महारानी बनकर, मुझे हट जाना चाहिए। हट गया। कब तक खड़ा रहूँ, चोरों की तरह? इससे तो बेहतर है, राय साहब के यहाँ ही चला जाऊँ, शायद दुबे मिल जाए। राय साहब के किले का नजारा तो और भी गौरवपूर्ण होगा। नदी के इस पार से देखा वहाँ भी साड़ियों की कनातें तन गई हैं। औरतों की आवाजाही है और औरतों की पहरेदारी। मौनी अमावस्या का नहावन है।

3

“आ हाँ हाँ! एकदम्मे से नाक जिन कटाई द अ!” दुबे ने ठेठ बघेली में मुझे टोका।

घोड़े ‘पदुम’ को आज पहली बार अस्तबल से निकालकर पहाड़ी के एकान्त में मुझे सिखा रहा था।

भैंस नहीं, घोड़ा है प्यारे। बगल से नहीं सामने से अयाल पकड़कर बाईं रकाब पर पाँव रखकर चढ़ते हैं।” उसने दिखाया, “ए ऐसे! फिर घुटनों के बीच ग्रिप बनाओ।” दुबे बता भी रहा था और करके दिखा भी रहा था। मैं नर्वस था और वह ललकारे जा रहा था, “याद रखो घोड़े बहुत सेंसिटिव होते हैं, घुटनों की ग्रिप से भाँप लेते हैं, अयाल की पकड़ से भाँप लेते हैं, लगाम की सेटिंग से भाँप लेते हैं कि सवार कैसा है। डर छोड़ दो, ज्यादा-से-ज्यादा गिर ही तो जाओगे न! मैं साहस करके इस बार ऐसे ही चढ़ा, दुबे ने हाथ उठाकर आशीर्वाद दिया :

गिरते हैं शह सवार ही मैदान-ए-जंग में,
वो तिफ्ल क्या गिरेंगे जो घुटनों के बल चले।

सुबह बन्दूक और मोटरसाइकिल का अभ्यास और शाम को घुड़सवारी! कॉन्फिडेंस अभी भी नहीं आ रहा था और इसी में एक गड़बड़ कर दी मैंने। पता नहीं कब मैं ओवर कॉन्फिडेंस में आ गया और पदुम ने मेरी इस दु:साहसिकता पर लीद कर दी। विक्रम की तरह मैंने फिर भी हठ नहीं छोड़ा और न ही बेताल ने मेरे कन्धे की सवारी करना। और एक दिन मेरा धैर्य जवाब दे गया।

"यार घुड़सवारी की क्या जरूरत है मेरे लिए? मोटरसाइकिल काफी नहीं है क्या?"

"तू न!" दुबे ने आँख तरेरी और मैं चुपा गया।

कुछ दिन के बाद फिर दुबे के सामने..."इस मनीजरी की ऐसी की तैसी।"

घुड़सवारी और बन्दूक चलाना सीखने के क्रम में कितनी बार मैं मुँह के बल गिरा और कितनी बार पीठ के बल। युद्ध के घायल सिपाही की तरह सिर से पाँव तक पट्टी बाँधे मैं गुरु के सामने खड़ा था।

गुरु ने कहा, "ठकुरई की लाज रखना।"

"यहाँ अपनी फटी जा रही है और तुम्हें ठकुरई सूझ रही है।" टाँग के साथ-साथ मेरी आवाज भी भचक रही थी।

"कभी गधे तक की सवारी न करनेवाला घोड़े पर बैठ रहा है, गुलेल तक न छूनेवाला बन्दूक चला रहा है, साइकिल पर बैठनेवाला मोटरसाइकिल पर बैठ रहा है, कल को चार चक्के पर भी बैठने लगेगा। और चाहिए क्या तुम्हें?"

"कन्धे पर बन्दूक, घोड़े पर सवार, तुम्हें देखते ही लोग घरों में घुसर जाते हैं। शीशा होता तो दिखाता, साक्षात बीहड़ के ठाकुर लगते हो।"

खिसियायी नजरों से देखता रहा उसे।

"तैरना सिखा दिया है प्यारे, जी भरकर तैरो। कल से मैं नहीं आ रहा।"

"क्यों?"

कल से मैं सफेद, तुम लाल, मैं राय, तुम लाल!"

दुबे ने ठीक ही कहा था, अनचाहे ही धीरे-धीरे मैं लीक में समाता गया। तेरह वर्षीया सुन्दर-सलोनी दुर्गावती को मैं ही जीप से स्कूल ले जाता-ले आता। अलबत्ता कौसिल्ला और एक शूटर अब भी मेरे साथ होते। खेती के लिए मेरे दिमाग में कई योजनाएँ पल रही थीं। मोटे खर्च के रूप में बच्चों की पढ़ाई का खर्च, लाल साहब के मुम्बई में चल रहे इलाज का खर्च, दारू के खर्च, रानी साहिबा के नये-नये सिद्धों, जोगियों, तांत्रिकों के खर्च आते थे। कभी नींबू कटता, कभी मुर्गा, कभी कबूतर, कभी सूअर का छौना। खनन आदि के जरिये मैं अपना खर्च और रियासत के दीगर खर्च निकालने में कुशल होता जा रहा था लेकिन मुझे मालूम था कि न पेड़ हमेशा मेरा साथ देनेवाले थे, न रेत-वेत, न ही मौसम हमेशा मेहरबान रहनेवाला था, इस्टेट को जल्द ही एक आदर्श फार्म हाउस में डेवलप न किया गया तो आय के स्रोत सूख जाएँगे।

इसी मंत्र को हम दोनों ही आजमा रहे थे। जगह-जगह भेदिया भेजकर हमने इस तथ्य को अच्छी तरह प्रचारित किया था कि रत्नों की पट्टिका का पट्टा लो—अगर किस्मत ने साथ दिया तो करोड़पति बन जाओगे। और यह मंत्र काफी कारगर सिद्ध हो रहा था—एक तरह की लॉटरी बेच रहे थे हम।

दुबे को याद दिलाया, "यार तुम्हें याद दिलाऊँ बगल के उदय राज पांडे का खंडहर। अलस दोपहरिया में खोद-खोदकर हार गए हम सभी। पता चला था कि चाँदी के रुपये और सोने की मोहरें गाड़ गए हैं पांड़े। जो कहो एक धेला भी मिला हो।"

दुबे ने कहा, "याद है।" फिर हम दोनों उदास बन्दरों की तरह एक-दूजे का मुँह ताकने लगे।

सबसे बड़ा खजाना है यह रतनापट्टी का मिथ।

फौरी तौर पर मुझे पानी की व्यवस्था करनी थी। दिनोदिन सूखती कुँआरी नदी के लिए राय साहब से बात करनी पड़ेगी। रानी साहिबा ने मुझे आगाह भी किया था। अभी तक उधर जाना ही सम्भव न हो पाया। कायदे से तो मुझे सती मैया के चौरे पर मत्था भी टेक आना चाहिए था अब तक...लेकिन अभी तक यह छोटे-मोटे जरूरी काम भी न हो सके मुझसे। पानी का दूसरा स्रोत भुतहा ताल था, मगर उस पर तो जयन्ती का कब्जा था।

रानी साहिबा का बावड़ी से जाने क्या खार था उन्होंने सीधे-सीधे 'ना' कर दिया। इस खार की वजह...?

कुलदेवी का कीड़ा दिमाग में एक बार क्या घुसा कि चारों तरफ मुझे कुलदेवी-ही-कुलदेवी नजर आने लगीं। दुबे तक उन्हें नीच कुल का बता रहा था। नीच कुल और कुलदेवी! कैसा विचित्र विरोधाभास है। रानी साहिबा बिदक रही थीं और बाकी औरतें पूजा करने जा रही थीं!

रफीक मास्साब ने उनकी बाबत जो किस्सा बताया, जयराज सिंह का किस्सा उनसे अलग था। इसी तरह जगमोहन तेवारी, सोहन जादव, ननकू गोंड आदि जिस-जिस से भी मैं मिला जितने मुँह उतनी बातें।

कहते हैं, कुलदेवी का ब्याह हुआ था गौना नहीं। गौने की राह जा रही थीं अपनी ससुराल डोली में। कहार कहँरवा टेर रहे थे। अचानक कहँरवा बन्द हो गया। आधा दर्जन लठैतों से घिर चुके थे वे। फिर तो पति के घर न जाकर डोली उदय प्रताप सिंह के महल पहुँची। दूसरे उसे तपाक से काट देते, "तुम भी न! छोटजतियन को कहीं डोली नसीब होती है?"

"तब?"

"अरे गोरू चरा रही थीं कि राय साहब के लठैतों ने उठवा लिया।"

तीसरा मत और भी उलझाऊ था, "एक जगह से एक ताल्लुकेदार रिपुदमन सिंह ने उठवाया तो दूसरे ताल्लुकेदार कल्पनाथ सिंह ने उनसे छिनवा लिया फिर दूसरे से तीसरे...ऐसे चक्कर काटते-काटते विजय बहादुर सिंह की ड्योढ़ी में दाखिल हुईं।"

इन बड़े मतों के अलावा कई छोटे-छोटे मत थे। कोई उन्हें छोटे कुल की राजपूतनी बताता तो कोई बेड़िन, कोई मुसुरमन्नी बता रहा था, कोई कुछ तो कोई कुछ। चाहे जिस जात की रही हों, और अन्य बातों पर चाहे जितने मत-मतान्तर हों, एक मत पर सभी एक थे कि वे जितनी सुन्दर थीं उतनी ही गुणवन्ती। उनके जैसी अपूर्व सुन्दरी कंठा में दूसरी न भई, न उनके जैसी दयावती। उनके अपहरण के सारे किस्से उनकी सुन्दरता के गिर्द चक्कर काटते हुए एक ही जगह आकर विसर्जित होते हैं—बावड़ी में, जैसे बरखा के फतिंगे विसर्जित होते रहते हैं पानी में।

मुझे आता देख हुलकते बच्चे, औरतें और कुछ लोग घरों में छुप जाते। बुलाने पर भी कोई करीब न आता। अलबत्ता एक बुढ़िया 'सुहागिन' भाग न पाती। रत्नों की खोज में लोग जहाँ-तहाँ खुदाई किया करते और उसमें सुहागिन की तरह गिरकर पाँव तुड़वाने के लिए उसे खुला छोड़ जाते। इस तरह सुहागिन रत्नों का अभिशाप धोती हुई घिसटती चलती। वह हाथ जोड़े खड़ी हो जाती। मैंने दूर से लक्ष्य किया तो रुक गया, उतर गया घोड़े से, बिलकुल मेरी माँ जैसी! माँ होती तो ऐसी ही होती। पिता का साया पहले ही मेरे सिर से उठ चुका था और बाद में माँ भी मुझे दीदी के हवाले कर चली गईं। दुबे मुझे इसी शर्त पर विजयगढ़ लाया था कि खानदान की इकलौती निशानी को वह सुरक्षित दीदी के पास पहुँचा जाएगा। सुहागिन को अक्सर घाट पर जाना होता है। मोटरसाइकिल लाता तो उसी के लिए। उसे अपने पीछे बैठाकर घाट तक ले आता। धीरे-धीरे इक्के-दुक्के लोग करीब आए। मैं मजूरी के पैसे नकद दिया करता दवा-दर्पण के लिए भी। लोग समझते कुलदेवी की आत्मा का अँजोर है।

4

भुतहा ताल के बगल जयन्त की समाधि पर अक्सर मैं और दुबे मिला करते। बैठने के लिए इससे बेहतर कोई एकान्त न था। दूसरे लोगों को इस बात का डर लगा रहता कि कहीं जयन्ती न आ जाए। इसी ताल में उनके कई स्वजन दौड़ा-दौड़ाकर मार डाले गए थे।

"कुलदेवी के बारे में सटीक कौन बता सकता है?"

"विजयगढ़ का सबसे बूढ़ा आदमी।" दुबे ने वाजिब बात कही थी। और हम दोनों जा पहुँचे खलील मियाँ के खपड़ैल में।

पंचानबे साल के खलील मियाँ को अब बाहर बिलकुल नहीं दिखाई देता लेकिन उनका अतीत आज भी रौशन है।

कहने लगे, "इन बुझी आँखों ने नार (नाला) को नदी और कंठा को कुँआरी बनते देखा है।"

कुँआरी क्या थी, फकत एक नारा (नाला)। तब इसका नाम कंठा हुआ करता था। पूछो क्यों तो कंठा पहाड़ी से निकला है। उधर दक्खिन की ओर एक पहाड़ी है, पानी बरसता है तो नीचे छिछला ताल बनता है और दोनों ओर

हरा-भरा जंगल। जंगल के बीच दसेक घरों का गाँव। बाद में और भी बसे। पहाड़ी का नाम भी कंठा, ताल का नाम भी, जंगल का नाम भी और गाँव का नाम भी और वहाँ से विजयगढ़ आनेवाले नार का नाम भी कंठा। विजयगढ़ समेत चार रियासतों के बीच पड़ता था कंठा, स्वामित्व के लिए अपने-अपने दावे और न खत्म होनेवाली जंग-अकेला शिकारगाह, मुर्गाबियों, तीतरों से लेकर किस्म-किस्म के परिन्दे, हिरन और जंगली सूअर भी। क्या नहीं थे जंगल में! मगर इन सबसे उम्दा एक और शिकार था—कंठा की औरतें। बेड़िन जात की या किसी और की—औरतें वाकई परी थीं। और होतीं क्यों न। इस गाँव में जमाने से खानदानी खून से बेटियाँ पैदा होती रहीं। फिर बेटियों से बेटियाँ, बेटियों की बेटियों से बेटियाँ...इस तरह एक-एक औरत वक्त के कितने खानदानी खून को समोए हुए हरी-भरी जलवाफरोज! पन्ने उलटते जाओ, उलटते जाओ।"

"कुँआरी, मुझे ठीक-ठीक इल्म नहीं, लोग कहते हैं, वह कंठा के ताल से निकली थी। नाचती तो तारे झरते। हँसती तो फूल खिलते। राजे-रजवाड़े उसकी हर अदा पर निहाल! तो मैं क्या कह रहा था, हाँ कुँआरी पहली लड़की थी जिसने बेड़िन का पुश्तैनी काम करने से इनकार किया। हसीन इतनी कि हर जवाँ इसे लूट लेने को बेताब। आप जानो कि हर शिकार में छीना-झपटी होती है, यहाँ भी होती रही। विजयगढ़ की ड्योढ़ी पर पाँव रखने से पहले तीन-तीन ड्योढ़ियाँ लाँघ चुकी थी। आखिरकार विजयगढ़ की ड्योढ़ी पर कदम रखकर अड़ गई, क्या शान थी, कहा, 'ड्योढ़ी के अन्दर कदम तभी रखूँगी जब मेरी शर्तें मान ली जाएँगी।'"

"क्या शर्तें हैं?" महाराज उदय प्रताप सिंह तो उसके गोरे दमकते रुख पर ही सौ जान निसार, तीन क्या तीन सौ शर्तें मान लेते, सिर्फ कुँआरी उन्हें मिलनी चाहिए थी।

"तो सुनो महाराज, अव्वल तो यह बिना ब्याहे मुझे महल में नहीं ले जाओगे।"

"दोयम ये कि मुझे रानी की ही तरह प्यार और इज्जत से रखोगे।"

"तेयम ये कि राजकाज में कुछ करना चाहूँ तो रोकेंगे नहीं, कोई दखलन्दाजी नहीं। उसकी उँगली चेतावनी में हिल रही थी। मंजूर?"

"मंजूर!"

"और अगर अपनी बात से मुकरे तो मैं लौट जाऊँगी।"

"कहाँ?"

"वहीं जहाँ से आई थी—कंठा के ताल में।"

खलील मियाँ ने एक गहरी साँस ली, "तो इस तरह कुलदेवी ने पहले ड्योढ़ी पर ही ब्याह रचाया बाकायदा पंडित-वंडित मन्तर-वन्तर के, फिर महल के अन्दर कदम रखा।"

"अरे!"

"हाँ भई, हमने अपनी आँखों से देखा था। तब ये आँखें सलामत थीं, अच्छत भरा लोटा पाँव से लुढ़काया, गुलाबी रंग का थाल या क्या पता आलता हो, उसमें पाँव डुबोया और कदमों की छाप छोड़ती हुई कदम-कदम आगे बढ़ी। मैं तो उन कदमों की छाप को देख-देखकर निहाल, आय हाय क्या नजाकत थी, क्या नफासत! अन्दर जाने की इजाजत न थी। तब हमें क्या पता था कि ये मामूली रंग आनेवाली तकदीर की इबारत लिख रहे थे, खूनी इबारत! बहरहाल..."

"धीरे-धीरे रियासत की बागडोर अपने हाथों में लेती गई। वे कदम वहीं रुके नहीं। इलाका तो उसका पहले से ही देखा-भाला था ही। तब कंठा का यह नार विजयगढ़ तक आकर ही रुक जाता था। आगे थोड़ी चढ़ान थी, तकरीबन सौ गज रही होगी और उसके आगे फिर ढलान। रानी ने दो साल में ही इस बीच की चढ़ाई को तुड़वा डाला और इस तरह रुके हुए नार को रास्ता मिल गया। जैसे वर्षों का रुका हुआ कारवाँ चल पड़ा। कंठा में पानी आ गया पानी बह निकला। नार से नदी बनने के लिए उन्हें उसे चौड़ा करवाना पड़ा। हमलोगों ने कभी सोचा भी न था कि रुका हुआ नार नदी भी बन सकता है, और कंठा की रुकी हुई नारी कुलदेवी! चारों तरफ खुशी की लहर दौड़ गई, खेती होने लगी, खुशहाली फैल गई।"

"तो क्या उसके पहले खेती नहीं होती थी?" मैंने पूछा।

"पानी कहाँ था?"

"हाँ, निचले इलाकों में बारिश के दिनों में थोड़ी-बहुत हो जाया करती थी

लेकिन लगान का क्या किया जाता? जैसे-तैसे झक मारकर देना पड़ता। आगे का किस्सा तो वही है जो विजयगढ़ के बच्चे-बच्चे की जुबान पर है।"

"हम आपकी जुबान से सुनना चाहते हैं।"

"मुख्तसर में यही कि लोगों ने कंठा को कुँआरी का नाम दे दिया और राजा साहब ने इस कुँआरी को बना दिया कुलदेवी। पूछो क्यों? तो आम पब्लिक की भलाई के लिए कुँआरी ने कितने काम किये। महल का दरवाजा हर जरूरतमन्द के लिए, हर कौम के लिए चौबीसों घंटे खुला रहता। कुँआरी ने पहली रानी के उस पहाड़ी के महल को सजाया-सँवारा और अभी जहाँ कोठी है वहाँ इस नन्ही पहाड़ी के ढलान पर एक कोठी बनवाई, वह तो आप देख ही रहे होंगे। कहते हैं, उदय प्रताप सिंह ने ही अपनी इस रानी के लिए बनवाई थी। अपने जमाने में अपने ढंग का ऐशगाह हुआ करती थी कोठी, यानी पहली रानी उस पहाड़ी के महल में, और नई रानी इस पहाड़ी की ढलान की कोठी में। उदय प्रताप सिंह कभी महल में रात बिताते, कभी कोठी में। बीच में पड़ती थी कुँआरी नदी या कंठा, उसे नाव से पार करना होता। इसे देखते हुए छोटी रानी ने एक पुल बनवा दिया जो आज भी होगा।"

"जी।"

"वह पुल दोनों को जोड़ता भी है और घटाता भी है।"

"जोड़ना तो समझ में आया पर घटाना...?"

"वो ऐसे कि असली से पैदा हुए बड़े राय साहब छोटे राय साहब और परी से पैदा हुए लाल साहिब। जब तक उदय प्रताप सिंह जिन्दा रहे पुल जोड़ता रहा मगर उनके गुजरते ही जायदाद के बँटवारे के मसले पर झगड़े और रगड़े शुरू हो गए—इसे घटाना नहीं तो और क्या कहेंगे।"

अछैबर सिंह बेनामी जमीन के नामधारी मालिक बाहर से लाकर बसाए गए थे कभी। आधा अपने मुँह से आधा मिचमिचाती आँखों से बोलते हैं अछैबर सिंह। गैस की वेल्डिंग से आँखें खराब हुईं या लाल साहब की आँखों से, पता नहीं। मगर कंठा के ताल पर वही ले आए।

दूर दक्षिणी स्याह दीवार-सी खड़ी थीं कंठा की पहाड़ियाँ जिन पर झालर-सी जमी हैं पावस की बदलियाँ। आसमान काला पड़ता जा रहा है और दूर-दूर तक फैले छिछले ताल का पानी भी। उजले बगुले उड़ते हैं तो लगता है किसी ने चाक से ब्लैकबोर्ड पर चलायमान चित्र उकेर दिये हों।

"कंठा की ये पहाड़ियाँ न होतीं तो न ये ताल होता, न ये जंगल न वो नदी। पहाड़ियों पर पानी बरसता तो ताल में पसर जाता, जंगल हरिया जाता।" वे तनिक रुके, "और यौवन गदरा जाता, कंठा की बेड़िनों का। जैसा कि आपको मालूम चार-चार रियासतों के बीच पड़ता है कंठा। जिस किसी के मन में आया मुँह उठाए चला आया। अब किसी ने पूछने की जुर्रत नहीं की कि बेड़िनो! कभी तुम्हारा भी मन करता है घरातिन होने का?'

"माने नगरवधू से कुलवधू!"

"हाँ और यही गुस्ताखी हो गई कुलदेवी से।"

धाँय-धाँय!

दूर कहीं बन्दूक दगी थी। अछैबर सिंह चिहुँक गए, "माजरा संगीन है, चलो लौट चलें।"

हैरानी की बात थी कि खलील मियाँ भी कुलदेवी को परी बोलते थे। अछैबर सिंह भी, सुहागिन अम्मा भी। अछैबर चाचा की मिचमिचाती आँखों, सुहागिन अम्मा की सलवटों और शुकुल जी की दाढ़ी से विजयगढ़ के ऊपर पड़ा परदा उठ रहा था या गाढ़ा हो रहा था, मैं समझ नहीं पा रहा था।

इसी प्रभाव में दूसरे दिन सुबह मैंने एक नये कोण से देखा कोठी को। कोठी के ऊपर पहाड़ी की तिरछी ढलान शेष नाग-सी गर्दन ताने हुए अड़ी थी। उसकी ढलान पर इक्के-दुक्के छितराए मकान नीचे तक चले गए थे। धूप यहाँ सहमी-सहमी आकर बैठती है कँगूरे पर फिर ऊँचे मकानों को सुनहरे रंग से रँगते हुए सहमी-सहमी नीचे उतरती और फैलती है। दोपहर तक घाटी रौशन होती है। इसी तरह चढ़ती है और इसी तरह उतरती है धूप जैसे कोई सुनहरा परदा सरकता हो। देर तक कँगूरे पर ठिठकी रहती है जैसे इजाजत ले रही हो—'जाऊँ?' लोगों का विश्वास है कि कुलदेवी साड़ी पसार जाती हैं जिसे शाम को उतारती हैं।

कुलदेवी के परी होने की दास्तान में जो भी मिलता सलमे-सितारे जड़ देता। बतानेवाले बड़े विश्वास से बोलते, "नीलम जैसी आँखें, लाल जैसी बिन्दी, हीरे-जवाहरात के गहने पहनकर आई थी कोई परी और जाते-जाते सब छोड़कर चली गई। आपको मालूम, आज भी लोग उन जवाहरातों की तलाश में भटकते फिरते हैं, पट्टे पर जमीन लेते हैं हीरे-पन्ने ढूँढ़नेवाले। नसीबवान को मिलते हैं बाकी तो यूँ ही मरीचिका में भटकते हैं। सिर्फ हीरे-पन्ने नहीं उस परी को भी...हीरे-पन्ने मिल भी जाएँ, परी किसी को नहीं मिली।"

"यार कंठा के गाँव चलते हैं। शायद एकाध मिल ही जाए..." दुबे ने एक दिन कहा।

"अपनी बभनई का कुछ तो लिहाज करो।"

"मैंने न कोई कंठी ली है, न लेना चाहता हूँ। मुझे कंठी नहीं कंठा चाहिए।" उस दिन तो वह चुप हो गया लेकिन उसे फिर खुजली होने लगी, "कोई दूसरी कॉपी नहीं मिल सकती?"

"क्यों?"

"मुझे अपना ब्रह्मचर्य तोड़ना है।"

"सॉरी! नो चांस नो वैकेंसी। एक ही स्पेसिमेन बना था कि फ्रेम तोड़ दिया विधाता ने।"

आगे कुशवाह मास्टर साहब ने बताया कि दरअसल कलंक कथा के जहाँ-जहाँ भी तार जुड़ते थे, पोंछते गए लाल साहब। इसी सिलसिले में कंठा में भी एक दिन आग लगा दी गई। जब तक रहेगा, कलंक की याद दिलाता रहेगा, मिटा दो।

"अच्छा नीलम देश की राजकुमारियाँ, मेरा मतलब है परियाँ गई कहाँ?"

"उड़ गईं होंगी इन्द्रलोक में। शायद कंठा के पहाड़ों के उस पार या उन रियासतों में या दिल्ली-मुम्बई के फाइव स्टार होटलों में। एक बात जान लो प्यारे, अगर वहाँ हुईं भी तो उनकी लालच छोड़ दो। यह जो कंठा का दलदल है

न उसके उस पार कहते हैं कोई किला था। नीचे चढ़ाई और ढलानें लेकिन ऊपर समतल। शुरू से ही ज्योतिषियों का विश्वास रहा कि उस किले पर जो कब्जा कर लेगा पूरे हिन्दुस्तान की बादशाहत करेगा।"

"तो तुर्कों, अफगानों, मुगलों, अंग्रेजों समेत कितनों ने उस किले को फतह करना चाहा, मगर न कर सके।"

"तुम तो ऐसे कह रहे हो जैसे कि कंठा का किला न हुआ कलिंजर का हुआ या काशी का मन्दिर हो गया।"

"जानते हो क्यों? असल बात यह है कि उस दलदल को पार ही नहीं कर पाते लोग।"

"हम भी एक बार कोशिश कर लें क्या हर्ज है?"

"कुछ हर्ज नहीं। तब हाँ, जितने हाथी-घोड़े और इनसान इस दलदल में डूबे हैं, उनमें कुछ संख्याएँ और जुड़ जाएँगी माने कव्ल की नीली आँखों की गहराई में डूबो, इस दलदल में डूब जाओगे। एक इश्क का दलदल है और डूब के जाना है।" परतें खुलती जा रही थीं और सबसे खतरनाक परत थी उनकी नीली आँखों के रहस्य की। डॉ. रजनीकान्त त्रिपाठी अपने विशिष्ट अन्दाज में खोलते हैं नीली आँखों का रहस्य, "ब्लू आईज यानी ब्लू ब्लड!"

"इसका मतलब?"

"अरे इधर से गोरों की पलटन गई होगी कभी तो अब आगे क्या बताऊँ... उन ससुरों की आँखें नीली होती हैं न!"

"माने उस ब्लू ब्लड से यह ब्लू ब्लड टकरा गया।"

"माने ये महान खानदानी लोग उन नीली आँखोंवाले अंग्रेजों से उत्पन्न नीली आँखोंवालियों से..." फिर वह रहस्य-भरे अन्दाज में फुसफुसाए, "कुलदेवी का मायका कंठा कैसे बचता? अरे लाल साहब तो उन्हीं के बेटे हैं, उनकी आँखें देखी हैं? कलंक के सारे चिह्नों को पोंछ दिया, मिटा दिया, कंठा गाँव को जला दिया लेकिन अपने चेहरे का क्या करते जिसमें नीली आँखें जड़ी हुई हैं। आईने के सामने खड़े होते हैं तो खुश होने की बजाय गम्भीर हो जाते हैं। उनका वश चलता तो नाखून से खरोंच-खरोंचकर इस कलंक से भी मुक्ति पा लेते। दौरे पड़ते हैं तो खुरचने लगते हैं चेहरे को, पागलों की तरह।"

गौर से देखोगे तो इस कोठी के गिर्द फैली ढलानों पर कच्चे-पक्के मकानों में तुम्हें एक सुनियोजित रणकौशल दिखाई पड़ेगा, रिश्तेदारों और सेवादारों के घर। एक हाँके पर आ जुटें। रानी ने इसी ढंग से सुरक्षा का घेरा बनाया था। इधर लाल साहब का उधर गढ़ी में राय साहब का। उन्होंने राय साहब के रिश्तेदारों और सेवादारों को इज्जत बख्शी थी और उन्हीं रिश्तेदारों और सेवादारों को एक नीच कुल की रानी की अनुकम्पा अपमानप्रद लगने लगी—शर्मिन्दगी! रजिया सुल्तान को जानते हो। एक तरह से वही। मर्दों की दुनिया में औरतों की पोजीशन रुतबा आज भी एक तरह से वही है। लेकिन मजे की बात जानते हो, कुल की जड़ों की ओर लौटते चलो तो पाओगे कि सारे महाभारतों की कहानियाँ किसी-न-किसी ऐसी ही मत्स्यगन्धा से ही शुरू होती हैं और योजनगन्धा पर आकर आसमान में आतिशबाजी की तरह बिखर जाती हैं। रानी की शर्त भी यही थी कि तुम्हारी रानी बनूँगी, मगर शर्त यह है कि विधिवत ब्याहता बनाकर ले चलोगे। हमें और हमारी सन्तानों को राजकुल की सारी मान-मर्यादा और अधिकार प्राप्त होंगे। मनवा लिया। सौन्दर्य के इसी अमोघ अस्त्र से उन्होंने यह आखिरी लड़ाई भी जीती। लाल साहब राय साहबों के तुल्य ही राजकुमार माने गए, एक जौ भी कम नहीं। जब तक रहीं, सोना बरसता रहा, विजयगढ़ में। जब तक रहीं मणि की तरह दमकती रहीं, लेकिन एक दिन यह मणि शीशे के हौद से ढक गई। सोना माटी हो गया, मर गई रानी। मणिधर की तरह राजा ने सिर पटक-पटककर जान दे दी। रानी की मृत्यु पर 101 ब्राह्मणों का महामृत्युंजय जाप शुरू हुआ। राजा की आँख मूँदते ही सब बन्द।

गजब का संयोग था। पूजा बन्द होते ही भीषण सूखा और अकाल का कहर टूट पड़ा। आये दिन कोई-न-कोई आफत। पूजा फिर शुरू हुई। सब सामान्य हो गया। गजब का अन्तर्विरोध है, इतने प्रतापी वंश की कुलदेवी नीच कुल की!...और इस पर तुर्रा यह कि पूरी रियासत के लिए वे कुलदेवी हैं सिवाय अपने बेटे लाल साहब और उनकी रानी साहिबा के। कुलदेवी उनके प्रतापी खानदान पर एक बदनुमा दाग हैं। पुत्र के लिए माँ ही कलंक! सारी लड़ाइयाँ जीतकर बेटे की लड़ाई हारकर ही कहीं आत्महत्या तो नहीं कर ली उस जीवट की महिला ने, क्या पता?

इस बदनुमा दाग को धोने के लिए एक-एक कर कुलदेवी से जुड़े सारे लोग पोंछ डाले गए। कहते हैं, इसी भुतहा ताल पर लाए जाते फिर वे अदृश्य हो जाते। आम धारणा तो यह है कि उनके हाथा-हाथी दौड़कर मार डालते। कुलदेवी की इतनी महत्त्वपूर्ण कहानी का इतना दारुण अन्त! अब तो कहावत बन गई है। अपनी ही बनाई बावड़ी की तरह चक्करदार उनकी सारी कहानियाँ चकराती हुई उन्हीं की बावड़ी में विसर्जित होती हैं।

कुलदेवी यानी कुँआरी भी दूसरी बच्चियों की तरह अपनी माँ की कोख से पैदा हुई होंगी। थोड़ी बड़ी हुई होंगी तो सड़क के स्कूल में तीसरी-चौथी तक पढ़ने भी गई होंगी लेकिन इसके बाद दूसरे बच्चे की तरह दुद्धी-पटरी फेंककर अपनी गाय-भैंस लेकर चल दी होगी चराने। और कंठा की दूसरी लड़कियों की तरह बारह-तेरह की होते ही लाली-काली लगाकर खड़ी हो गई होगी। वहीं देखा होगा रियासत के राजकुमारों ने, उस परी को और उठवा लिया होगा। कहते तो यहाँ तक हैं कि डोली में लेकर जा रहा था कोई और लठैतों ने घेर लिया। खैर, एक कहानी दूसरी से, दूसरी तीसरी से जुड़ते-जुड़ते एक मुकम्मिल कहानी बनती है कुलदेवी की।

तब से बावड़ी में चढ़ता-उतरता कोई सफेद साया मुझे अक्सर दिख जाता। जब भी चरवाहे गोरू चराते नजर आते वह सफेद साया गोरू हाँकता नजर आता। डोलियाँ गुजरतीं तो उसमें से वह सफेद साया हुलकता प्रतीत होता।

5

मुझे सरेंडर करना पड़ा दुबे के सामने। ये मुझे किस जंगल-झाड़ में ले आए, मुझसे नहीं हो रहा है। लेकिन दुबे हमेशा हाई स्पिरिट में रहता था।

"हुआ क्या?"

"मुकदमे?"

"अपनी गति से चलेंगे।"

"कंसल्ट किससे करूँ?"

"खुद से।"

मैं बुझ गया। अन्ततः दुबे को तरस आया मुझ पर, फिर शुरू हो गया, "अब बोल।" मैंने सारी स्थिति बयान कर दी।

"रामायण गा चुके? अब बताओ, तत्काल क्या है।"

"मैं जयन्ती से मुक्ति पाना चाहता हूँ। कल मैं जयन्त की समाधि पर बैठा तुम्हारा इन्तजार कर रहा था कि पीछे से उसने सूँड़ से पानी का फुरेरा मारा। लोग परेशान रहते हैं। ऐसा लगता है, सारे इस्टेट पर हाथी खड़ा है। उसके जाने पर उसकी छेंकी जगह तो मिल जाएगी।"

"बन्दूक चलाना सीख ही गए हो, उस्मान की तरह सूट कर दो साली को।"

"तो क्या उस्मान ने सूट किया था हाथा को?"

"यार तुम न...!"

"तो बताओ न।"

"तो फिर दूसरा उपाय क्या है।" मैंने इधर-उधर देखा फिर धीरे से कहा, "एक साधु से सिप्पा भिड़ाया है। तुमने तो राजा-रानी को जोड़ने वाला गलियारा देखा है। लगता नहीं है उसमें कोई आता-जाता है यानी शारीरिक सम्पर्क भी नहीं है उन दोनों में। साधु ने रानी साहिबा को यकीन दिलाया है कि यह सब उस जयन्ती के चलते है जिसकी आत्मा अपने जोड़े के लिए तरस रही है, सो उसकी आत्मा की शान्ति के लिए वह उसे दे दी जाए। बदले में वह कामरूप कामाख्या जाकर कोई अनुष्ठान करेगा जिसके एक पैसे नहीं लेगा और गारंटी हंड्रेड परसेंट।"

"अरे-अरे!" दुबे की मुद्रा बदलने लगी, "यार तू तो मेरा भी गुरु निकला लेकिन देख ज्यादा-से-ज्यादा ऐंठ लेना। अब मजा आएगा, इस परमप्रतापी राजवंश की आत्मा जयन्ती गली-गली भीख माँगेगी।"

"क्या?"

"तूने हाथियों पर चढ़कर साधुओं को भीख माँगते नहीं देखा है।"

"खैर, जानना चाहा था कि करूँ क्या?"

"पूछ मत यार, कर डाल। ये हराम पर पलनेवाले जीव हैं, इन्हें न कुछ आता है, न ही ये कुछ करनेवाले। छद्म! सिर से पाँव तक छद्म! सत्ता पर किसी भी तरह काबिज रहने का शीर्षासन और हठयोग।" तनिक रुककर उसने पूछा, "राय साहब से मिले थे?"

"न, संयोग ही नहीं बैठा।"

"सती मैया के चौरे पर मत्था टेकने भी न गए होगे?"

"संयोग..."

"अउधुआ से भी न मिले होगे।"

"टाइम ही न मिला।"

"अरे टाइम निकालो न!"

"पहले इस हाथी को निकाल लूँ फिर टाइम-ही-टाइम...।"

और जयन्ती का जाना! विजयगढ़ में ऊपर-नीचे जहाँ-तहाँ खड़े गाँववाले सबने अपनी जल्लादिन को विदा किया। कुछ ने साधु पर पैसे भी फेंके। कोठी के सामने आकर उसने सूँड़ उठाकर चिग्घाड़ा। रानी साहिबा ने अपनी डबडबाई आँखों से अपनी जयन्ती को विदा किया। एक बार फिर वही चिग्घाड़ हुई सदर फाटक पर लेकिन लाल साहब निकले नहीं।

जयन्ती चली गई अपने जयन्त से मिलने। पता नहीं, उसकी कलपती आत्मा शान्त हुई या नहीं, मगर रानी साहिबा का कलपना जस-का-तस बना रहा। वे फिर से मजारों, साधुओं, फकीरों के फेरे लगाने लगीं। गुमसुम बनी रहतीं। एक दिन तो गजब हो गया। कुलदेवी की बावड़ी पर मोटरसाइकिल की रोशनी में मुझे दो छायाएँ दिखीं। करीब आया तो उस सच्चाई से टकरा कर मैं गिरते-गिरते बचा। रानी साहिबा और कौसिल्ला थीं।

"आप और इस वक्त?"

"हाँ, वो जरा।"

"कोई बात नहीं, मैं आप दोनों को कोठी पर छोड़ देता हूँ।"

वे तनिक हिचकिचाईं। मैंने उनकी दुविधा समझी। कौसिल्ला के साथ भला कैसे बैठ सकती थीं! पहले उन्हें ले गया फिर वापस आकर कौसिल्ला को। जिस कुलदेवी को छिनरिया, बुर्जरिया की गाली देते न थकती थीं, आज चुपके-चुपके उसी की पूजा करने गई थीं। कौन-सी पीड़ा कुतर रही थी उन्हें?

लाल साहब मुझसे और पैसों का प्रबन्ध करने को कहकर मुम्बई चले गए थे। इधर एक नया बदलाव देख रहा था उनमें। इलाज के लिए पहले दो-तीन महीनों में एक बार जाते, अब प्राय: हर महीने...। इस्टेट और कारोबार मेरे भरोसे चल रहे थे। किसी गुर्गे ने कोर्ट में मुझे धमकी दी थी कि आकर राय साहब से मिल लूँ वरना...। रानी साहिबा कुछ ज्यादा ही चिन्तित रहने लगी थीं। अब वे दिन में ही कुलदेवी की पूजा को जाने लगी थीं और शायद सती के चौरे पर भी। एक दिन लौटीं तो मुझे बुलवाया।

बोलीं, "एक सलाह देना। भगवान न करे लाल साहब को कुछ हो गया तो... मैं सती हो जाऊँ तो कैसा रहे?"

"माफ करें, एक बात पूछूँ, क्या आपने छोटे राय साहब की रानी जी को सती होते देखा था?"

"हाय दइया! हुवैं तो चूक होय गई हमसे।" उनके स्वर में एक विचित्र तरह की कराह थी, जैसे किसी बहुत बड़े पुण्य-लाभ से वंचित हो गई हों वे।

"दूसरों के मुँह से सुना, ओह, उस दिन क्या परताप था उनका! सोरहों सिंगार किये हँसते-खेलते आई थीं। झाँझ-मँजीरे, ढोल-नगाड़े, तुरही बज रही थी। आगे-आगे घरी-घंट उसके पीछे छोटके राय साहब की अर्थी और उसके पीछे वे! लोग फूल बरसा रहे थे। पति को गोद में लेकर चंनन की चिता पर बैठीं तो क्या आभा थी चेहरे पर। आग छुआते ही लपक उठी और धरती डोलि गई। आकाश-पाताल एक हो गया। परलय आ गया परलय! सोने के सिंहासन पर सीऽऽऽधे सरग! बगल के पीपर महराज ने सबसे पहले गोड़ धरा सती का। आज तक मूड़ी नहीं उठाए। जाके देखि आओ।"

"देखा।"

मन-ही-मन कुढ़ गया। यह तो और वृत्तान्त जुड़ते जा रहे हैं।

"बाकी लोगों ने भी देखा होगा?" मैंने फिर पूछा।

मेरे भोजन-पानी का इन्तजाम करनेवाली सहदेई को बुलाया, "इसने देखा होगा, क्यों?"

"न रानी साहिबा, हम भी कहाँ देखि पाए लेकिन कई-कई कोस के मनई जानते हैं कि कैसे अकाश से लौ नीचे आई और उनको लोक कर ऊपर लेकर चली गई। लोग देखते रहे गए। मुदा देखि नहीं पाए।" कौसिल्ला ने स्पष्ट किया, "अरे बहिन, सरग का फाटक बन्द हो गया, का दिखाई पड़ता!"

"सबको सब दिया, उनकी महिमा अपरम्पार है। एक मल्लाहिन तो मैया के चौरे पर ऊ नाच नाचती है कि का कहें! दुई-दुई बालक दिया है उसको सती माई ने।"

भीड़ छँटी और मैं चलने को हुआ तो टोक दिया रानी ने, "हाँ तो बताया नहीं।"

"क्या?"

"मैं सती हो जाऊँ तो कैसा रहे?"

मैं चिहुँका, "लाल साहब का कुछ होनेवाला है क्या? क्या फिर से गोलियाँ चलेंगी?"

प्रकटत: मैंने कहा, "ऐसा मजाक मुझसे न करें।"

"मजाक नहीं, उसमें एक भेद है, उनके बाद इस देह पर दूसरे की नजर पड़े, इससे तो अच्छा है कि...।"

लगा, सती होने की बात कहकर कहीं खुद अपने लिए जाल बुन रही थीं। इस स्थिति से उन्हें उबारना जरूरी लगा, बोला, "भगवान लाल साहब को लम्बी उम्र दें। सती होने का विचार आपके मन में आया ही क्यों?"

उनको चक्कर-सा आ गया। इसके पहले कि वे गिरतीं मैंने आगे बढ़कर थाम लिया उन्हें और पलँग पर लिटा दिया। थोड़ी देर तक यूँ ही पड़ी रहीं फिर बोलीं, "तुम नहीं समझोगे, कितने तो रोग लगे हैं उनकी जान के। दुश्मन भी कम नहीं, फिर सती की महिमा भी कोई चीज है। देखो, कुलदेवी और सती को, मरने पर देवी बनाकर पूजा होने लगी उनकी।"

कौसिल्ला ने गलियारे से प्रवेश करते हुए मुनादी की, "लाल साहब मुम्बई से लौट आए हैं, आपको याद कर रहे हैं।"

"अरे बाप!"

मैं भागा-भागा आया और अभिवादन कर सिर झुकाकर खड़ा हो गया।

"क्यों बाबू मनोज सिंह, पैसों का इन्तजाम हो गया?"

"जी, उसी चक्कर में तो भाग-दौड़ कर रहा हूँ।"

"रानी साहिबा के पास...?"

मैं स्तब्ध खड़ा रहा।

"उस दिन आपकी फटफटिया के पीछे कौन था?"

मैंने सच-सच बता दिया और कुसूरवार की तरह खड़ा रहा। वे हाथ में जाम लिये चुपचाप सुनते रहे, एक लम्बी हुँकारी भरकर उठ खड़े हुए, "अब यही दिन देखना बाकी रह गया था।" वे रसा-रसाकर बोल रहे थे, नीली आँखों से हल्की-हल्की लपटें चिलक रही थीं, "पहले बरात-वरात में मेरे

हाथी-घोड़े जाते, लोग कहते, लाल साहब का हाथी, लाल साहब का घोड़ा... बड़ा अच्छा लगता था। फिर ट्रक जोड़े, मुकदमे दायर किये, रियासती और खानदानी झगड़ों में मशगूल रहा, सोचा, यही तो शान है रजवाड़ों की लेकिन अब...? ये ट्रकों का कबाड़, ये हाथी-वाथी, घोड़े-वोड़े, ये बंजर जमीन, ये मुकदमे...जी करता है कहीं भाग जाऊँ, छोड़-छाड़कर यह जी का जंजाल।" बोलते-बोलते वह टहलने लगे और फिर पलटकर दूर तक देखने लगे, "यह सब कुछ मर रहा है और मुझे जिन्दगी चाहिए, ऐसी जिन्दगी जहाँ खुलकर साँस ले सकूँ। मगर...मैं मजबूर हूँ मुझे लाश को जिन्दा साबित करते रहना है कि नहीं मैं मरा नहीं, मैं अब भी उतना ही प्रतापी हूँ, उतना ही दुर्दमनीय...। और यह रोग अलग से मेरी आत्मा...।"

"सर, क्या मैं बम्बई चलूँ इस बार आपके साथ?"

"न।" उनकी उँगली देर तक हिलती रही इनकार में।

"सर, आप रानी साहिबा से मिल लें।"

लाल साहब उपहास के स्वर में हँसे और उँगली उठाकर उन्होंने मुझे जाने का संकेत किया।

6

पत्थर पसीज रहे थे और यह मेरे लिए आश्वस्तिकर था। पहली बार लाल साहब का परिवार मुझे अपना-सा लगा। मुझे लगा, ढहती, ढनमनाती, चिटकती इस रियासत की मुख्य समस्या पैसा है।

लाल साहब को चाहिए पैसा।

रानी साहिबा को चाहिए पैसा।

रियासत को चाहिए पैसा।

पर पैसा है कहाँ?

पैसा है पर दूध में मक्खन की तरह समाया हुआ। प्रत्यक्ष दिखाई नहीं पड़ता पर मथकर निकाला जा सकता है—पेड़ों से पैसा, रेत से पैसा, गिट्टी से पैसा, मिट्टी से पैसा, जहाँ भी हाथ डालो पैसा-ही-पैसा, पर हाथ डाले कौन और कैसे?

दुबे ठीक ही कह रहा था, सोचो मत कर डालो और जब मुझे ही तय-तमाम करना है तो किसी से पूछना क्या और पछोरना क्या!

शमशेर के बड़े लड़के नूरे के साथ भुतहा ताल की तरफ पीठ किये मैं दूर-दूर तक सूखे प्रान्तर को देख रहा था। ताल की तलहटी का पानी अगर इन खेतों तक में पहुँचाया जाए तो इस सूखे से मुक्ति पाई जा सकती है या कुँआरी से कोई उपाय किया जाए।

फिर मैंने नूरे से पूछा, "जयन्त को यहीं कहीं गाड़ा गया था।"

हुजूर आपके चूतड़ के नीचे! माने एक तरह से देखा जाए तो आप हाथी पर सवार हैं।"

मुझे खराब लगा, यहाँ बच्चे तक मुँहफट हैं।

इसके बाद पैसों के चक्कर में इलाके की परिक्रमा करते-करते रोज की तरह घाट पर आया। मोटरसाइकिल रोककर खड़ा हो गया। नदी के दूसरी ओर राय साहब का क्षेत्र था, इस पार लाल साहब का। आगे मुझे ऐसे कई खपड़ैल और फूस के घरौंदे मिले जिन पर ताले लटक रहे थे, नाममात्र की फसलें। वह भी सूखी और मुरझाई हुई। उसके बरक्स राय साहब की ओर कहीं-कहीं हरियाली लहरा रही थी। बाहर तो यही था अन्दर का नहीं मालूम। इसका मतलब है अन्दर तक पानी पहुँच रहा है कहीं से।

घाट पर मल्लाह नाव इस पार से उस पार ले जा रहा था। पानी में कुछ ढूँढ़ रहे हैं बच्चे। क्या ढूँढ़ रहे हैं? मुझे खड़ा देखकर नाव को खूँटे से बाँधकर मल्लाह भागा-भागा आया और सलाम कर खड़ा हो गया और मुँह जोहने लगा, "हुकुम सरकार।"

"कुछ नहीं यूँ ही इस्टेट देखने आया था कि बच्चों को देखकर रुक गया। बच्चे क्या ढूँढ़ रहे थे, सीपी?"

"नहीं, पैसा। सती माई के चौरे तक जो नहीं जा पाते, हियाँ ही पानी में चढ़ा देते हैं।"

"मिला?" मैंने पूछा।

"हाँ।" उसकी हथेली पर सिक्के थे, सिक्कों से टपक रहा था पानी, मुझे पानी से टपकाना था सिक्के।

"घाट का ठेका राय साहब का है?"

"हाँ साहिब।"

"पिछली बार किसे ठेका मिला था?"

"पिछलका बेरी भी राय साहब को।"

"लाल साहब को नहीं मिलता?"

"लेकर ही क्या करेंगे, बैसाख से आषाढ़ तक नदी में पानी ही नहीं रहता। लोग पैदल पार कर लेते हैं।"

हाथ भी डाला तो कहाँ—छूछे में!

"क्या नाम है तुम्हारा?"

"अनमोल!" रतनों की पट्टी के लोगों के नाम भी उसी के अनुरूप।

"रहते कहाँ हो?"

"वो उस पार हमारी मड़ई है।"

उसका इशारा उस पार की मड़ई की ओर था, जहाँ चार-पाँच वर्ष के दो बच्चे खेल रहे थे और एक औरत हुलक रही थी।

दुबे से कहा, "राय साहब से मिलना चाहता हूँ।"

"तो मुझसे क्या पूछ रहे हो, लगन-वगन देखूँ? ताज्जुब है अभी तक मिले भी नहीं। आ जाओ पर मैं नहीं होऊँगा तुम्हारे साथ।"

पुल पार करते समय दो चीजें दिमाग में नाच रही थीं। पहली चीज पानी, दूसरी चीज रानी—जिन्दा भी, मुर्दा भी।

मैं इस रियासत के दुर्ग में दाखिल होता हूँ। मेरे बाईं ओर कोई चबूतरा है। चबूतरे पर बाँस में उड़ता पताका। सिजदा करता उखड़े पीपल का पेड़, धूप, दीप, पूजा! शायद यही है रानी सती का थान। आते-जाते लोग चप्पल-जूते उतारकर प्रणाम करते हैं और चप्पल-जूते पहनकर चले जाते हैं। थान पर दो गवैये ढोलक और टुनटुनी बजाकर 'सती महिमा' गा रहे हैं। कैसा लगता है दिन के वक्त दीयों का जलना! पता भी नहीं चलता कि कुछ जल रहा है। कुछ सोचकर आगे बढ़कर मैं भी चौरे पर मत्था टेकता हूँ और आगे बढ़ जाता हूँ। सती महिमा के साथ ढोलक के स्वर फीके पड़ते जाते हैं।

चढ़ाई चढ़कर मैं गढ़ी के सदर दरवाजे तक आता हूँ। लाल साहब की हवेली का बृहद संस्करण! कोई चाक-चौबन्द योद्धा-सा अंगरक्षक शेर खाँ आकर मेरा स्वागत करता है। अन्दर आता हूँ वही फीलखाना, वही अस्तबल, वही पशुशाला, वही वीरानी और वही सब कुछ...। अलग जो था, वह थे दो भवन। एक जिसके सामने मैं खड़ा था—दीवान-ए-खास और दूसरा—उस तरफ दीवान-ए-आम। अन्दर शीशे में मढ़े पुरखों के चित्र, जाले की जंजीरों में कैद बाघों, बारहसिंगों के मस्तक, जैसे किन्हीं झाड़ियों में सींगें उलझा रखी हों।

पैंतालीस-पचास के गन्दुमी प्रभावशाली व्यक्तित्व के राय साहब, एक अलंकृत फरसी (गुड़गुड़ी) पीते नजर आए। मुँह में साँप-सी घुमावदार नियाली। झुककर दोनों हाथ जोड़कर अभिवादन किया। उनकी नजर नीचे से ऊपर जाकर मेरे चेहरे पर स्थिर हो गई। नियाली निकली घहराती हुई आवाज थोड़ी कृत्रिम-सी, "क्यों, जूते उतारि आए, मैनेजर साहब? वह सब, लाल साहब के यहाँ चलता है हमारे यहाँ नहीं। अब से उतारने की कोई जरूरत नहीं। तशरीफ रखिए।"

नियाली मुँह की एक ठेंपी थी, मुँह में घुसती, मुँह बन्द हो जाता। बोलना होता तो निकल आती।

मैं दीवारों के चित्रों और अपने सिर के ऊपर लटकते झाड़-फानूस को देखता रहा, अगर भूकम्प आया तो सीधे मेरे सिर पर गिरेगा।

"अरे अरुणाचलम।" ठेंपी मुँह से निकली।

"जी आया।" चालीसेक साल के लम्बे स्वस्थ साँवले जवान ने अन्दर प्रवेश किया, "मिलिए, हमारे लाल साहब के मैनेजर..."

"मनोज सिंह।" मैंने पुराया।

"और मिस्टर सिंह, आप हैं हमारे स्टेट के पुराने मैनेजर मिस्टर अरुणाचलम।"

हम दोनों हिन्दुस्तान-पाकिस्तान के सेनापतियों की तरह मिले।

"अरे कुछ स्वागत-सत्कार...। क्या लेंगे ठंडा या गर्म?" ठेंपी खुली।

"जी, सिर्फ एक गिलास पानी।" मैं हकलाया।

"अरे ऐसे कैसे होगा?" जवाब एक प्रौढ़ा सुन्दरी ने दिया।

"माई वाइफ!" ठेंपी खुली तो इस बार अंग्रेजी निकली।

मैंने उठकर उनके चरण छुए तो खुश हो गईं, "खुश रहो।" उनके पीछे एक नौकरानी नाश्ते का पूरा ट्रे सजाए आ रही थी।

"ठाकुर हो?"

"जी।"

"कौन ठाकुर?" उनका प्रश्न किसी के आगमन के कोलाहल की भेंट चढ़ गया।

थोड़ी देर में अरुणाचलम ने टेबिल पर स्टेट का पूरा नक्शा फैला दिया। पेंसिल स्टेट के बीचोबीच एक नीली रेखा पर गुजर रही थी, "यह रहा कुँआरी नदी, द लाइफ लाइन ऑफ टू स्टेट्स, ऑलदो टू इन वन, ये दोनों स्टेटों का बॉर्डर भी बनाता, उदर लाल साहब इदर अमारा राय साहब। वो रहा आपका लेक, वो एक, क्या बोलते, बावड़ी, इदर को ये पहाड़ी, उदर कुछ ट्रीज! उदर साउथ में दूर कंठा तक चला गया है।" बीच-बीच में राय साहब की गुड़गुड़ी गुड़गुड़ाती, लगता नदी के मेढक बोल रहे हों।

"अमारा कुआँ यहाँ है, हेयर।"

"पानी...।" मैं हकलाया।

राय साहब के मुँह से ठेंपी निकली, "कसम ले लो माँ भवानी की जो नदी का एक बूँद भी पानी लेते हों हम। वह पूरे स्टेट के रहवासियों के लिए है। गरीब-गुर्गे हैं, प्रजा हैं, पियें मौज करें। हम धरती माता से पाताल का पानी माँगते हैं और उसी से काम चलाते हैं।"

मैं भी उठकर खड़ा हो गया, "आपकी प्रजा वत्सलता आपकी वंश गरिमा के अनुकूल है। मैं तो बस यह कह रहा था कि कुँआरी नदी के बगल यहाँ से घाट तक आपने जो तीन कुएँ खुदवाए हैं डीप ट्यूबवेल, वे नीचे का पानी, माने ग्राउंड वाटर खींच लेते हैं। नदी का पानी ग्राउंड वाटर लेवल नीचे चला गया है। नदी इतनी सूख गई है कि गर्मियों में लोग नाव का इन्तजार नहीं करते, पैदल ही पार कर लेते हैं।

"राय साहब, हम चाहते हैं कि आपसी झगड़े कोर्ट के बाहर ही सलटा लिये जाएँ।"

"हम चाहते हैं?" राय साहब ने 'हम' पर तंज कसते हुए मेरे ही वाक्य को मुझ पर उठाकर फेंक दिया। मुझे अपनी गलती का अहसास हुआ, "माफ कीजिए, मेरी क्या औकात! लाल साहब का निवेदन है कि..."

"कि...?"

"नदी को ही लें, मोटे तौर पर उस पार लाल साहब हैं इस पार आप, क्यों न नदी को ही एलओसी मान लें, इस पार आप उस पार वे किसी फ्रेश विवाद में शक्ति जाया न हो।"

"यस और?"

"घाट का ठेका एक साल उनका रहे, एक साल आपका। माने पैतृक सम्पत्ति का आधा-आधा।"

"वो तो हुआ पैतृक!"

"जी।"

"और मातृक?"

"मातृक!" मैं गड़बड़ा गया।

"तुम बेचारे मैनेजर, क्या फैसला करोगे, जिन्हें यह भी नहीं पता कि अनुपात एक और एक का नहीं दो और एक का है। तीन भाई थे हम। दो हम, दोनों राय साहिबान और एक वे—लाल साहिब। यह बँटवारा हमारे महामहिम पूज्य पिताश्री उदय प्रताप सिंह कर गए हैं।" उनके जुड़े हाथ एक चित्र की ओर इशारे कर रहे थे, "हम नहीं।"

"चलिए, मान लिया। इस हिसाब से नदी के घाट का ठेका भी तो होना चाहिए। दो वर्ष आपका रहे एक वर्ष उनका।"

"ले लो। आगे बढ़ो।"

"ले लो" पर याद आया अनमोल, "नदी में तो पानी ही नहीं रहता।"

"और इस पार के कुओं का क्या?" मैंने पूछा।

"इस पार क्या और उस पार क्या। तुम तो अभी कल ही पैदा हुए हो मैनेजर, वे कुएँ भी हमारी जमीन पर ही हैं। नदी ने धारा बदली सो उस पार दिख रहे हैं।"

"कोर्ट में इसी का केस है, वह भी सुलझ जाए, अगर आपकी सलाह से...माने आप समझ रहे हैं न, आप तनिक पीछे हो जाएँ, दावेदारी छोड़ दें।"

"हूँऽऽऽ"

"चन्दन के पाँच पेड़ थे। दो पेड़ आपने कटवा लिये, बाकी...?"

वे तनिक खिन्न हुए, "वहाँ तो हमारी भावज मरी थी, लाल साहब के यहाँ कौन मरा—लाल साहब कि रानी साहिबा? अरे मैनेजर साहिब बँटवारा तो साफ है, श्वेत चन्दन श्वेत के, लाल चन्दन लाल के।" वे दबंगई से हँसे।

"कहाँ श्वेत चन्दन, कहाँ लाल!"

"तुम ठाकुर हो?" उनकी भौंहें सिकुड़ गईं।

"जी जी, मैं समझ नहीं पाया।"

"मुझे लगा, कायथ हो, कायथ!"

कुढ़कर रह गया, "पक्का घाघ है। दुबे के शब्दों में कोब्रा!"

"दावा किये तो जान लो, तुम मैनेजर हो, सिर्फ मैनेजर या मुंशी-वुंशी, मालिक नहीं। अपनी औकात में रहो।" राय साहब चिढ़ गए।

"आपसे किसी बेअदबी की हिमाकत मैं कैसे कर सकता हूँ भला! फिर भी कहीं कुछ लगी हो तो क्षमा करेंगे। जाते-जाते एक मुद्दे को रखने की इजाजत दें।"

वे कुछ देर घुन्नाए रहे, फिर बोले, "बोलो।"

"इस पुल का तो उद्धार करवा दीजिए, खस्ता होता जा रहा है, प्रतीक भी है रियासत के दोनों भागों के जुड़ने का।"

"अकेले हमारा ही सिरदर्द है?" ठेंपी फिर मुँह में गई और नदी के मेढक बोल उठे।

मैंने हाथ जोड़े, "मेरा मतलब सरकार के जरिये।"

वे कुछ बोले नहीं। रानी साहिबा आ गई थीं।

मैंने दुबारा उनके पाँव छुए, बाहर रखे जूते पहने और लौट आया। मुझे मालूम था, बोलें-न बोलें सवाल पैसों का था, जो न राय साहब के पास था,

न लाल साहब के, कम-से-कम पुल के लिए। हाँ पतुरिया-वतुरिया होती तो कहीं से जुगाड़ करने को कहा जाता। रहा प्रान्तीय और केन्द्रीय सरकार का तो शायद एम.पी.-यू.पी. के बीच का विवाद हो। इस कोब्रा को कम-से-कम उस कुलदेवी का लिहाज करना चाहिए था, जिसके चलते कुँआरी का जनम हुआ, सो भी नहीं। और क्या सफेद झूठ, नदी ने धारा बदल दी। पानी ही कितना रहता होगा!

चौरे पर अब तक काफी भीड़ जुट आई थी। प्रदीप जल रहे थे। औरतें नाच रही थीं। गा रही थीं। न उनके नाचने में कोई रस था, न गाने में, सारा कुछ असंगत था। पर इससे भी अजीब यह था कि कुछ औरतें अभुआ रही थीं। आश्चर्य, लाल साहब की रानी साहिबा भी थीं और कौसिल्ला भी!

अपने कमरे पर पहुँचा कि लगा, कोई पहले से खड़ा है। देखा तो अनमोल था।

"साहिब! हमरी मालकिन आपको मछरी खाने का न्यौता देने के लिए हमें भेजी हैं। सोन मछरी मिलती है हमारे यहाँ साहिब, बहुत टेस्टी!"

"कब?"

"आज।"

"आज ही...? खैर, ठीक है, चलो हम आठ बजे तक आ जाएँगे।" सहदेई को खाने के लिए मना किया और दुबे से पूछा, "आठ बजे फ्री हो?"

"क्यों?"

"चलो तुम्हें सोन मछरी खिला लाते हैं।" दुबे लगा घूरने मुझे अपनी बड़ी-बड़ी आँखों से, पिनक गया, "बाभन हूँ मालूम, अपना एक प्रोटोकॉल है! यहाँ मछरा-मछरी नहीं चलती।" मैंने मुँह बिचकाया, "स्साले, होटल में तो कोस-भर से गन्धाती सड़ी मछली चाभ लेते हो।"

"वो बाहर! यहाँ नहीं।"

"क्यों?"

"यही दस्तूर है और क्या...।" वह तनिक ठमका, "और सुनो, हमारे इलाके से होकर मत जाना।"

मैं आहत हुआ, "यह भी दस्तूर हुआ क्या? तुम्हारे ऊपर राय साहब का भूत कब से सवार होने लगा!"

"आज महामहिम का मूड जो है, सो अपनी खुरदुरी जीभ से चाट कर आए हो। कब किस बात से मिर्ची लग जाए और मैं 'गुरु' से 'गोरू' पर उतार दिया जाऊँ। सावधानी हटी कि दुर्घटना घटी!"

7

मैं अकेले ही आया था। इस इलाके से अभी पूरी तरह से वाकिफ नहीं हो पाया हूँ। उस पर यह भादों की अँधेरी रात। पर यह कम्बख्त अनमोल कहाँ मर गया! कहीं मुझे इस तरह बुलाया जाना कोई षड्यंत्र तो नहीं! मैं भी एक ही गावदी, किसी ने बुलाया और चल पड़े, अपनी कोई पोजीशन ही नहीं।

तभी, "आइए, साहब।" कोई नारी कंठ।

"कौन?"

टॉर्च की फीकी रोशनी में एक गँवारू औरत का चेहरा सामने था।

"चुड़ैल!" वह हँसी। स्याह बीहड़ों ने पंख फड़फड़ाए, "हमीं ने आपको न्यौता दिया है।"

"पर मुझे जाना कहाँ है? और अनमोल कहाँ रह गया?"

"उस पार जाना है हमारी मड़ई में। हम उन्हीं की मेहरारू हैं। वो तो खुद ही आय रहे थे पर हमीं ने रोक दिया, कहा, 'हमारे मेहमान हैं, हमी ले आएँगे।'"

नदी का किनारा, कटे-फटे तट और वीरानापन। ऐसी औरत से कभी ऐसे में पाला नहीं पड़ा। तरह-तरह के कीड़ों के शोर से फिजा गुलजार थी। पर ये सभी आवाजें अमूर्त थीं। अँधेरा इतना घना था कि हाथ को हाथ नहीं सूझ रहा था। कुछ पल यूँ ही बीते, दुविधाग्रस्त, संशयग्रस्त। वापस जाने को पाँव मुड़े कि गढ़े में पड़े, लड़खड़ा गया। उसने मुझे हाथ बढ़ाकर सँभाल लिया, "सँभल के, जरा-सा भी गड़बड़ाए तो सीधे नदी में चले जाएँगे। टॉर्च तो हई है आपके पास, किस दिन जलाएँगे? गाड़ी यहीं छोड़ दें हमारे पीछे-पीछे आ जाएँ।"

टॉर्च जला ली, आगे ढलान थी, पता नहीं, कहाँ लिवा जा रही थी वह मुझे।

नाव। सामने नदी थी। अब उसने डाँड़ सँभाल लिया था, "बैठो।"

अँधेरे में चप्पुओं के चलते पानी की छप-छप, छुलुक-छुलुक बज रही थी।

"डर तो नहीं लग रहा है आपको? डरना नहीं, पक्की मल्लाहिन हूँ।"

आ गया किनारा। उसके पीछे-पीछे कगार की चढ़ाई चढ़कर उस पार पहुँचता हूँ। आगे टिहड्डे पर एक मड़ई के सामने वह जाकर खड़ी हो गई।

शुकर था, मड़ई से लालटेन लेकर जो शख्स निकला, वह अनमोल ही था, "सलाम साहिब!"

"तो यह तुम्हारी मड़ई है?"

"जी।"

"और ये...?"

"हमारी वो...।"

"समझ गया लेकिन तुम्हारे जैसा मर्द नहीं देखा। खुद नहीं आए। मुझे लाने के लिए भेज दिया अपनी मेहरारू को।"

"इसी ने मुझे जाने नहीं दिया। कहा तुम बैठो, जब हमने न्यौता दिया है तो हम ही ले आएँगे साहिब को। मैं यहाँ से वाच कर रहा था।"

"वाच?" अंग्रेजी जबान पर मैं जरा चौंका।

"और आपके साथ कोई दुबे साहब भी थे न?" औरत ने पूछा।

"नहीं आ पाए, व्यस्त थे।"

मड़ई में दो खाटें थीं। एक पर दो बालक मारामारी कर रहे थे। दूसरे का बिस्तर समेटकर मेरे लिए जगह बनाई गई, "बैठो साहिब।"

"ये तुम्हारे बच्चे हैं।" मैंने पूछा।

"जी, लव और कुश।" अनमोल ने बताया।

नाम पर मैं चौंका।

"वाह, जुड़वाँ तो नहीं लगते। ऐसे नाम तो जुड़वाँ बच्चों के होते हैं?"

"जुड़वाँ नहीं हैं साहब। लव बड़ा है कुश छोटा। किसी और मशरफ से रखे हैं नाम।" इस बार जवाब औरत ने दिया। मुझे लगा, हर स्तर पर डॉमिनेट कर रही थी औरत। चूल्हे में फूँक मार रही थी कि सिर का आँचल गिर गया। पहली बार उसके चेहरे को भर नजर देखा, साँवला चेहरा बाएँ गाल पर लम्बा-सा कट, बाईं आँख भी कुछ खिंची हुई। लटें हर जगह नहीं, कहीं-कहीं गंजापन-सा। पूरी देह में ये दाग फैले हुए थे या मात्र वहीं, पता नहीं। हाथ का अग्रभाग सफेद था। फूँक मारते समय चूल्हे की लपलपाहट से चेहरे पर और कमरे में आलोक-छाया का अद्भुत तिलस्मी दृश्यबन्ध बन-बिगड़ रहा था। कहीं मैं सचमुच किसी चुड़ैल-वुड़ैल के चक्कर में तो नहीं आ फँसा!

"आपको मैं अक्सर नदी के उस पार से जाते हुए देखती हूँ। कभी घोड़े पर, कभी मोटरसाइकिल पर। आप थोड़ी देर के लिए घाट पर रुकते फिर चल देते। है न।" वह कभी संस्कृत, हिन्दी और कभी बघेली की छौंक लिये हिन्दी में बोल रही थी।

"हाँ।"

"और कभी-कभी एक बुढ़िया को भी बैठाकर ले आते हैं।"

"आपको सती मैया के चौरे पर भी देखा है। पूजा करने जाते हैं?" कहकर वह हँसी।

"अरे, इसका मतलब है बहुत दिनों से नजर रख रही हैं मुझ पर?"

वह भी हँस पड़ी। बच्चे निंदिया रहे थे। अनमोल उन्हें सुलाने लगा।

"दरअसल ये सती मैया मेरे लिए पहेली है। जितना ही उनके विषय में जान पाता हूँ, यह पहेली और भी गाढ़ी होती जाती है। यही चीज मुझे खींच ले जाती है वहाँ।" सहसा मैं चौंका, "पर तुम...आप वहाँ क्या करने जाती हैं?"

"पूजा, हमीं क्यों दूर-दूर से लोग आते हैं। भीड़ दिन-पर-दिन बढ़ती जा रही है।"

"मैंने वहाँ औरतों को नाचते-गाते, आरती उतारते, अभुआते हुए देखा है।"

"देखा होगा।"

"यहाँ पैसे चढ़ाते..."

"लोग जल्दी में होते हैं यहाँ घाट पार करते नदी में पैसे-वैसे चढ़ा जाते हैं। नदी तो वहीं से होकर जाती है न, मनौती तो घर से ही मान लेते हैं।" अनमोल बता रहा था।

"आप भी...?" मैंने उस औरत से पूछा।

मेरी बात काटकर उसने कहा, "अरे आपने तो कुछ खाया ही नहीं।"

कुल्ली कर लौटा तो उसने हठात् एक ऐसा वाक्य कह डाला कि मैं अवाक् होकर उसका मुँह देखता रहा गया, "जो औरत खुद अपनी रक्षा न कर सकी, वह दूसरों की रक्षा कर सकती है क्या?"

मैं हतबुद्ध!

"सती को देखना चाहोगे?"

"मजाक कर रही हो?"

"मजाक नहीं, सच्ची...।"

"दिखा दो, कहाँ है सती मैया?" एक क्षण को लगा जैसे वक्त थम गया है।

"मगर एक शर्त—जब तक मैं न कहूँ इस राज को नहीं खोलेंगे।"

"मंजूर! अब तो बता दो, कहाँ है सती?"

एक मुहूर्त के लिए वक्त ठहर गया, फिर उसकी आवाज आई, "तुम्हारे सामने!"

एक साथ न जाने कितने मेघ घहरा उठे, "तुम्म!"

मैं घबराकर खड़ा हो गया, "पर तुम तो...?"

"मेरा नाम भी सावित्री है, सती सावित्री नहीं, सावित्री कुँअर। मैं ही छोटी रानी थी...जैसे नियति ने पहले से ही मेरा सती होना निर्धारित कर रखा था।" भाषा करवट ले रही थी।

मेरी उँगली गिरगिट की तरह काँप रही थी। वह प्रस्तर प्रतिमा-सी खड़ी थी निर्विकार! मुख से शब्द झर रहे थे या कहीं पार्श्व से, पता नहीं। शब्द थे या शोले? लालटेन की चिमनी धुआँ-धुआँ कर स्याह हो रही थी और

तिलस्म का निगेटिव धुलकर तार-तार! दीवार पर उठती-गिरती परछाइयाँ फ्लैश बैक में ले जाती हैं..." पाँचेक साल पहले बड़के राजा साहब उदय प्रताप सिंह की रियासत यह विजयगढ़। उनकी दो बेटियाँ, तीन बेटे, दो रायबहादुर एक लाल साहब। शेखी और झूठी शान में एक से बढ़कर एक। एक ताल्लुकेदार की बेटी सावित्री कुँअर से ब्याह होता है छोटे राय साहब का। दो वर्ष बाद सावित्री कुँअर के पेट में एक बीज अँकुआता है। फिर एक दिन क्या होता है सवेरे-सवेरे गोलियाँ चलती हैं एक-एक कर कई...।"

"पता नहीं किसने मारी, कहाँ! खनन माफिया या दूसरे...सावित्री के पास तो सिर्फ डेड बॉडी आई थी। झलक दिखाकर पोस्टमार्टम के लिए भेज दी गई। फिर आई दूसरे दिन। रोना-पीटना चलता रहा। फिर सास, जेठानी, ननदों और एकाध बड़े-बजुर्गों में खुसुर-पुसुर! दुख की दूसरी परत कफन की तरह खुली तो वह वंश-गरिमा का प्रताप था! उससे पहले दिन सिन्दूर, चूड़ी और सधवा के तमाम शृंगारों, प्रतीकों को हटाकर विधवा बनाया गया था और दूसरे दिन नहला-धुलाकर फिर से सुहागिन...जरीवाली ब्याहता साड़ी, माँग, कान, नाक, गले, कमर, हाथ-पाँव सब पर गहने। पूछने पर कोई जवाब न मिला सिवाय एक जवाब के, 'ऐसा सौभाग्य सबको कहाँ मिलता है!' सावित्री समझ नहीं पा रही थी कि उसके साथ क्या हो रहा है। किसी अनहोनी की आशंका में उठकर वह भागी ही थी कि सबने उसे पकड़ लिया, वह चीखी, 'मेरे पेट में छोटे कुँवर का बीज है।'"

"जान बचाने को बहाने गढ़ रही है!"

"उसे पकड़कर कुछ पिलाया गया। कुछ मुँह में गया कुछ कपड़ों पर। ढोल-नगाड़े, घरी-घंट, तुरही पता नहीं कैसी-कैसी आवाजें! मनहूसियत और आतंक से भरा दिन। गड़गड़ाते बादल और उन्मत्त धर्मार्थी भीड़। उसे पता नहीं चल रहा था कि उसे हाँककर कहाँ ले जा रहे थे लोग। वह गिरती-पड़ती फिर सँभाल ली जाती और एक तरह से भीड़ के धक्के से आगे ठेल दी जाती। चिता तक यह क्रिया जारी रही। तब भी भादों की शाम थी। पिछली रात को जमकर बारिश हुई थी। माटी बिलकुल गल गई थी। सती मैया की जय! सती मैया की जय! वह लद-लद गिरती और बार-बार उठाकर हाँकी जाती।

चिता पर पति की लाश को गोद में लेकर बैठाए जाने पर भी उस नीम बेहोशी में—'मोरे बप्पा', 'मोरे भैया' सारी बची-खुची शक्ति को बटोर कर उभरी चीख, पिता का ओझल होता चेहरा, झकाझूम चक्रवाती हवा और बारिश की बौछारें! सब कुछ धुंध में समाता गया। समाता गया सारा आलम। धर्म के पीछे धुँधुआती, चीखती, पागल, पिलपिलाती भीड़ और तमाशबीन...कितना चन्दन, कितना देशी घी और कितना पेट्रोल ताकि चिता बुझने न पावे। हवा पागलों-सी घूम गई और तभी उन्मत्त नारों के बीच बगल का पीपल अर्रा कर गिरा जलती चिता पर और सावित्री उछाल दी गई। आकाश से टूटी चिर्री ने जैसे लोक लिया सावित्री को। शायद हुआ कुछ दूसरी तरह से हो, वह होश में कहाँ थी।"

"होश आया तो मैं इस मड़ई में थी। अनमोल की माँ मुझे सितुही से गर्म दूध पिला रही थी। एक कराह के साथ मेरी आँख खुली।"

"कैसी हो बिटिया?" जवाब में फिर वही कराह।

"तुम हो कौन, कैसे बह गई नदी की धार में और वो भी इस तरह?" वह एकटक मेरा मुँह निहारे जा रही थी।

"बताती क्यों नहीं।"

"सती।"

"'अरे बाप।' दूध की कटोरी के साथ अनमोल की माँ छिटक पड़ी और थरथर काँपने लगी। मैंने पूछा, 'माता जी दर्पणी है?' अनमोल ने मेरे हाथ में दर्पणी थमा दी। अपना चेहरा देखकर मेरे मुख से चीख निकल गई, 'अरी मोरी माई!' यह किसका चेहरा था! झुलसा हुआ स्याह! जले बाल, फफोलों, खून से भरा हुआ चेहरा, हाथ से छूकर जाना, पूरी तरह नंगी हूँ, सिर्फ जहाँ-तहाँ दो-एक गहने अटके पड़े थे। कुछ-कुछ सोच पा रही थी। उछाल खाने के बाद शायद नदी में गिरी, पानी के रेले के साथ बहते-बहते शायद उस जाल में आ फँसी जिसे मल्लाह लकड़ी छानने के लिए नदी में ताना करते हैं। उस दिन काफी पेड़ गिरे थे, कुछ बह रहे थे नदी में। बाद में अनमोल ने बताया कि मेरी कोई भी आवाज सुनाई नहीं पड़ रही थी, सिर्फ जयकारे थे और बादलों की दिल को कँपा देनेवाली गड़गड़ाहट। इन्हें ऊपर से लकड़ियों से तोप दिया गया और आग छुआ दी गई चिता को। पंडित लोग जोर-जोर से मंत्र उच्चार रहे थे

और जब आसमान से आग की लकीर के साथ उखड़ गए पीपल का पेड़ चिता पर अर्रा कर गिरा तो जो जहाँ था वहीं से प्राण लेकर भागा...वो आँधी वो पानी, हहास मारती हवा और ज्वालाओं की लपटें!"

"कभी-कभी मन में आता है कोर्ट में जाकर खड़ी हो जाऊँ; मैं हूँ रानी सावित्री कुँअर। मैं ही अपनी मजार पर दीया जलाती हूँ। मैं ही! कैसा लगता है अपनी ही मजार पर दीया जलाना, अपनी ही पूजा करना, अपनी ही निराजना करना, कैसा नाच है यह, कब तक इस झूठ को ढोती फिरूँगी? कितनी बार मरूँगी? कितना अजीब लगता है खुद का रोज-रोज जलना! कभी-कभी तो लगता है, तब से लेकर आज तक लगातार जलती ही रही हूँ मैं। एक दिन तो मुझे परदे के बाहर आना ही पड़ेगा।"

"कब आएगा वह दिन।" मैंने पूछा।

"मेरे लव-कुश जिस दिन तैयार हो जाएँगे उस दिन।"

अचानक मेरी निगाह घड़ी पर गई। उफ्फ दस बज गए, लौटना भी है।

"मछरी कैसी लगी साहिब?" अनमोल ने पूछा।

"मछरी जरूर स्वादिष्ट रही होगी। लेकिन सती की कथा सुनने के चक्कर में ध्यान ही न गया।"

बच्चे सो गए थे, पता नहीं कौन लव था कौन कुश। सौ-सौ के नोट उनके सिरहाने रखकर लौट पड़ा।

सावित्री कुँअर अब कुछ भी नहीं बोल रही थी, कुछ भी नहीं। मैंने कहा, "आज की शाम मेरे जीवन की एक जलती शाम रही।"

"मगर मेरी शर्त याद रहे, मैं जब तक न कहूँ, इस जलती शाम की आँच दूसरे को नहीं लगनी चाहिए साहिब। वचन दो।"

"दिया। पर यह तो बता दो, तुमने मुझी पर विश्वास क्यों किया।"

"पता नहीं, क्यों कर!"

"पर कथा की सलवटों को खोलने के लिए मुझे फिर आना पड़ेगा।"

"आइए, हजार बार आइए, लेकिन मैनेजरी कर रहे हैं तो राय साहब और लाल साहब दोनों के जहर और लपेटे से बचके रहिए। एक नागनाथ है और दूसरा साँपनाथ।"

आगे की कहानी उस पार जाते हुए अनमोल ने विदा के वक्त बताई, "साहिब" उसकी आवाज चप्पुओं में हिलकोरे ले रही थी।

"हाँ।"

"आपने गौर किया, पहले आपको अपनी आपबीती सुनाने तक किस कदर उत्साहित थी, जैसे उसके अन्दर वर्षों से कुछ खौल रहा हो, चाहती थी कि किसी भरोसे के आदमी को बताकर हल्की हो जाए। न बताती तो सिर फट जाता। आपसे कहकर शान्त हो गई और उसके बाद डर भी गई, ये क्या कर डाला!"

"हूँऽऽऽ!"

"लेकिन तुम...? तुम नहीं डरे?"

"सच पूछें तो डर तो मैं भी गया हूँ। उस पार जाल में फँसी थी। पता नहीं वह मेरे जाल में फँसी थी या मैं उसके जाल में!"

"मतलब?"

"मतलब कहीं यह भेद खुल गया तो?"

"तो फिर यहाँ क्यों पड़े हो खतरे में?"

"वह नहीं जाना चाहती न साहिब। पता नहीं, क्या है उसके मन में! माई ने तो उसकी सच्चाई जानते ही सिर पीट लिया, 'अरे मारि डारेंगे रे, बोटि-बोटि कइके नदी की मछरिन को खिया देंगे।'"

"और सावित्री...?"

"तकदीर ने उसको दबंग बना दिया, उसके मन में एक आगि जलती रहती है साहिब दिन-रात!"

"हूँऽऽऽ। तुम माई की बावत कुछ कह रहे थे न?"

"ई तनिक ठीक हुई तो माई बोली, पहिले इसके बाप के पास लेइ जाओ, सौंपि के गंगा नहाय लो।"

"तो तुम गए थे?"

"गए न! इनका देखते ही मिर्गी आय गई जैसे उन्हें, 'हटाओ इसे, हटाओ-हटाओ।'"

"ठाकुर साहब आपकी बिटिया..."

"हमारी बिटिया तो सती हो गई।" जैसे किसी भारी मुसीबत में पड़ गए थे वे। आश्चर्य, कोई इतना बेदर्द हो सकता है!"

"ठीक ही कहती है यह, 'जान जाएँ कि मैं जिन्दा हूँ तो थूकेंगे और मर गई तो पूजा, माई-बाप भी। समाज भी। पूरा पबस्त...! हमें तो अफीम पिलाई गई थी पर उन्हें क्या पिलाया गया था, जिसका नशा अफीम से भी खतरनाक है।'"

"ये यहाँ है इतना बड़ा खतरा मड़ई में पाल रखा है तुमने।" मैंने पूछा।

"खतरा तो है पर यहाँ के सभी लोगों का विश्वास है कि वह सशरीर सरक गई। कइयों ने तो चिता पर पीपर गिरने से इसके पुरसे-भर उछलने को अपनी आँखों से देखा था। सभी ऊपर ताक रहे थे, जयकारा करते हुए। फिर वो बरखा की बूँदों की झालर में, चिता की लपटों में, धुएँ में कहाँ गई कुछ पता नहीं, सब ऊपर-ऊपर ताक रहे थे, वह नीचे-नीचे पानी के रेले के साथ बह रही थी। कंठा के जंगल से बिगवे यहाँ तक आ जाते हैं कभी-कभी, बच भी गई हो तो इनसे बचने की गुंजाइश कहाँ बचती है!"

"जब तुम्हें मिली थी अधजली, अधमरी, नंगी...अभी तो भरी-पूरी औरत है।"

"ऐसे ही नहीं न साहिब!"

"फिर।"

"वो तो जब बाप समेत सारे रिश्तेदारों के यहाँ, जहाँ-जहाँ गए सबने इनकार कर दिया तो माई ने गहना-गुरिया देकर हमें मैहर भेज दिया, सतना। कहा लेइ जाओ, दवा-दारू कराओ और यहाँ झाँकना मत। वही हुआ, हम डॉक्टर से झूठ बोल-बोलकर दवा-दारू कराते रहे। शारदा मैया की कृपा से ठीक होने लगी तो दूसरी मुसीबत—फूला पेट। इधर की पिरथवी उधर होइ गई, मगर कुँवर माने छोटके राय साहब का बीज मरा नहीं; जाको राखे साईयाँ मार सकै न कोय! तो वही लव है, कुश बाद में पैदा हुआ।"

"तुमसे?"

"हाँ साहिब, अब का करैं...! आग और खर एक साथ नहीं रह सकते न। फिर ऐसी जनाना! हम तो सपने में भी नहीं सोच सकते थे।

बेटा हुआ तो माई निहाल, हुँवइ एक चाय-पानी की गुमटी खोल ली थी। इधर इहाँ सती माई का मेला लगने लगा था। माई ने कहा पोतों और पतोहू को लेकर चले आओ। मत्था टेकि जाओ।"

"मनौती मानी थी?" पूछा हमने।

"हाँ।"

"तुम्हारी माँ ने मनौती मानी थी?"

"हाँ, हाँ, माई ने।"

"तुम तो सब जानते थे वह तो खैर थी ही वही, फिर भी मत्था टेकना?" मैंने पूछा। द्वैध का यह मनोविज्ञान मेरी समझ से परे था।

"हाँ, दिनोंदिन सती माई की महिमा बढ़ती गई। देखोगे तो दंग रह जाओगे, भीड़ अरर बोलती है।"

"खैर, तभी से आ गए वापस यहाँ?"

"नहीं, हम आए दुई साल बाद। माई के बुलाने पर। माई कहने लगीं, 'हियँइ रहि जाओ। हियाँ के सारे मल्लाह भागि गए हैं। काम भी ढूँढ़ना नहीं पड़ेगा।'"

"क्यों भाग गए सारे मल्लाह?"

"अरे साहिब ठेके का कुल पइसा लेइ लें। ऊपर से आये दिन मछरी पहुँचाने का फरमान। न दो तो मार-पिटाई, गाली-गलौज। हम तो इसलिए टिक गए कि एक दिन हम पर डंडा उठाए तो हम बोले, 'हम पर वार किये तो सोच लो हम आखिरी मल्लाह हैं। हमरे बाद कोई मल्लाह नहीं आएगा नदी पार करवाने।'"

"माई?"

"माई तो मू न गई साहिब परसाल।"

8

अउधू मिल गया सड़क पर। नवरात्र से सप्ताह-भर पहले, इसके पहले सिर्फ उसकी आवाज सुनी थी दूर से :

कारि बदरिया बहिन हमारी
बदरा बीरन लगे हमार
आजु ठहर जा मोरे कनउज माँ
कन्ता एक रैन रहि जाए

तब वह शायद आल्हा टेरता हुआ जा रहा था और आज वह किसी को पंचांग बता रहा था, "कार्तिक शुक्ल अष्टमी दिन शुक्रवार है, पश्चिम मत जाना, दिशाशूल है। आज प्रातः गायों को स्नान कराओ, गन्ध-पुष्प आदि से पूजा करो फिर गौ ग्रास माने घास देकर उनकी परिक्रमा करो, तो सौभाग्य में वृद्धि होगी। अब हमें जाने दो ढेर काम हैं। पादने-भर की फुरसत नहीं है।"

कुर्ते-पाजामे के जवाहरकोट बाने में अपने संघतिया गया के साथ था वह। एक नाटा, एक लम्बा; एक साँवला, एक गोरा। एक ढोलक बजाता, एक टुनटुनी।

अउधू के गाकर छोड़ दिये आल्हा को पुराया करता और अधूरी बातों को भी। जैसे अउधू बता रहे थे, 'पूरा इलाका...'

अब गया की बारी होती, 'सती मय कर दिया।' दोनों को जोड़कर पूरा वाक्य बनता।

'मकान, दुकान,'

'जनरल स्टोर, मेडिकल स्टोर...'

'अभी बहुत काम पड़ा है,'

'जाय रहे हैं मनीजर साहेब,' 'फुरसत नहीं है।' मैंने अपनी यादों पर जोर डाला। इसी शख्स को मैंने अक्सर गले की ढोलक ठनकाते हुए एक भदेस गीत गाते सुना था, 'चढ़ि गई छिनरिया माथे पर...' औरतों और छोटी जातियों पर यहाँ बात-बात में गाली देने का चलन आम है और गाली भी कैसी-कैसी? बोल दो तो जुबान कटकर गिर जाए और सुन लो तो कान।

नवरात्र के नवमी के दिन अपार भीड़।

कुर्सियाँ-ही-कुर्सियाँ! बड़े-बड़े ठाकुर-ठकार, हाकिम-हुक्काम, राजे-रजवाड़े घाट से थान तक गाड़ियों का ताँता लगा हुआ था। अपने स्वच्छ परिधान में राय साहब और रानी साहिबा अतिथियों का स्वागत कर रहे थे।

दूसरी ओर लाल साहब और उनकी पत्नी के लिए एक भू खनन माफिया की कार का मैंने बन्दोबस्त किया था।

यद्यपि दूरी फकत आठ सौ मीटर की ही रही होगी, मगर स्टेटस का सवाल था। कार नदी की खस्ताहाल पुलिया के इसी पार रोक देनी पड़ी। उन्हें पैदल ही जाना पड़ा, इसका मलाल रह ही गया।

एक रानी ने दूसरी रानी का, अँकवार में भरकर स्वागत किया, एक राजा ने दूसरे राजा का, और एक मैनेजर ने दूसरे मैनेजर का, यानी दुबे ने मेरा। सबने सिर पर साफे बाँध रखे थे। यहाँ तक अउधू और गया ने भी, सिवाय मेरे। दुबे ने टोका, "तुम्हें क्या एटिकेट नहीं मालूम, साफा बाँधकर आना चाहिए था।"

"यह भी दस्तूर है?"

"और क्या?"

"यार ये अउधूआ है कौन?"

"है एक बहेल्ला। सार 'कबी' बना फिरता है। सती पर महाकाव्य रच रहा है। तकिया कलाम है—'चढ़ि गई छिनरिया काँधे पर'। अन्तरा-अन्तरा जोड़ता-घटाता रहता है। हर अन्तरा के बाद छिनरिया की जगह बुजरिया, कुकुरिया, बिलरिया, सुअरिया...जैसे टेक। अब इतने बड़े महाकवि का कोई पारखी न हो ऐसा कहाँ सम्भव है। इनके पारखी हैं गया। गया की आवाज में श्रद्धाविजड़ित शेखी चूती है—'बुरा हो रामचन्नर सुकुल का, पहले ही मरि गए, नहीं तो हिन्दी साहित्त के इतिहास में इनका नाम दर्ज हुए बिना न रहता।' "

भीड़ इतनी कसी हुई थी कि एक इंच भी खिसकना मुश्किल। जगह-जगह जेनरेटर भक्‌भक् धुआँ छोड़ते रोशनी उगल रहे थे। फिर भी धरम धक्के में दस-बारह लोग नदी में गिर ही गए जिन्हें बाहर निकाला गया। औरतें अपनी कतारों में थीं पुरुष अपनी कतारों में, बीच में पतला-सा रास्ता।

सहसा स्प्रिंग की तरह उछलकर खड़ा हो गया चौरे के नीचे अउधू, "सती माई की..."

"जय!" गया ने पुराया, फिर सब जुड़ गए। जयकारे-ही-जयकारे!

तीन बार की आवृत्ति के बाद अउधू ने ढोल सँभाली।'टिन्न-पुन्न' के बाद 'धिनक धिन धिन धा धिन चटाक! धिन चटाक! धिन चटाक! धिन चटाक!' अउधू ने बाएँ कान पर हाथ रखे, "अरे तो हाँऽऽऽ!

कहा है कि नारि उहै मरि जाय जो कुल में दाग लगावै!
पुत्र वही मरि जाय जो रन में पीठ दिखावै...
तो सज्जनो कबी ने उचित ही फरमाया है।
बारह बरिस ले कुकुर जीयै
औ तेरह ले जीयै सियार
बरस अठारह छत्री जीयै
आगे जीयै को धिक्कार..!"

वीर रस का संचार करने के बाद पद्य से गद्य पर उतर आए, "सज्जनो, सती तो समस्त पिरथवी पर एक से बढ़कर एक हुई हैं परन्तु हमरी पारबती मैया, गौरी जी से बढ़कर सती कौन है मगर...!

(मगर पर ढोल की एक थाप—चटाक!)

"कोई भी सती ऐसी न भई जो हमारे विजयगढ़ की सती माई की तरह सशरीर स्वर्ग गई हो। बोलो जय सती माई, बोलो जय सती माई..."

"बोलो-बोलो सती माई की...।" गया ने उठाया।

"जै!" भीड़ ने पुराया।

कवि ने करवट बदली,

नहीं देखते सतियों के जलने का है अंगार कहाँ,
राजपूत तेरे हाथों में है नंगी तलवार कहाँ,
कहाँ पद्मिनी का पराग है सिर से उसे लगा लें हम,
रत्नसिंह का क्रोध कहाँ है गातरक्त गरमा लें हम!

गायन-वादन रोककर कहा, "यहाँ है! यहाँ है यहाँ है! सती महिमा का पूरा वृत्तान्त पाँच-पाँच रुपये की पुस्तिका में बिक रहा है, जिस धर्मप्राण को जरूरत हो, ले सकते हैं।"

पता नहीं, कितनी रात तक चलता रहा सती पूजन का उत्सव!

कुछ-कुछ समझने लगा हूँ रियासत को, राय साहब को, लाल साहब को, रानियों को, पटरानियों को और सियासत को। राय या लाल चलते हैं तो अकेले नहीं चलते, दोनों के साथ कम-से-कम बीसेक आदमियों की पलटन होती है, बन्दूकधारी रक्षक ऊपर से। राय साहब क्या चाहते हैं यह ठीक-ठीक राय साहब को भी नहीं पता, लाल साहब क्या चाहते हैं, यह ठीक-ठीक लाल साहब को भी नहीं पता। रैयत के नाम पर जो भी बाँट-बखरा कर रखा था वहाँ से वसूली कम आ रही थी। फर्जी लोग जिन पर अधिया पर जो खेत छोड़े गए थे, वहाँ से भी। धमकाया तो बोले, "देख लो साहिब, पानी ही नहीं है फसल हो कैसे?"

"अब तक कैसे होती आई थी?"

"कुओं और नदी का पानी सूख गया। आपने नदी के किनारे कुएँ खोद रखे हैं, पम्प से पानी सोख लेते हैं।" किसी मुँहफट किसान के मुँह से निकला।

"तड़ाक्!" राय साहब के कारिन्दे ने एक तमाचा जड़ दिया उसे। उस दिन तो चले गए राय साहब मगर बाद में जाने क्या सोचकर एक को छोड़कर बाकी कुओं के पम्प हटा लिये। पुलिया थोड़ी और ढह गई थी। क्या पता अब नाव से जाना पड़े वहाँ। पीठ पीछे लोग कहते हैं, "अब तो छोटे राय साहब की पूरी जायदाद भी मिल गई है बड़े राय साहब को, अब क्या बहाने बनाएँगे।" दुबे कहता, "ये साले हरामखोर रिश्तेदार उड़कर आ गए हैं, हराम का खाते हैं, पुर्र-पुर्र पादते घूमते हैं। चुपके-चुपके रतन के लिए जहाँ-तहाँ रात-विरात सेंध लगाते हैं। कहते हैं, 'आपकी अगली सेना के योद्धा हैं। एक ही तो युद्ध है लाल साहब से। अगर यही हाल रहा तो कल को लाल साहब का हिस्सा भी मिला लेंगे अपने में।' उन्हें लगता है, बिना पॉलिटिक्स में गए आदमी की कोई कद्र नहीं, मिनिस्टर और प्राइम मिनिस्टर को छोड़िए, अदने से एम.एल.ए. के प्यादे का भी कम 'रुआब' नहीं होता।"

पर यहाँ तो हाल यह है कि हर सम्भावनाशील पार्टी के दरवाजे पर कोशिश कर-करके हार गए, कोशिश अभी भी जारी है, मगर कामयाबी ससुरी है कि मरीचिका बनी हुई है। सब को चन्दे के रूप में या पर्सनली मोटी रकम चाहिए। लाखों नहीं, करोड़ों! कहाँ से लाएँ?

कभी मन में उमंग उठती है, कारखाने बैठा लें, कोई अखबार या न्यूज चैनल खोल लें, स्कूल-विस्कूल भी चलेगा, मगर वही...कुछ भी करो घूम-फिर कर बात उसी मकाम पर आ पहुँचती है पैसा! दस-बीस लाख नहीं, दस-बीस करोड़ भी नहीं, सैकड़न करोड़!

दुबे बताता है तो छवि उतार देता है, "गुड़गुड़ी से मन न बहला। नटनियों ने निर्वस्त्र होकर करतब दिखाए, डाँटकर भगा दिया। अउधू नया रसदार कवित्त सुनाने आया था, बाहर का रास्ता दिखा दिया। हथेलियों पर मुक्के मारते टहलते रहे। वैसे तो ऊँची जातियों के दम पर ही टिकी हुई है पार्टी लेकिन मेरी बारी आने पर पचास बहाने, एक करोड़ देने का वायदा किया था। बोले, 'किस जमाने में रहते हो साहब! दस-पन्द्रह करोड़ से कम क्या होगा! कम-से-कम पाँच के ऊपर तो बोलिए, ससुर के नाती नहीं तो!'"

"एक करोड़ दे देते।" मैंने अनाड़ी की तरह सवाल किया।

"अरे दे क्या देते, पिछवाड़े का फटा तो दिल्ली से दिखाई पड़ता है। मुझे ही जुगत भिड़ानी पड़ी।"

"फिर?"

"फिर क्या एक दूसरी पार्टी में गए, दे आए एक करोड़। छोट जतियन की पार्टी थी।"

"मगर उनका तो सिद्धान्त है छोट जतियन की पार्टी में नहीं जाएँगे।"

"सुनोगे पहले, तिरंगे में गए नहीं मिला, फिर भगवा में गए नहीं मिला, फिर साइकिल में गए नहीं मिला, हाथी में गए नहीं मिला, हँसुआ हथौड़ा तारा में गए नहीं मिला, आखिर में हमसे कहा कि नक्सलियों की कोई पार्टी है उसी में चले जाते हैं। आश्चर्य उन्हें कोई दिक्कत नहीं हुई और पार्टियों को भी उनसे कोई दिक्कत नहीं हुई। यह है अपना देश और ये हैं अपने नेता और ये हैं उनके सिद्धान्त। आवर प्रिंसिपल इज द मैन ऑफ प्रिंसिपल्स। टिकट के हिसाब से सिद्धान्त बनते हैं। सब सिद्धान्त गए गधी के...में। खैर, लेकिन हुआ क्या जानते हो सात दिन बाद किसी दूसरे को टिकट मिल गया, छटपटा कर रह गए। वजह, उसने दो करोड़ उड़ेल दिये थे।"

"कोई सिद्धान्त-विद्धान्त नहीं है पार्टियों का।"

"कोई नहीं। वे फ्लाइंग ट्रैपीज चल रहा है कौन अँधेरे में कहाँ जा रहा है, कौन कहाँ!"

अचानक हम दोनों चिहुँके, "एँ, हम तो उन्हीं की भाखा बोल रहे हैं, जैसे हम ही राय और लाल हों।"

बीस दिन में पार्टी दफ्तरों और गुर्गों का चक्कर काटते बीस करम हो गए। पहली वाली पार्टी, जहाँ हमें बताया गया कि बहुत गम्भीर वार्ता चल रही है, इन्तजार करना पड़ेगा, घंटों इन्तजार के बाद धैर्य जवाब देने लगा तो जबरन घुस पड़े तो देखा वहाँ कई दबंग बैठे हुए हैं और वार्ता जो चल रही थी उसकी गम्भीरता का जायका कुछ इस तरह का था :

"सामुझ की जातवाले कितने हैं? हद-से-हद एक लाख। जबकि हमरी जाति के डेढ़ लाख, गिन लीजिए। अब मुसलमानों के साठ हजार।"

"नहीं-नहीं सत्तर से अस्सी हजार।"

"चलो मान लिया। अब एससी, एसटी, ओबीसी के भी एक लाख लेकिन वहाँ एक बात है, कोई-कोई जाति एससी-एसटी से ओबीसी हो गई। कोई-कोई ओबीसी से एससी-एसटी, इसका हिसाब-किताब कैसे बैठेगा। ई सरकार न एक नम्बर की चूतिया है।"

"अच्छा ई बताओ ई ससुरा बरमवा किस जात का है?"

"क्या करोगे, ब्याह करोगे?"

"अरे नहीं, एक-एक वोट की गिनती हो रही है।"

"सब जात मानते हैं यही तो आई कार्ड है।"

"आई नहीं आधार कार्ड।"

"अच्छा, गोंड, सतनामी और कोइरी छिटिक-विटिक रहे हैं।"

"छिटके-बिटके तो गोड़ काट लेंगे।"

तभी गार्ड ने कहा, "निकलिए आप लोग, निकलिए। बिना परमिशन के काहे आए। जब नाम पुकारा जाए तभी आइए।"

"चार घंटे से इन्तजार करवा रहे हैं।"

"तो मत कीजिए। घर जाइए, हमने बुलाया है।"

भीड़ कसी हुई है कोई टस-से-मस नहीं हो रहा है। अचानक ठेलने लगा गार्ड, भयंकर दाढ़ी थी उसकी, "बाहर निकलो बाहर, एकदम बाहर।"

"अरे सरफराज बेटा..." कोई चापलूसी में लिबलिबाती आवाज।

"यहाँ कोई किसी का बेटा-वेटा, भाई-भतीजा नहीं है, सीधे से कह रहे हैं बाहर निकलिए।"

"राम-राम, इतना अपमान।"

कितने तो दलाल मिले और कितने तो पैसे झटके उन्होंने।

हमें पहली बार लगा देश दलालों और गुंडों से भर गया है।

बीसियों जूते खाकर आ रहे थे जैसे। दुबे ने कहा, "चल थोड़ा हलके होते हैं। ढाबे पर दारू-वारू पीते हैं, खाना खाते हैं फिर घर चलते हैं।"

ढाबे पर पूछने पर दुबे को मैंने बताया कि इस बार पूरी तरह से वैज्ञानिक खेती शुरू की है।

"मैंने देखा है।"

"मकई, ज्वार, अरहर, उरद और नीचे धान।"

"पानी?"

"रानी की मेहरबानी। पम्प भी भिजवा दिया था ट्रैक्टर भी और खेत भी हवाले कर दिया था। सुनोगे तो खुश हो जाओगे, दोनों स्टेटों को एक मानकर मैंने काम शुरू किया है। चारों तरफ शीशम और सागवान के पेड़ ये सब टिकट युद्ध के पहले के काम हैं जो अब सतह पर दिखने लगे हैं। तुम्हें तो फुर्सत भी नहीं है कि एक नजर डाल लो।"

"यार, मेरे पीछे जयन्त का बाण है। दिन-रात सोच में डूबा रहता हूँ, क्या देखूँ और क्या सोचूँ।"

ढाबे पर मिला था वह। कुत्ते की तरह हड्डी चिचोड़ रहा था। दोस्त बन गया था, पूछा, "तुमने भी कंठा की रतनापट्टी में पट्टे पर जमीन ली थी?"

"नहीं।"

"लेना भी मत।"

"तुमने ली थी क्या?"

उस बोटी को छोड़कर उसने दूसरी बोटी उठाई।

"मैंने तो नहीं मेरे चचाजान ने ली थी।" वह फुसफुसाया। बम्बई में स्मगलिंग में लाखों पीटे। दबिश बढ़ी तो भागि आए हियाँ, राम जी की नग्री चित्रकूट में। वो क्या है न—जापर बिपदा पड़त है, सो आवत एहि देस! दस लाख में एक पट्टा लिया, दुई साल के लिए।

"तो उन्हें कुछ मिला?"

"हम भी यही पूछते रहे रोज-रोज। अब हाल सुनो एक बोरिया काँकड़-पाथर लइके आते, कई-कई दिन छाँटते मियाँ-बीबी। बिगड़ गईं चाची, उनके जाते ही फेंक आईं। हाथ झाड़कर बोलीं, अब घर खाली हुआ।"

"दूसरे दिन चचा फिर काँकड़-पाथर लेकर हाजिर। चाची ने धिक्कारा तो बोरी कन्धे पर उठाई और जगह-जगह लेकर हाजिर। हाय रत्नों की कीमत किसी ने न जानी।" हड्डी उसने प्लेट में रख दी। फिर कहा, "तब एक तरीका अख्तियार किया, अँगूठियाँ बनवाईं, पाथर बेचने लगे, सिद्ध पाथर, लोहे-ताँबे अष्टधातु की अँगूठियाँ।"

"वाकई?"

"अब पता नहीं। लोग जन्तर-मन्तर में इतना यकीन कर लेते हैं, इतने परेशान कि परेशानियों से उबरने के लिए गरह शान्ति के लिए फकीर की दुआ। सो चचा फकीर बन गए, कुछेक को लाभ हुआ तो कुछ और परवाने आ गए। चचा ने जिल्द बदला, दाढ़ी बढ़ाई, लबादा ओढ़ा और पालकी से आने-जाने लगे। क्या कमाल! एक्टिंग देखोगे तो मुरीद हो जाओगे।" वह वहीं नीचे पालथी मारकर बैठ गया और चचा बन गया।

"अल्लाह का करम, खस्तगीर से पीर बाबा की दुआ। वह अँगूठियों को लेता, पत्थरों को लेता फिर दोनों आँखों को बिलबिलाता, छुआता, चूमता और चँवर झलकर थमा देता—दस हजार। मैंने पूछा, पीर बाबा यह खस्तगीर कहाँ है।"

"यह तो मेरे या उनके अब्बा जान को भी नहीं पता।" वह उठकर फिर कुर्सी पर जा बैठा। चचा कहते हैं दस लाख के बीस लाख न वसूल लिया तो अपने बाप के पेशाब का पैदा नहीं। कुछ और पैसे हो जाएँ तो यह धंधा छोड़कर हज को चला जाऊँगा।

दुबे को बताया तो उसने कन्धे उचकाए, कहा, "मियाँ की जूती, मियाँ का सर।"

"मतलब?"

"मतलब हमीं ने छोड़ रखे थे दलाल। अजय-विजयगढ़ की पहाड़ी के ढलान पर बसे राय साहब और लाल साहब की रिजर्व फोर्स। इन्हें ही सिखा-पढ़ाकर फैला दिया, यह खबर फैलाने के लिए। रतनापट्टी के नीचे रतन-ही-रतन हैं। बृजभान सिंह का चेला है सहजदवा, उसने बाँदा, करवी से लेकर कंठा तक खूब उल्लू फाँसे। उसी की कथा कह रहे हो न।"

मैंने कहा, "हाँ।"

दुबे ने फिर पुरानी कहानी को खोदना शुरू किया। तुम्हीं ने याद दिलाई थी उदय राज पाँड़े के खंडहर में विक्टोरिया के चाँदी के सिक्के और सोने की मोहरें खोजने की बात। मिलीं? नहीं न! आखिर अपने ही फैलाए मिथ में यानी पाँड़े जी की दीवार ढह गई। हममें से कुछ दब-दबा भी गए, बड़ी मुश्किल से उन्हें बाहर निकाला गया। कहीं ऐसा न हो कि हमीं अपने बुने हुए ट्रैप में फँस के दब न जाएँ। खैर। हुआ तो वही लेकिन तनिक बाद में।

ढाबे का कॉकटेल किक कर गया था शायद। कदम बहके-बहके, जुबान सहकी-सहकी। दिमाग गुब्बारा बना उड़ रहा था।

"बैक टू पवेलियन, आ अब लौट चलें उन्हीं सवर्णों की पार्टी में।" दुबे ने कहा, "राय साहब को हमने समझा दिया है कि इन तिलों में तेल नहीं है।"

"और मैं? मेरा क्या होगा?"

"लाल साहब भी लौट रहे हैं, तो तुम अकेले क्या प्याज छीलोगे?"

"मगर यह हुआ कैसे?"

"उन्होंने अभी 'न' नहीं कहा है।"

"हमें क्या करना है?"

"सिर्फ गाय की पूँछ पकड़े रहना है। जानते हो, हम जहाँ भी रहें गाय की पूँछ चुनाव की वैतरणी पार कराएगी। इस सिद्धान्त पर सभी पार्टियाँ एकमत हैं।"

और लीजिए, पूँछ पकड़े-पकड़े हम कहाँ आ गए। मैंने आँखें मलीं, "यह मैं क्या देख रहा हूँ—बुदबुदे-ही-बुदबुदे। आँखें छिटककर तैर रही हैं फिजाँ में, बड़ी उम्मीद की फसल हुई थी इस बार मक्के की, घुस जाओ तो सोंधी-सोंधी गन्ध से तबीयत तर हो जाए। और यहाँ हाल यह था।"

हजारों बुदबुदे कहीं ये मरे हुए लोगों की आत्माएँ तो नहीं हैं या सती माई का कोई प्रताप। यह विचलन क्यों होने लगा? माना कि रास्ते में ढाबे पर हम दोनों ने दारू पी थी, पर दारू तो और भी दिन पीते थे, कभी तो ये बुदबुदे दिखाई नहीं पड़े। क्या दारू मिलावटी थी?

मैंने सिर झटके। पचासों गाय, बछड़े और साँड़ चरर-चरर चबा रहे थे फसलों को। सैकड़ों भैंगी आँखें, काले नथुने और सींगें मुझे डरा रही थीं। एक बार मोटरसाइकिल की हेड लाइट से नदी के उस पार का जायजा लिया तो वहाँ भी एक-सा नजारा। मुझे काटो तो खून नहीं, नदी के किनारे लाठी लेकर कुछ लोग खड़े थे। मैंने डाँटा, "खेत चरा रहे हो?"

"नहीं साहेब।"

"तो हाँकते क्यों नहीं?"

"हुकुम नहीं है।"

"तो लाठी लेकर क्यों खड़े हो।"

"इसलिए कि नदी में कोई गाय-गोरू गिर न जाए।" माने इन्हें भगाने नहीं इनकी रक्षा के लिए। खिसियाहट में पहले लाल साहब के पास जाता हूँ फिर राय साहब के पास। न ये कुछ बोल रहे थे, न वे। सिर्फ अरुणाचलम खड़े थे। पूछा, "यह सब क्या है?" बोले, "गो-सेवा। इन्हें हाँकिएगा नहीं, मारिएगा नहीं, चरने दीजिएगा।" मैं परेशान। दुबे तो जाते ही गिर गया बिस्तर पर। वह पूस की रात का हलकू बन गया—'चरने दो।' सुबह तक कंठा के पूरे इलाके के मवेशी ठेल दिये गए थे, मेरी मेहनत की कमाई फसल पर। रपट अखबार में छपी थी सचित्र—ऐसी गो-सेवा आज तक किसी ने न की होगी।

अउधू का पंचांग सिर पर चढ़कर बोल रहा था—प्रात: गायों को स्नान कराओ फिर गन्ध, पुष्प, गो-ग्रास से पूजा कर परिक्रमा करो। दुबे कुढ़ गया, "ये अउधूआ ने बताया था न?" मैंने कहा, "शास्त्रों में लिखा है कि अपना सुस्वादु भोजन उन्हें खिलाओ।"

"और उनका गोबर खुद खाओ और गोमूत्र का आचमन करो। सीधे गोलोक या बैकुंठ जाओगे।"

दुबे की अभी उतरी नहीं थी।

टिकट मिलना लगभग तय था। इतने चौरासी आसनों के बाद भी भला टिकट न मिलता! हमारी गो-सेवा से सभी खुश थे। लाल साहब भी कि इस गो-यज्ञ में नाक कटाकर अयात्रा कर दी एक साँड़ महोदय ने। किसी गो-माता से मुक्त आहार-विहार कर रहे थे कि कुँआरी में जा भहराए।

प्रेम अन्धा होता है। गो-माता तो गईं गोलोक और साँड़ महोदय गोबर में लिथड़ते अपनी बारी की प्रतीक्षा करने लगे। अरुणाचलम ने इसके लिए दुबे को जिम्मेदार ठहराया और दुबे ने अरुणाचलम को। दो पतंगें उलझ गई थीं। पता नहीं किसका पत्ता कटेगा और इधर मेरी सारी कोशिश गोवंश चर चुका था। दुबे ने हँसकर कहा :

कोई सागर दिल को बहलाता नहीं।
जिन्दगी के आईने को तोड़ दो,
इसमें अब कुछ भी नजर आता नहीं!

ब्लैंक! सपाट!

9

भुतहा ताल के भीट से बड़ा कोई एकान्त नहीं। यह रानी के हाथा यानी जयन्त की समाधि है। यहाँ बैठते ही हम जमीन के आदमी हो जाते थे जबकि घोड़े पर बैठते ही मैं हवा में उड़ने लगता था। दुबे एक घंटे बाद आया या एक युग के बाद। झल्लाया हुआ था। मैंने बगल में जगह बनाई, पूछा, "कहो गुरु, चैन से तो हो?"

"चैन गया गधे की....में।"

अँधेरे में उसका मुँह टटोलने लगा, सोचा, वह खुद ही फटेगा। फटा, "छठी बार पार्टी के दफ्तर से धक्के खाकर आ रहा हूँ।"

"माने इस बार भी पक्की उम्मीद नहीं।"

"नहीं। कोई गुर जानते हो तो बताओ।"

"मैं बतलाऊँ और तुम्हें?"

"अमा...ज्यादा नखरे न दिखाओ...मुझे मालूम है तुम खुद भी लाल साहब के लिए वही छक्का-पंजा खेल रहे हो।"

"वो सारे गुर तो तुम्हीं से सीखे हैं, मसलन, जिस चूतिए से काम निकलवाना है

उस तक पहुँचने की डगर तलाशी। उसे खुश करने की उसकी कमजोर नस को पकड़ो। क्या है वह नस पैसा, औरत, खुशामद...?"

"उतने पैसे कहाँ से लाऊँ? उनका पेट गड़हा नहीं, मड़ार है, खुशामदें तो रोज ही करता हूँ, रही बात औरत की तो सरऊ को मर्लिन मुनरो चाहिए। अब मुनरो, जैसा कि तुम जानते हो एक ही पीस बनी थी। राय साहब को मिल जाए तो खुद ही न रख लें, आल्हा की सारी लड़ाइयाँ ईगो और औरत के चलते ही तो हुई थीं—'जेहिकी बिटिया सुन्दर देखी, तेहि पर धाय धरे हथियार।' तुमने महोबा की वो मूरत नहीं देखी—यहाँ गधे भी कामार्त हो जाएँ तो लिहाज भूल जाएँ।"

"तब पलट लो, राय साहब को ही कनविंस करो।"

"उन्हें कोई चीज खुश नहीं कर सकती, सिवाय टिकट के। उनको टिकट नहीं मिला तो अपना टिकट भी कटा ही समझो।"

"कहीं से भी मिल जाए?"

"हाँ, कहीं से भी।"

"सो तो मिलने से रहा, खास कर इस गो-हत्या के बाद, वो नाक का बाल दखिनहवा बाभन अरुणाचलम तेरा टिकट काटने के लिए पहले से बैठा है।" दुबे सिर पर हाथ धरकर बैठा रहा। मैं आव-बाव बकता रहा। उसने कुछ भी नहीं सुना। तब अन्त में कहा, "बात को समझो, भकोसो नहीं, उन्हें पावर चाहिए, टिकट तो एक माध्यम-भर है।"

"तो?"

"अब एक नया मंत्र गढ़ना पड़ेगा।"

"मंत्र?"

"अमा, बाभन हूँ, जब चाहे मंत्र बना सकता हूँ। सोते-जागते, उठते-बैठते, थूकते-खँखारते।"

"कौन-सा मंत्र?"

दुबे राज-भरे अन्दाज में बुदबुदाने लगा, जैसे सचमुच कोई मंत्र पढ़ रहा हो, "पार्टियों के पीछे-पीछे कुत्ते की तरह दौड़कर क्या हासिल होगा? जिसके पास पैसा है, देश उसकी जेब में, कानून उसकी जेब में।

वही पार्टियों को आँख के इशारे से उठाता-बैठाता है। पार्टियाँ बदल जाती हैं, वो नहीं बदलता; पार्टियाँ मर जाती हैं, वो नहीं मरता।" यानी घूम-फिरकर हम फिर वहीं पहुँचे पैसा! रतनों की खान रतनापट्टी पर खड़े होकर हम पैसा टटोल रहे थे।

इसी बीच एक दिन राय साहब की पगली घंटी बजी—हम दोनों की पेशी, तत्काल हाजिर होने का फरमान, अभी इसी वक्त तत्काल। हम सिर के बल भागे चले आए।

10

कहानी हमारे आने से पहले ही शुरू हो चुकी थी, हफ्तों पहले या कहें युगों पहले...फिलवक्त हमारी पुकार की पृष्ठभूमि टिकट से ही जुड़ी हुई थी पर गाज गिरनी थी हम पर।

वह यूँ कि टिकट के लिए करोड़ जुटाने के क्रम में दुबे और खुद मैंने भी कंठा ताल के बगल पशुपतपुर में कुछ जमीनें भी लीज बिकवाईं। जमीन लेनेवालों में औरों के सिवाय एक था जगत प्रजापति। दुबे ने जानबूझकर बंजर जमीनें बिकवाई थीं ताकि इस्टेट का कम-से-कम नुकसान हो। अब जगत ने मिट्टी खोदना शुरू किया तो फावड़ा चन्न-चन्न बोले। कंकड़-गिट्टी से भरी माटी इससे क्या खाक कुम्हारी होगी। पैसा लगा दिया सो अलग। दोहरा नुकसान। कपार पर हाथ धरकर बैठ गया। तभी खोदी जा रही माटी में से कुछ झलका। उत्सुकता वश निकाल लिया। एक औसत आलू के आकार के उस सिलिका पत्थरनुमा ढेले को कंठा के ताल में धोकर लगा देखने। उसकी समझ में कुछ न आया तो द्वार के पीपल पर 'महादेव' मानकर रख दिया। प्रातः स्नान कर उस पर जल चढ़ाना परिवार के हर सदस्य की दिनचर्या में शामिल हो गया।

इसी बीच इलाहाबाद में पढ़ रहा जगत का बड़ा बेटा शंकर आया तो स्नान के बाद माँ के कहने पर वह भी अपने इस नये महादेव का जलाभिषेक करने गया। तभी उसकी आँखें सिकुड़ीं। उसने महादेव को उठा लिया और गौर से लगा देखने। पिता से पूछा तो जगत ने सारा हाल कह सुनाया। अगले दिन पिता, पुत्र अपने महादेव को लेकर शहर गए—जौहरी के पास।

ग्रिल के पीछे अपने कीमती सामान के पीछे बैठे जौहरी लक्ष्मी प्रसाद सोनकर ने महादेव को उठाकर देखा, फिर पिता, पुत्र को, "यह पत्थर तुम्हें कहाँ मिला?"

"अपने खेत से माटी खोद रहे थे, पर ये है क्या?"

सोनकर ने पत्थर उदासीन भाव से रख दिया, "कुछ नहीं, पत्थर है।" शंकर ने खिड़की से अपने महादेव को लपक लिया। सोनकर ने रोका, अरे-अरे, तूने हाथ क्यों डाला?"

"अपना सामान लेने।"

अपने महादेव को लेकर आगे बढ़ गया शंकर। सोनकर पीछे लग गया।

"ठहरो मैं पुलिस को बुलाता हूँ।" वे रुके नहीं।

"अरे, सुनो तो।"

आगे-आगे पुत्र, पीछे-पीछे कुछ न समझने की स्थिति में घिसटता पिता और उसके पीछे सोनकर।

"इस पत्थर के दो हजार देंगे। लाओ, दे दो।"

जगत को हाथों में दो हजार के नाम पर खुजली हुई, मगर शंकर आगे बढ़ता रहा, बोला, "सोनकर जी, बेचना हमें है नहीं, हम तो सिर्फ आपसे यह जानने आए थे कि यह है क्या?"

"अच्छा लाओ, यह बताने के लिए इसे फिर से देखना पड़ेगा।"

उसने आगे बढ़कर हाथ फैलाए।

"क्या बिना देखे आपने इसकी कीमत दो हजार लगा दी?"

"अच्छा चार हजार ले लो।"

"..."

"पाँच ले लो।" शंकर का सन्देह गाढ़ा होता गया।

"अच्छा दस हजार!" सोनकर फुसफुसाया पर शंकर रुका नहीं।

जगत पुत्र के पीछे-पीछे घिसटता रहा। उसका वश चलता तो वह दस लेकर दे देता। उसके बेटे की मति मारी गई है क्या? धीरे-धीरे लोग जुटते जा रहे थे।

शंकर ने दो टूक कह दिया, "माफ करें। हम बेचने की नीयत से आए नहीं। ये तो हमारे देवता हैं।"

"अरे सुनिए तो प्रजापति जी!"

लेकिन प्रजापति जी कहाँ सुननेवाले थे!

कचरे के ढेर पर मच्छरों की भनभनाहट।

"क्या हुआ? कौन था?"

"आप कैसे जौहरी हैं, आदमी की परख न सही, पत्थरों की परख तो थी। लौंडे को जाने क्यों दिया?"

"अब क्या कहें!"

"था क्या?"

"पक्के यकीन के साथ तो नहीं कह सकता, मगर वह हीरा लगता था—गुलाबी झाईंवाला हीरा।"

"अब लो!"

"मिला कहाँ था उसे?"

"कंठा के ताल के पास खेत में।"

"तब हीरा ही होगा।"

एक ने जोड़ा, "कई साल पहले ऐसे ही एक मिला था उधर, लड़का पत्थर समझ उससे जामुन तोड़ रहा था। जैसे ही बाप ने देखा, बेटे से ले लिया उसे।"

"फिर।"

"फिर क्या पाँच सौ करोड़ में बिका। खजुराहो में वो आलीशान होटल बनवाया कि...कइयों को खुजली होने लगी, कइयों की लार टपकने लगी।"

"अरे खरे माट साब बताते हैं कि पन्ना बाँदा से लेकर आगे हियाँ तक पट्टे पर जमीन ले-लेकर हीरा, जवाहरात खोजते हैं लोग। कलिंजर पहाड़ के नीचे की जमीन पट्टे पर है लेकिन सबको नहीं मिलता।"

"नसीबवालों को मिलता है।"

"अरे इनके दरवाजे पर तो बैठे-बिठाए नसीब आई थी और चली गई।"

"लोग जौहरी लक्ष्मी प्रसाद सोनकर को भला-बुरा कहने लगे।"

तो यह था वह रतन जिसे पाने के लिए क्या-क्या कर्म नहीं किये गए और मिला भी तो कहाँ, किस रूप में! कंठा की माटी ने रंग बदला, अब वह रातोंरात फिर से अमूल्य बन गई थी।

फैलते-फैलते बात फैल गई। सूँघते-सूँघते लोगों ने सूँघ लिया। अखबार वालों ने सूँघ लिया। पुलिसवालों ने सूँघ लिया। विजयगढ़ ने सूँघ लिया। अजयगढ़वालों ने सूँघ लिया।

तभी दीवान-ए-खास में मेरी और दुबे की पुकार हुई, दो पुलिस कांस्टेबल बाहर खड़े थे तो सहसा समझ न पाया। अब कौन-सी नई शामत आनेवाली है। गया तो देखा राय साहब के साथ लाल साहब भी थे। अरुणाचलम भी, पुलिस का दरोगा भी। बाकी सब कुर्सियों पर थे और एक फरियादी या आरोपी-सा खड़ा गावदी-सा साँवला प्रौढ़।

हमारे लिए कुर्सियाँ आईं तो कार्रवाई शुरू हुई। राय साहब ने गुड़गुड़ा कर नियाली मुँह से निकाली, "इन्हें जानते हो?" गुड़गुड़ी बजी।

मैंने कहा, "ना।"

"इनका नाम जगत है, जगत प्रजापति। मेरी जमीन में इन्हें एक हीरा मिला। न्याय की बात तो यह है कि वह हीरा मुझे दे दें, मगर भूत की तरह हम पघिलवा रहे हैं, ये ऐंकी-बैंकी मारे जा रहे हैं।"

"हुजूर, हम बेटवा की कसम खाकर कहते हैं कि हम नहीं जानते कि वह हीरा था कि क्या था।"

"जो भी था, हमारा था, हमें देइ दो। परजा हो परजा की तरह रहो, परजापति बनने की गलती न करो।"

"हम कब कहा हुजूर! जमीन हमने आपसे खरीदी थी और उसमें माटी खोदते समय हमें मिला था।"

दरोगा साहब ने बातचीत की कमांड अपने हाथ में ली, "ऐ परजापतिया, राय साहब ने तुम्हें जमीन ही बेची थी न?"

"जी हजूर। जमीन...मगर।"

"अगर-मगर छोड़ो, जमीन बेची थी, हीरा नहीं, यह तुम्हारे रजिस्ट्री कागजात से स्पष्ट है। तो कायदे की बात है कि जमीन अपने पास रखो, हीरा इन्हें सौंप दो। ले आए हो?"

"नहीं।"

"कहाँ है?"

"महादेव थे, उन्हें पहले जहाँ रखे थे, रख दिया।"

"कहाँ?"

"उसी पीपर के नीचे।"

"चल, मेरे साथ।"

"साहेब!"

"चलता है कि नहीं।" दरोगा उठ पड़े, फिर राय साहब, लाल साहब और हमें जीपों में बैठाया। चल पड़े कंठा की ओर।

मैंने दुबे को ठुनकियाया, पूछा, "यह क्या हो रहा है?"

वह शान्त रहा।

कंठा के पशुपतपुर में मजमा लग गया। छह-सात घरों का पुरवा। एक खपड़ैल के सामने हमारा कारवाँ रुका। जगत जीप से उतरकर सामने के पीपल तक गया और इधर-उधर ताकने लगा, "हियांइ तो थे भगवान! कहाँ गए?" फिर उसने घर से निकल आई प्रौढ़ा औरत से पूछा, "हमरे महादेव जी को कौन ले गया हियां से?"

प्रौढ़ा जो शायद उसकी पत्नी थी, बोली, "हमें का पता! सवेरे जल चढ़ाने गए तो नदारद। सोचा तुम आओगे तो पूछेंगे।"

"ढेर चालाक न बनो। घर की तलाशी लो।" पुलिस के जवानों को उन्होंने हुक्म दिया।

पाँचेक मिनट के बाद पुलिस दल लौट आया, "यहाँ तो कुछ भी नहीं है सर।"

"चप्पा-चप्पा छान मारो।"

पुलिस घर की सघन तलाशी में लग गई।

एक-एक कर पुरवा के दूसरे लोग भी अपने घरों से बाहर निकल आए। सबसे पूछताछ शुरू हुई।

"कोई अन्दर नहीं जाएगा। हर घर की तलाशी ली जाएगी।" दरोगा साहब ने फरमान जारी किया। फोन करके उसने अतिरिक्त पुलिस बल बुलाया। जगत ने पीपल के पेड़ के नीचे खाटें बिछा दीं। उन पर राय साहब, लाल साहब बैठे। बाकी हमलोग चहलकदमी करते रहे। दरोगा घर-घर घुसकर स्वयं ही 'सर्च' की निगरानी करने लगे। कत्थर, गूदड़, रजाई, तकिए, अकसे-बकसे, अलगनी, डारे, कोने-अँतरे हर जगह देखा गया।

"अनाजों में देखो।"

"गेहूँ गिरा दिया गया, चावल छितरा दिया गया, आटा, जवार, मक्का सब पलट दिये गए। खपड़ों में डंडे डालकर उनके सेट बिगाड़ दिये छप्परों में छेद कर-करके टटोला गया फिर आगे-पीछे, कुआँ-इनारा, झाड़-झप्पड़—महादेव कहीं हों, तब तो मिले।"

"अब...?" लाल साहब की नीली आँखों ने सवाल को टाँग लिया।

"सर अब तो बस एक ही रास्ता बचा है दीवार और जमीन...।"

"दिन डूबनेवाला है। यहाँ लाइट है नहीं। अच्छा होता दीवार, जमीन और बाकी सर्च का काम कल करता।"

"तो ऐसा करें, घेरा डलवा दें। पुलिस कार्डोनिंग! मैन टु मैन सर्च पर रहें आपके जवान। कोई टट्टी-पेशाब अकेले न जाने पाए—मर्द हो या औरत! सवेरे घर के अन्दर मिट्टी और दीवारों की सर्च करवाएँ।" मैंने पूछा, "खाना-वाना?"

"इन्हीं गाँववालों से बनवाएँगे सर!"

"क्या कमाल है। इन्हीं के घर में सर्च और इन्हीं का खाना...?" राय साहब हँस पड़े, "खैर, वह आप पर छोड़ते हैं। कल नौ बजे हम आते हैं।"

दूसरे दिन हम सुबह आ पहुँचे पशुपतपुर। पीछे-पीछे राय और लाल भी। हमारे सामने एक उजाड़ा हुआ मंजर था। ढही दीवारें, खोदी हुई धरती। पुलिस गश्त लगा रही थी। स्त्री-पुरुष एक झुंड बनाकर बैठे थे? सभी सकते में। बच्चे रो रहे थे। दरोगा साहब अभी भी एक-एक से पूछताछ कर रहे थे।

राय-लाल को देखते ही वफादार से खड़े हो गए। राय साहब को कागज में लिपटा पान पेश किया।

"सर सब कुछ छान मारा। घर, छप्पर, दीवारें, देहरी चौखट! कहाँ हजम कर लिया साले ने।"

"आपने इसके इलाहाबाद पढ़ रहे लड़के से पूछा है?"

"पूछा था। मगर..."

"अरे पूछा क्या था, उसे पकड़कर मँगवाना था।"

"अभी इम्तहान चल रहा है सर।"

"ठीक है, जगत, जगत की पत्नी, उसके बच्चों को बुलवाइए।"

"चार-चार बार पूछा। एक-एक से।"

इस बीच जगत लँगड़ाता हुआ आकर राय साहब के कदमों पर गिर पड़ा, "दुहाई राजा साहब, हमें उच्छिन्न जिन करो।"

"उच्छिन्न तो तुमने किया है, करोड़ों का मेरा हीरा चुराकर।"

"हम नहीं जानते साहेब! बहुत मारे हमें, हमरी मेहरारू को, बच्चन को अब मारे तो मरि जाएँगे!"

राय साहब उठकर हाथों पर मुक्के मारते बेचैनी में टहलने लगे।

"पचा नहीं पाओगे परजापति। फिर तंज कसते हुए गाली दी, 'साला परजापति!"

सहसा उन्होंने दरोगा का रूल खुद अपने हाथों में ले लिया और लगे धुनने दोनों भाई जगत को। जगत चीखता-चिल्लाता बिलबिलाता रहा, अचानक वह शान्त हो गया?

"पानी लाओ, पानी?"

"पानी के छींटे मारने पर उसने आँखें खोलीं।"

"उठ!"

उसे उठाकर खड़ा किया गया, वह उठा गिर पड़ा, फिर उठा।

"कहाँ रखा हीरा, जमीन में?" दरोगा ने पूछा।

"हाँ, जमीन में।"

"कहाँ, चल दिखा।"

वह जहाँ-तहाँ अन्धे भालू-सा भटकता रहा।

"दीवाल में तो नहीं गाड़ा?"

"हाँ हाँ दीवाल में।"

"ले चल वहाँ।"

जगत अपनी दीवार टटोलने लगा?

दीवार होती तब तो मिलती।

"कुएँ में तो नहीं?"

गोताखोरों ने डुबकियाँ लगाईं, "नहीं!"

"अच्छा, कहीं कंठा के ताल में तो नहीं फेंक दिया?"

"हाँ हाँ याद आया कंठा के ताल में...?" कहते-कहते ताल की ओर दौड़ा और गिरकर मिरगी के रोगी की तरह हाथ-पाँव पटकने लगा।

"सर, उसकी याददाश्त खो गई है। अब टॉर्चर किया गया तो यह मर जाएगा और आपके लिए भारी मुसीबत खड़ी हो जाएगी।" मुझसे रहा न गया इस बार।

11

वही दीवान-ए-खास, वही दरबार। फर्क यह था कि अब प्रजापति की जगह हम थे।

तकदीर ने कसाई की तरह ठेलकर हमें वधस्थल पर ला खड़ा किया था।

राय साहब की गुड़गुड़ी गुड़गुड़ाई, "क्यों मैनेजर लोगो, आप लोग किस मर्ज की दवा हो? आप दोनों को वही जमीन बेचने की पड़ी थी? क्यों गुरु?"

"सर वो ऐसा है कि टिकट के लिए हमें पैसों का इन्तजाम करना था आनन-फानन में।"

"सो...? पैसे उगाहने के लिए वही जमीन बेचनी थी वही?"

"सर हमें क्या पता था?"

"क्या नहीं पता था, अरुणाचलम और सिंह तो बाद में ज्वाइन किये आप तो उस मीटिंग में थे, जिसमें खरे साहब बता रहे थे...कि पन्ना जिले से लेकर उड़ीसा के भोग तक एक रतनपट्टी है, अनगिनत रत्नों से भरी हुई। हीरा, पन्ना, लाल, नीलम क्या नहीं है इस पट्टी में? नहीं बताया था कि

बाँदा में कलिंजर के पहाड़ों की तलहटी से पन्ना तक लोग पट्टे पर जमीन लेते हैं। किसलिए?"

"किसलिए?" लाल साहब की दोनों नीली आँखें सवालों के साथ टँग गईं जैसे दो नीलम रत्न सवाल बनकर खड़े हों।

"रत्नों की इसी खोज के लिए।"

"खरे साहब जब बता रहे होंगे, मैं नहीं था, मगर खरे साहब ने जो कुछ बताया होगा, उसे मनोज ने मुझे विस्तार से पहले ही बताया था—इसकी ज्योग्रफी भी काफी मजबूत है और तंत्रों का ज्ञान मुझे भी थोड़ा-थोड़ा है।" लाल साहब ने दुबे को डाँटकर चुप करा दिया।

"पहले मनोज को बताने दो।"

"सर रत्नों की पट्टी का होना तो सत्य है।" मैंने कहा, "उड़ीसा में हीरे मिले भी जिनको रिसर्च के बहाने विदेशी लोग ले गए, मगर यहाँ...सबको नहीं मिलता। कलिंजरवालों को भी नहीं, अलबत्ता...मैं बताने लगा पर बीच में ही काट दिया गया।

"यह कहकर लगे हाथों तुम अपनी सफाई भी मत पेश करो। तुमने भी पट्टे बेचे हैं। क्या कोई तुम्हें बताने आएगा कि हाँ साहब हमें मिला है। जगत तुम्हें बताने आया था? तुम्हें ही मिला हो तो क्या तुम डंका पीटोगे?"

"करोड़ों नहीं, अरबों-खरबों के! जगत को जो हीरा मिला था, कोई बता रहा था 500 करोड़ तक का हो सकता है।"

हीरे की कीमत 5 करोड़ से अब तक 5 हजार करोड़ तक पहुँच चुकी थी।

"तब...?"

"लाखों की फसल गायें चर गईं, दो-चार करोड़ टिकट में गले। जगत का और पशुपतपुर के घर उस हीरे की खोज में ढाहे गए—अभी इसका दंड बाकी है, मुकदमा चलेगा सो अलग। यह हरजाने कम थे कि ताजा घाव करोड़ों का हीरा हाथ से निकल गया। हमारे भी लाल साहब के भी...!"

सती विशेषज्ञ अउधू ने जोड़ा, "साहेब, लगता है, इस हीरे की खोज में शेरशाह आया था, राजपूतों ने किलेबन्दी कर रखी थी।"

"अरे नादिरशाह भी! हीरे की खोज में ही आया था।"

"अब्दाली भी, बाबर भी, तैमूर लंग भी, चंगेज खाँ भी, गजनी भी, विदेशी पर्यटक भी...सभी।" एक से बढ़कर एक विशेषज्ञ।

उस दिन खाना नहीं बना दोनों राजघरानों में।

अगले दिन खरे साहब और दो तांत्रिक आए समस्या पर विचार-विमर्श करने के लिए।

"मेरा एक सुझाव है, आदेश हो तो अर्ज करें।" दुबे के स्वर में आत्मविश्वास था और मस्तक में बला की प्रत्युत्पन्नमति।

राय साहब ने मना किया पर तांत्रिक बोल पड़े—बोलने दीजिए।

"सुझाव यह है कि रत्नों के साथ स्वीकार-अस्वीकार का एक विशेष मुद्दा जुड़ा हुआ है। मेरे पिता स्वयं बहुत बड़े ज्योतिषी थे..."

मैं चौंका, "क्यों सरासर झूठ हाँक गया दुबे। पर कुछ बोला नहीं, वह बोलता गया, उन्होंने मुझे बताया था कि रत्न सभी को नहीं फलते। किसी-किसी रत्न का ग्रह-नक्षत्र और व्यक्ति का ग्रह नक्षत्र सर्वथा प्रतिकूल प्रभाव देता है। जैसे नीलम!"

तांत्रिकों ने हामी भरी।

दुबे का स्वर चंग पर चढ़ा, "भारत का हीरा कोहेनूर! क्या-क्या कहर नहीं टूटा उसके धारण करनेवालों पर, शाहजहाँ के अन्तिम दिनों को याद करें, याद करें अहमदशाह अब्दाली, रणजीत सिंह को। रानी एलिजाबेथ द्वितीय ने भी मुकुट में रखवा दिया, खुद नहीं रखा। जब से कोहेनूर इंग्लैंड गया इंग्लैंड का वह साम्राज्य जहाँ कहते हैं सूर्य ही अस्त नहीं होता, सिकुड़ते-सिकुड़ते सिकुड़कर चीनिया बादाम-भर रह गया। मैंने तो प्रधानमंत्री को भी लिखा कि कोहेनूर आफत की पुड़िया है, न लाएँ हिन्दुस्तान। मान लो...।"

तांत्रिकों और खरे साहब, लाल साहब की आँखें चौड़ी हो गईं।

"विद्वान आदमी है!"

"रतन है रतन अपने आपमें।"

मैं चौंका, यह सब तो कल मुझसे पूछकर रटा था इस रतन ने। खैर! दुबे आगे बता रहा था, "अब साहब, इस हीरे की बात देखें, जैसे जगत के हाथ आया,

जगत पर पहाड़ टूट पड़े, घर-द्वार से भी उच्छिन्न, पड़ोसी विश्वकर्मा और शान्तनू सुकुल भी? फिर आई आपकी बारी। आया भी नहीं था कि उसकी आँच मात्र से रियासत पर आफतें आने लगीं...।

"तो इसका मतलब है हीरा अभी जगत के पास ही है।"

"एकदम! और वहीं कंठा, पशुपतपुर में...लेकिन आपको मिलने से रहा। खुदा न खास्ता मिल भी गया तो खैर नहीं।"

राय साहब और लाल साहब दोनों के झुके हुए सिर स्प्रिंग की तरह उठे। दोनों की आवाजें टकरा गईं, फिर लाल साहब रुक गए। राय साहब बोले, "कंठा का वह हीरा कंठ में आग के गोले की तरह अटका रहेगा। मिल जाता तो जो भी होता भुगत लेते!"

राय साहब ने गलत नहीं कहा था। हीरे ने दोनों प्रतिद्वंद्वी भाइयों को चमत्कारिक ढंग से मिला दिया था। वह उनकी सामूहिक क्षति थी। सोते-साते स्यापा करते हुए उठकर चहलकदमी करने लगते। न भोजन रुचता, न पानी, न दारू, न सुन्दरियाँ, न और कुछ। क्या दिन, क्या रात राय साहब का गड़गड़ा बजता रहता और लाल साहब हवेली में मुक्का मारते टहलते रहते।

जब-तब मेरी और दुबे की पेशी होती राय और लाल साहब के सामने, "तुमने किस-किसको पट्टे दिये थे?"

"सर, सूची आपको समय-समय पर देता रहा।"

"सूची, सूची, सूची? क्या करूँगा सूची लेकर?"

"क्यों दी जमीन पट्टे पर?"

"पैसों के लिए, इस्टेट के पास उतनी रकम न थी।"

"कितनी?"

"जितनी टिकट के लिए जरूरी थी।"

"बड़ा उपकार किये बाबू मनोज सिंह, लाखों की जमीन उन्होंने कौड़ियों के मोल खरीद ली। कौड़ियों के मोल!"

हीरा जनम अमोल था कौड़ी बदले जाए।

कुछ ऐसी ही जिरह दुबे से होने लगती, "ये तो बताओ गुरु, पट्टे की दलाली में कितने कमाए?"

"दलाली कैसी राय साहब? हमने एक-एक इंच जमीन, पट्टेदारों के नाम-पते और रकम आपको सौंपे हैं।"

"हमसे पूछे थे?"

"टिकट के समय पैसों के लिए जो अफरा-तफरी मची थी, उसमें पूछने का समय नहीं मिला लेकिन बाद में सारी सूचनाएँ और कागजात सौंप दिये थे।"

"दिला पाए टिकट?"

दुबे सिर झुका लेता।

"कितना खाए? तुम्हारे यारों, पट्टेदारों ने कितना खाया?"

मेरे सामने राय साहब नहीं, शोले का गब्बर सिंह खड़ा था कारतूसों की पेटी हाथ में झुलाते हुए।

"यह आप क्या कहते हैं?"

"कलिंजर से कंठा तक, कलिंजर ही क्यों पन्ना से कंठा तक रत्नों की खोज यूँ ही हो रही है? जगत के अलावा भी कुछ लोगों को कुछ-कुछ मिला होगा? उस खजाने में हमारे कंठा से कितने की लूट हुई, और जो हुई उसमें आप और मनोज ने कितने कमाए?"

जब दो विपरीत आवेशोंवाले बादल टकराते हैं तो चिर्री पड़ती है अजय और विजयगढ़ में यही हुआ था और गाज गिरी थी हम दोनों पर। हमें बुलाकर धमकाया गया। पूरे कंठा में पिछले दस साल में जब-जब जिस-जिसको जमीन लीज पर दी गई या उत्खनन किया गया, उनके नाम-पते, बैंक और इन्वेस्टमेंट के डिटेल्स हाजिर करें ताकि पता चले कि रत्नों की लूट कैसे हुई। किस-किसने कितना-कितना लूटा। वरना हमारी खैर नहीं।

दुबे और मैं, हम दोनों सूली पर चढ़ाए जा चुके थे और उधर राय साहब और लाल साहब हम दोनों से जिरह कर रहे थे। जिरह क्या थी बबूल की काँटेदार छड़ी थी जिससे हमारी चमड़ी उधेड़ी जा रही थी। आँखें जल रही थीं—बता हीरा कहाँ छुपाया।

जयन्त की कब्र पर हम बैठे थे, नहीं, अपनी-अपनी कब्रों पर।

"दसियों करोड़ हमने रियासत को दिये, तब आज रियासतदार बने हैं वरना इनका फटा तो दिल्ली से दिखलाई पड़ रहा था।"

"मुझे भी कहते कि हमने तो इन ठाँठ गायों से उम्मीद ही छोड़ दी थी। तुमने इन्हें कामधेनु बना दिया। तब क्या पता था उस वफादारी का यह सिला मिलेगा!"

थोड़ी देर तक हम चुप रहे फिर पुन: शुरू हुए।

"एक बात पूछें दुबे। मरने के लिए तो हजारों जगहें पड़ी थीं, यहीं क्यों चले आए मरने। तनख्वाह भी तो सिफर ही है।"

"सच बताऊँ? रत्नों के लोभ में! मुझे खुद यकीन था कि कभी-न-कभी रतनापट्टी से ऐसा कुछ निकलेगा कि..."

"और?"

"सोचा था कि कंठा की सुन्दरियों को एंजॉय करेंगे और रत्न लेकर घर लौटेंगे।"

"मिला या मिलीं कुछ?"

"हाँ मिला।"

"क्या?"

"शक! यहाँ का हर आदमी हर दूसरे आदमी पर शक करता है कि उसे छोड़कर हर कोई कुछ-न-कुछ छिपा रहा है।"

"तो भाग क्यों नहीं गए सब कुछ छोड़-छाड़कर?"

"उसी लोभ के दलदल में। गाँव के पिछवाड़े उदय राज पाँड़े का प्रेत पीछा करता रहा। पूरा खंडहर ही अर्रा कर बैठ गया हम पर। उससे तो किसी तरह निकल आए लेकिन इससे...दरअसल बाभन तो हई हैं, लोभ कहाँ पीछा छोड़ता है!"

"वहाँ तो जान बच गई थी, यहाँ जान बचती दिखाई नहीं देती।"

"देख प्यारे, हर इनसान के अन्दर एक बाभन होता है, चाहे वह मुसलमान और चमार ही क्यों न हो जन्मना। मेरे लिए ब्राह्मण कोई जात नहीं एक प्रवृत्ति का नाम है।"

"अब क्या करोगे?"

"फिलहाल तो राय साहब का फरमान पूरा करने बानप्रस्थ आश्रम ले रहा हूँ। तुम भी निकल लो। गर जिन्दा रहे तो गाँव पर मुलाकात होगी।"

महीने दस दिन बाद लौटा दुबे दशकर्म कराकर। मैंने पूछा, "कहाँ गए थे?" बोला, "बताया न बानप्रस्थ आश्रम। पूरे दस दिन भटकता रहा जंगलों, पहाड़ों, कन्दराओं में। रतनापट्टी को छोड़कर असली रतना के पास।"

"क्या पहेलियाँ बुझा रहे हो यार?"

"सही कह रहा हूँ। पागलों की तरह भटका, पागलों की तरह। करवी, चित्रकूट, अनसुइया माई के आश्रम, पयस्विनी और मन्दाकिनी के तटों पर जहाँ तुलसीदास चन्दन घिसा करते थे और राम-लक्ष्मण लगाते थे। गुप्त गोदावरी की चिकनी गुफा में फिसलते-फिसलते बचा, फिर बाबा 'तुलसीदास' के मन्दिर वो क्या है न राजापुर गाँव। तुलसीदास का जन्मस्थान। नाव से यमुना पार की। रत्ना माई के गाँव और लौट आए। राजापुर में पुजारी जी ने दुबे समझकर रख लिया। बोले, 'बच्चा, सारी मानसिक समस्याओं का समाधान इस मानस में है।' और मुझे रामचरितमानस की पोथी थमा दी। मैं नित्य यमुना जी में स्नान करता और वहाँ से गोसाईं जी की त्यक्त पत्नी रत्ना माई को प्रणाम करता। दिन-भर रामचरितमानस बाँचता। चढ़ावे का भोग करता तो आठवें दिन पंडित जी पूछते भये, 'क्यों दुबे महाराज सुझाई दिया कोई हल?" मैंने कहा, 'न हल, न बैल।' पंडित जी बुरा मान गए। श्राप दिया, 'बैल के बैल ही रह गए दुबे।' फिर मिल गए कुशवाहा माटसाब, बोले, "अजीब इलाका है यह बुन्देलखंड, बघेलखंड और अवध। बाँदा के राजापुर में तुलसीदास के पैदा होते ही चूँकि उनके मुँह से पहले-पहल 'राम' निकला और मुँह में बत्तीसो दाँत थे सो 'रामबोला' माने अपने तुलसीदास जी अभुक्त मूल नक्षत्र के यानी 'मुरहा' हो गए। अब इस मुरहा को मरने के लिए फेंक दिया तो पाला किसने? शूद्रा मुनिया ने और उसकी पतोहू चुनिया ने। लेकिन दुबे परिवार को न दया आई, न ममता। अभी आगे सुनो, जिस शूद्रा ने जान बचाई, बड़े होकर तुलसी ने उसी को गरियाया। जिस विदुषी कवयित्री पत्नी रत्ना ने उनकी आँखें खोलीं, तुलसीदास जी ने उसी को त्याग दिया। विचित्र देश की विचित्र कथा, मैं कभी-कभी सोचता हूँ कि खजुराहो का मन्दिर यहीं क्यों है? कामार्त जीवों का दर्शन-दिगदर्शन!"

मैं ऊबने लगा। पूछा, "और भी कुछ?"

"पैसे?"

"राय साहब! आपको एक फूटी कौड़ी खर्च करने की जरूरत नहीं है। उन्हीं का कारज है, वही प्रबन्ध करेंगी। पहले तो हर दुकान, हर मकान में सती के नाम पर स्वेच्छा से दान करने के लिए एक दानपेटी रखवाइए।

"उहूँ, सबका मूल है प्रचार, हमें जनता को इस सच्चाई को बताना होगा कि पूरे देश में, देश ही क्यों पूरी दुनिया में, पूरे इतिहास में, पूरी सभ्यता में, पूरी संस्कृति में यह अकेली पीठ है, जहाँ सती को साक्षात स्वर्ग जाते सबने देखा है।"

"यह अकेला तीर्थ है जहाँ सभी तीर्थों का पुण्य मिलेगा। एकहि साधे सब सधे तो क्यों भटको दर-दर?" एक योगी उठकर उत्साह में खड़ा हो गया—"बोलो सती माई की जय!"

दुबे राय साहब से फुसफसाया, "वह हीरा 50 करोड़, हद-से-हद 500 करोड़ का होगा, सती मन्दिर करोड़ों-करोड़।"

दीवान-ए-खास जयकारों से गूँज उठा, जिसे सुनकर राय साहब की देह गनगना उठी। वे उठकर खड़े हुए। उन्हें लगा दुनिया के तपे हुए तगाम तपस्वियों, हुक्मरानों और तानाशाहों का तेज उनमें समाहित हो गया है। शक्ति और ओज के आधिक्य से बेचैन हो वे टहलने लगे। ब्लैक होल में जैसे सारा वजन एक बिन्दु पर आकर संकेन्द्रित हो जाता है, वैसे ही...। अगर इस समय कोई उनका वीर्य धारण कर पाता तो दुनिया की परम ओजस्वी सन्तान पैदा हो जाती। सम्भव है जहाँ खड़े थे वहाँ की धरती धँस गई हो। यह संयोग कभी ताड़कासुर के वध के निमित्त कार्तिकेय के जन्म के समय घटित हुआ था, कि दोबारा अब...।

दुबे कुछ कर पाता, इसके पहले ही राय साहब ने बुलाकर कहा, "कल से धर्माचार्य जी सती मन्दिर को सँभालेंगे। आप उनका सहयोग करें।"

"क्या?" कटकर रहा गया दुबे। उड़ने के पहले ही पंख कतर दिये थे राय साहब ने। लेकिन कुछ किया नहीं जा सकता था। धर्माचार्य जी सम्भवत: कुलगुरु थे।

12

विजयगढ़ में सती महिमा की हवा तो पहले से ही बह रही थी। अलग से प्रचार की जरूरत नहीं थी। लोग स्वयंसेवी प्रचारक बनकर प्रचार कर रहे थे। सुनामी बह रही थी, सुनामी! हर किसी के पास सतीदाह के अपने-अपने आख्यान थे। हर कोई दावा कर रहा था कि उसने अपनी आँखों से यह सब होते देखा है। भूलचूक की राई मात्र भी गुंजाइश नहीं। कोई बताता, "हमने देखा सोरहों शृंगार किये पति के शव को गोद में लेकर चन्दन की चिता पर बैठीं तो वाह, क्या आभा थी चेहरे पर!"

कोई जलती सती के चेहरे की मोहिनी मुस्कान को नहीं भूल पा रहा था तो कोई तेजोदीप्त उनकी आँखों को!

वैसे सोने के सिंहासन, चँवर डुलाती परियाँ और आकाश से पुष्प वृष्टि के बीच सती के स्वर्गारोहण की पुष्टि सभी कर रहे थे। अलबत्ता कितनी ऊँचाई से अन्तर्धान हुईं—इस पर दावे अलग-अलग थे, कोई एक पुरसा बता रहा था, कोई दो, कोई तीन...! ऊँचाई बताने में मंगरू कहार और नन्दू कोइरी की गर्दनें तनती गईं तनती गईं, इतनी तन गईं, इतनी, कि गर्दनें,

जो हैं सो, खिची ही रह गईं। जैसे सती अभी तक चली ही जा रही हों और वे अभी तक उनका जाना देखते ही जा रहे हों।

जहाँ चार आदमी जुटते, वहीं मीटिंग शुरू हो जाती। शोर है कि मन्दिर की आधारशिला रखने चार-चार पीठों के शंकराचार्य और कई-कई प्रान्तों के मुख्यमंत्री आएँगे।

किसी ने कहा, "प्रधानमंत्री स्वयं आएँगे।"

मगर यार प्रधानमंत्री तो किसानों की आत्महत्या पर भी नहीं आए थे।" एक शंका।

"वो अलग बात है, मगर इस बार अवश्य आएँगे, देख लेना। धरम के कारज में जरूर आते हैं। शंकराचार्य उन्हें खुद लिवाकर आएँगे।"

मैंने दुबे से पूछा, "मेरा तो सिर चकरा रहा है, इतना बड़ा प्रोजेक्ट देखकर...।"

"पवित्र नदियों के जल-संग्रह का जिम्मा तुम्हें ही लेना है। आखिर कोई काम-वाम करोगे कि नहीं, मैं अकेले क्या-क्या करूँ। तुम्हारी तरफ से हाँ कर दी है, ना मत करना।"

"पहाड़ लादने को मैं ही मिला था?"

"पंख लगाकर उड़ा दो पहाड़ों को।" वह तनिक राज भरे अन्दाज में फुसफुसाया, "सबसे आसान काम तुम्हें दिया है।" फिर मेरे कान में कहा, "वर्षा का जल ले लो सब हो जाएगा।"

"तुम्हारी कपट थ्योरी तुम्हें ही मुबारक।" मैं जाने लगा तो उसने पकड़ लिया, "अरे सुनो तो भागते कहाँ हो? सारे जलस्रोतों के जल से बनते हैं बादल। वर्षा का पानी यानी सबका पानी। ब्राह्मणों के पास हर धार्मिक समस्या की काट है।"

मैं दुबे को देखता रह गया, "साला आदमी है कि शैतान!" सावित्री को बाइपास कर जावित्री तक जा पहुँचा और वहाँ से आमदनी के अक्षय स्रोत के रूप में सती मन्दिर का खयाल इसे आया कैसे? कमाल का दिमाग है। पर मुझे सावित्री कुँअर के बारे में कुछ बताना था, कब बताऊँ? पुट्ठे पर हाथ ही नहीं धरने देता। रातोंरात वी.वी.आई.पी. बन गया था मेरा यार।

वह तो धर्माचार्य जी ने थोड़े से पंख कतर दिये वरना इससे मिलने के लिए लाइन लगानी पड़ती।

घाट पर पहले कभी-कभी ही जाता था। अब आये दिन का चक्कर हो गया। आए बिना चैन न पड़ता। उठते-बैठते सावित्री कुँअर के बारे में ही सोचा करता। अक्सर उसे आग की लपटों में जलते हुए ही देखता। न जल पाई, न बुझ पाई...। मगर आश्चर्य, वह मुझे उस दिन सती-चौरे पर ही दिख गई। हल्के घूँघट में छुपा रखा था चेहरा। पेड़ों की गझिन छाँव से कुंज-जैसा लगनेवाला 'थान' एकदम साफ-सुथरा प्रतीत हो रहा था। थान पर नया बाँस, बाँस में सुनहरी गोटेदार श्वेत पताका के साथ-साथ कोई लाल पताका भी फड़फड़ा रही थी। क्या पता यह उसके सधवा और विधवा दोनों प्रतीकों को प्रतिबिम्बित कर रहा था या लाल पताका लाल साहब की माता कुलदेवी के लिए? अलबत्ता पीपल का टूटा अंश उस पर वैसे ही हल्के झुका पड़ा था—प्रणति में। किसी ने हटाने का साहस नहीं किया था शायद।

सती थान कुछ दूर तक मेले में तब्दील हो गया था। औरतों के सिन्दूर-टिकुली, कंघी-चोटी, बच्चों के तरह-तरह के खिलौने, देहाती मिठाइयाँ आदि तमाम तरह के सामान बिक रहे थे। मुझे लव और कुश के लिए एक-एक डंका गाड़ी लेनी थी, समय का उद्घोष करती, जो सत्यजित राय से लेकर व्ही. शान्ताराम की तरह मुझ जैसे इनसान की भी पहली पसन्द थी, नन्हे-से गड्डे पर नन्हा-सा नगाड़ा, चलने पर दो नन्हे डंडे मड-तक बजाते दिख गई। 'रोट' तलती, लपसी घोलती चढ़ावे की तैयारी करती औरतों की नजरें हैरान थीं, मैं किसके लिए हाथ में दो-दो डंका गाड़ी लिये चला जा रहा था। शाम होनेवाली थी।

अचानक चित्रों की दुकान पर दिख गई वह। दस-दस रुपये के चित्र उसने खरीदे और दस रुपये की चुनरी। फिर उसने थान पर जाकर दीया जलाया, धूप सुलगाई घुटने टेक कर दोबारा प्रणाम किया और खड़ी हो गई। सहसा, मुझे लगा, वह काँप रही है। किसी औरत ने कहा, लगता है, सती माई की

सवारी आय गई है। देखते-देखते वह घुमेर देकर नाचने लगी और एक-एक कर कई औरतें इस नृत्य में शामिल हो गईं। चारों ओर से फुसफुसाहटें सुगबुगा रही थीं, "ई कौन मेहरारू है?"

"मल्लाहिन!"

"कौन मल्लाहिन? "

"अरे ऊ अपना घटवरवा अनमोलवा है न, उसी की...।"

वह घूँघट दिये हुए पूर्ववत उठी, अपना सामान सहेजा और चौरे से उतर कर घाट की ओर चल पड़ी।

"अरे मनीजर साहब, सलाम!"

देखा अनमोल था। लव और कुश उसकी उँगलियों से बँधे थे।

"और अनमोल क्या हाल हैं?"

"आप तो एकदम्मे भूल गए साहिब!"

"अरे नहीं!" किनारे के अँधेरे में उसे डंका गाड़ियाँ थमाईं। बच्चों के गाल थपथपाए।

"घर नहीं आइएगा, इनकी माई आये दिन पूछती रहती है। अभी-अभी तो गई है हियाँ से।"

"..."

"आइए न, बस एक कप चाय पीकर चले जाइएगा। वह खुश हो जाएगी।"

मड़ई में विचित्र नजारा था। कोई भूतनी थी जैसे सिर पर लाल चूनर ओढ़े, अपनी दोनों पलकों को उलटा कर खप्पर लिये माँ काली की तरह दौड़ रही थी। शाम के सिन्दूरी रंग में उसकी उलटी पलकों की रक्तिम आभा उसके लव और कुश को डरा रही थीं। डरा रही थी या हँसा रही थी! दोनों बच्चे डंका गाड़ी दौड़ाते भाग रहे थे।

"एकदम्मे पगला गई का? अरे साहिब आए हैं।" अनमोल ने सतर्क करते हुए बताया।

सारा नाटक थम गया। उलटी पलकों के चिक गिर गए, वह अस्त-व्यस्त हो उठी, जैसे मैंने उसे नंगे देख लिया हो।

उसी तरह उसने मुखड़ा फेरा, "आइए, आइए मनीजर साहब।"

मड़ई की मरियल रोशनी में वह पहले की तरह ही डरावनी लग रही थी। फिर तो स्टोव की सों-सों...चाय का पानी चढ़ गया मेरे लिए।

"यही कहा था मेरी सास ने, जब पहली बार ऐसा करते देखा था हमें।"

"सास?"

"अरे इनकी माई...।"

धीरे-धीरे चर्चा उन दिनों पर लौट आई।

"उनकी तबीयत खराब रहने लगी थी। कभी-कभी तो घर में ही अभुआने लगतीं, कभी मुझसे गिड़गिड़ातीं, 'हमरे बच्चन को बकस दो माई!' "

"मैं रोने लगती, वह भी...। यूँ कहें 'भेंटने' लगतीं सास, पतोह! जिन्दगी कैसे मोड़ पर ले आई थी हमें!

"चली गईं सास। रह गई मैं। अपनी ही मौत का स्यापा करती, अपनी ही मौत पर नाचती गाती, अपनी ही आरती उतारती, अपने ही चित्र पर चुनरी चढ़ाती-चढ़वाती।"

"ये दो-दो चित्र ले आईं तुम, दोनों सती माई के हैं?"

"हाँ, एक ये, जब सती नहीं हुई थी, एक वो जब..." आधा बोलकर चुप हो गई वह।

नीचे बैठी एक हाथ से जमीन पर सींकें तोड़ती बोलती जा रही थी। पहले वाला चित्र किसी अद्भुत सुन्दर औरत का था, दूसरा आग की लपटों में ठीक से दिख नहीं रहा था। एक मरी, एक जिन्दा। जिन्दा भाग उस पहले वाले का रोज-रोज पूजा-अर्चना करता है, नाचता है उस मरे भाग के आगे।

"कभी-कभी तो हम खुद ही भूल जाते हैं कि वह कौन था जो मर गया, और वह कौन है जो जिन्दा है! अगर मैं जिन्दा हूँ तो वह कौन थी जो मर गई और अगर मैं मर गई तो वह कौन है जो जिन्दा है।" चाय खौल गई थी।

चित्र की औरत की सुन्दरता को मन-ही-मन सराहते हुए पूछा, "मायके के उन दिनों की याद आती है।"

"बहुत! तड़पकर रह जाती हूँ। सेकेंड डिवीजन पास हुई थी। बप्पा इलाहाबाद भेजना चाहते थे। तभी नजर लग गई जैसे किसी शनि की...स्कूल का फंक्शन था। भारत माता बनकर हाथ में त्रिशूल लेकर डांस करना था मुझे, ओजपूर्ण डांस। और जो भी कुदृष्टि डाले उसका त्रिशूल से संहार करना था। वहीं देखा था हमें छोटे कुँवर ने। नृत्य के बाद प्रणाम करने आई, उसी वेश में, राजा उदय प्रताप सिंह को। छोटे कुँवर के भी पाँव छुए। उन्होंने दोनों बाँहों में रोक लिया। लगे ताकने मुझे। बाप ने बेटे को डाँटा, 'छोटे कुँवर!' छोटे कुँवर ने हाथ छोड़ दिये, कहा, 'बप्पा, हमें तो यही लड़की चाहिए, बस यही।' "

"मेरे पिता बगल में थे, बोले, 'अभी तो बच्ची है बेटा। पढ़ रही है।'"

"ढीठ बेटे ने कहा, 'वो हम कुछ नहीं जानते।'"

"उदय प्रताप ने पिता से कहा, 'कन्या रत्न है, ब्याह तो कहीं-न-कहीं करना ही पड़ेगा आपको। बाकी जहाँ तक पढ़ाने का सवाल है, तो हम पढ़ाएँगे आगे की पढ़ाई, क्या?'"

"खूब चटका-चटकी हुई। बन्दूकें निकल गईं लेकिन लोगों के समझाने पर मान गए बप्पा...जिन हाथों ने त्रिशूल उठाया था, उन हाथों ने माला उठा ली।"

"तो यहाँ नाम लिखवाया कुँवर ने किसी कॉलेज में?"

"कॉलेज! हुँह जैसे भूखा कुत्ता भभोड़ता है, उसी तरह भभोड़ता रहा हमें।"

"भारतमाता का बलात्कार!"

"हाँ! बदन उघार दूँ तो आज भी जगह-जगह, नोचने-काटने के दाग—गाल पर ए यहाँ, जाँघ पर, ए यहाँ, सीने पर यहाँ!" दिन-रात, सुबह-शाम क्या मासिक आया हो, क्या नहाकर नकली होऊँ, क्या वैसे...।"

"फिर?"

"फिर ये आ गया पेट में। बहुत तेजी से घटने लगीं घटनाएँ।" उदय प्रताप हार्ट अटैक से मरे। फिर इसके बाप, यानी छोटे कुँवर को गोली... फिर मुझे सती किया गया। गर्म तवे पर नाच-नाचकर मरती बूँद को देखा है कभी—वही रह जाता है तवे पर एक सफेद धब्बा वो सती माई का थान!"

मैं अनमोल की ओर मुखातिब हुआ, "पुलिस नहीं आई थी, उस कांड के समय?"

"आए थे दो पुलिसवाले, गोड़ धरकर चले गए।"

"और कोई?"

"उस परलयवाली रात को कौन आया कौन गया—क्या पता! पचासों तरह के दावे हैं।"

"यहाँ कभी खोजबीन करने कोई आया था—दिल्ली, लखनऊ, भोपाल से?"

"सुना, दुई मंत्री आए थे गोड़ धरने।"

"हमलोग कुछ दिन तो छुप-छुपाकर बाहर ही रहे फिर माई के कहने पर लौटे और माई के मरने के बाद से यहीं हैं।"

"डर नहीं लगता?"

"लगता तो है साहेब लेकिन यही नहीं मानती, पता नहीं क्या है इसके मन में।"

"तुम कहाँ सोते हो?"

"नीचे।"

"और वो बच्चों के साथ पलँग पर? मुझे बेतिया के थारू लोगों की मान्यता के किस्से मालूम हैं। दैहिक सम्बन्ध बनाने तक पति-पत्नी पलँग पर, फिर पत्नी पलँग पर पति नीचे। पूछो काहे, तो पति छोटी जात के होते थे, पत्नी ऊँची जात की।"

दोनों हँसने लगे। फिर सहसा ही उसकी हँसी सूख गई।

"अपने तो जात-पाँत, छुआछूत सारे भरम जल गए उस आग में।" वह कहीं दूर देख रही थी जैसे।

"ये तुम्हारे हाथ बाकी देह से उजले क्यों हैं?"

"ये...?" सहसा वह चुप हो गई, फिर राज-भरे अन्दाज में फुसफुसाई, "वही असली रंग है साहब। मुझे रोज-रोज चेहरे को साँवला बनाना पड़ता है, असली गोरा रंग छुपाने के लिए। पहचान पर परदा डालने के लिए। कॉलेज के ड्रामा से मेकअप सीखा था, बाद में काम आया। कब तक छुपाती रहूँगी खुद को?"

"मुझे लगता है तुम लोगों को यह इलाका जितनी जल्दी हो छोड़ देना चाहिए।"

चाय चुपचाप पी। उठने लगा तो वह बोली, "तुमने गौर किया?"

"क्या?"

"वह पीपर का पेड़ हरियरा रहा है।" वह तनिक रुकी, फिर बोली, "और मैं भी। देखना एक दिन तनकर खड़ा हो जाएगा, और...मैं भी।'"

मैं चिहुँककर उसकी खिंची आँख में झाँकता हूँ—एकदम श्मशानी आँखें!

"मेरा तो वही सच्चा देवता है, आज अगर खड़ी हूँ तुम्हारे सामने तो इसी की, अनमोल की और माई की बदौलत।"

13

मेरा मन अजीब-सी दुविधा में डूब-उतरा रहा था। सती की असली हकीकत बताऊँ। एक मन कहता, 'बता क्यों नहीं देते?' दूसरा मन कहता, 'तुम्हारा विश्वास कौन करेगा?' अगर अंजाम तक न पहुँचा पाओ तो इन्हें छेड़ो ही क्यों? दुबे तक को फुरसत नहीं है तुम्हारी बात सुनने और गुनने की। तो...? थोड़ा और इन्तजार करो। और मैं महटिया जाता।

एक दिन दुबे ने बताया, "आपके कविराज महोदय निन्यानबे के फेरे में पड़ गए हैं, इन्हें वहाँ से निकालिए।"

वाकई, अउधू ने बताया, "निन्यानबे तो मिल गई हैं एक और मिल जाए तो सौ पूरा हो जाए।"

"समझा नहीं।"

"अरे सती लोगन की बात है, उस दिन क्या तय हुआ था, इस पृथ्वी पर जितनी सती हैं सबके चौरे की माटी। सो मैनेजर साहब अब तो सौ पूरे हो जाने पर ही पानी पिएँगे।"

"अरे ऊ कौन तो एक सती थी न, जिनके पति को वेश्या को भोगने

की इच्छा जागी तो सती ने उन्हें कन्धे पर बिठाकर वेश्या के कोठे पर पहुँचा दिया था?"

"शैव्या!"

"राजा हरिश्चन्द्रवाली?"

"अरे नहीं वे दूसरी थीं।"

"धन्य हो सती मावा (मइया) तुम्हारी महिमा अपरम्पार है। पति की इस सेवा की दूसरी मिसाल नहीं।" गया गद्गद हो गया, उसके वेश्यागमन को अब देवताओं का सपोर्ट मिल गया था।

"आप भी तो विद्धान हैं, तनिका देख लीजिए हमारी सूची..."

"सब?"

"अरे नहीं, अभी-अभी ताजा जो जोड़ा है—ध्यान से सुनिए, ई अपने हिन्दुस्तान में दुई किला अजेय थे, कौन-कौन? तो एक कलिंजर का किला, दूसरा रायसेन का। कलिंजर में तो तोप की मरम्मत के दौरान शेरशाह सूरी टें बोल गया था, अब बचा रायसेन का किला। गौड़ या गोंड राजा का किला था। तो कलिंजर पर चढ़ाई के पहिले का वाकया है, इस किले को कभी नहीं जीत पाया कोई। लेकिन शेरशाह के आक्रमण पर जियरा में धुकधुकी समाय गई। हाय दैया अगर कहीं हार गए, मर-मरा गए तो...तो रानी तो सीधे मुसलमान के हाथ पड़ जाएगी। इस स्थिति की कल्पना करते ही काँपि गए। निकाली मियान से तरुआरि और खच्च! काट दी रानी की गरदन। बचा ली सती की लाज!"

"जीओ राजा।" कोई बोल उठा।

"ये तो हाड़ा रानी जैसा...कुछ..."

आँखें चढ़ाकर समझाने के अन्दाज में बोलते गए कविराज, "एक भेद है, पूछो, का।"

"क्या?"

"रायसेन के किले में राजा ने सिर काट लिया था रानी का, बूँदी में रानी ने ही खुद सिर काटकर दे दिया था राणा चूड़ावत जी को और तीसरे पद्मिनीवाले में रानी ही जल मरी थी, जौहर लिया था सखियों के साथ...

अब की बार सती के जलसे में पाँड़े जी वाला गीत गाएँगे ऊ का है—'जान गमन रात का जान समय प्रात का, वीर सब उछरि पड़े, महल से निकरि पड़े, सात सौ सवारियाँ, श्वेत रतन तारियाँ, मखमली ओहार थे...' अकेले इसी से सतियों का कोटा भर जाएगा।"

दुबे दुष्ट है, खुच्चड़ कर बैठा, "कबी जी सती की लिस्ट तो हो रही है, सता की भी कोई लिस्ट बनाई है आपने, मतलब वे पति जो पत्नी के मरने पर सिर काटकर मरे या आग-पानी में?"

कविराज उठ खड़ा हुआ। मैंने कहा, "कविराज जी पद्मिनीवाले में वे सब सैनिक थे रानियाँ-वानियाँ नहीं।"

"सैनिक थे?" अउधू ने कपार ठोंक लिया, फिर कराहते हुए पूछा, "उनकी मेहरारुन का का हुआ?"

"पाँड़े जी से जाकर पूछो।"

"आप न...!" कबी महोदय ने पोथी-पतरा सँभाला और चलते बने।

"लो सुनिए गुरु!" अउधू ने पान का दूसरा बीड़ा निकाला। बोले, रायसेन के उसी किले का वृत्तान्त है। मेवाड़ के राणा संग्राम सिंह का नाम तो आपने सुना ही होगा—उन्हीं संग्राम सिंह की बिटिया का नाम था दुर्गावती। यथा नाम तथा गुण। वाकया तब का है जब बहादुर शाह गुजरात का सुल्तान हुआ करता था। उसने किले को घेर लिया। किले पर दुर्गावती के पति सिलहदी का शासन था। उन्हें कैद कर लिया और मांडू में रखवा दिया। किले में रह गए सिलहदी के भाई लक्ष्मण सिंह और सिपाही लोग तथा उनके परिवार। हार निश्चित थी। बहादुर शाह ने कहा अगर इस्लाम कबूल कर लें तो सबको छोड़ देंगे, किला भी। सिलहदी ने सोचा और तय किया कि इस वक्त इतने लोगों की जान बचाना ही पहला काम है। सो उसने इस्लाम कबूल कर लिया। मुसलमानी नाम मिला सलाहुद्दीन। सिलहदी मुक्त तो हुए मगर इस्लाम स्वीकार करने के लिए दुर्गावती ने काफी भर्त्सना की और जौहर में जल मरीं। उनके साथ कई राजपूतानियों ने भी जौहर लिया। इस शोक में अनुतप्त सिलहदी और उसके बड़े बेटे भोपत ने भी, उन राजपूतानियों के पति आदि ने भी, अपने प्राणों का उत्सर्ग किया।

अउधू ने पान की पीक थूकी, गया से माँगकर तनिक चूना चाटा फिर विजयी अन्दाज में पूछा, "तो गुरु, आपका सवाल कि कोई 'सता' का भी नाम बताऊँ, ये रहे 'सता' लोग—यहाँ नोट करनेवाला पॉइंट यह है कि सती तो अमूमन पति की मृत्यु पर होती आई हैं, दुर्गावती और जौहर में जल मरने वाली राजपूतानियों को 'सती' कहा जाए या नहीं, इस पर महामंडलेश्वर महाराज की राय यह है कि वे सोलह आने सती हैं उनके पतिगण भले ही भौतिक रूप से मृत न हों, फिर भी चूँकि उन्होंने धर्मान्तरण किया सो वे जीवित कहाँ रहे! गीता में ही भगवान श्रीकृष्ण ने कहा है कि 'स्वधर्मं निधनं श्रेय, परधर्म भयावह'। इस आधार पर दुर्गावती सती मानी जाएँ और उनके साथ जौहर लेनेवाली दूसरी तमाम राजपूतानियाँ भी। सती ही नहीं महासती और अनुताप दग्ध सिलहदी और दूसरे राजपूत भी सती तुल्य यानी 'सता' हुए। अनुताप के चलते वे पवित्र हो गए।

सभा में उस दिन खरे माट साहब को भी बुलाया गया था। कब से कुरमुरा रहे थे। महामंडलेश्वर के बाद उठ खड़े हुए, "महामंडलेश्वर जी, चूँकि इतिहास उलटा जा रहा है, मेरी जिज्ञासा है कि राय प्रवीन को आप क्या कहेंगे—सती या असती या महासती...?"

"कौन राय प्रवीन?"

"ओरछा दरबार की प्रसिद्ध नर्तकी, कहते हैं मुगल सम्राट अकबर के कोप से अपने देशवासियों को बचाने के लिए उसने खुद का उत्सर्ग किया था।"

"हम नर्तकी और पतुरिया नहीं, सतियों, पवित्र नारियों पर विचार कर रहे हैं, बैठ जाइए।"

"अपने कुष्ट व्याधि से पीड़ित पति को वेश्या के मुकाम तक पहुँचाने वाली शैव्या को आप महासती का दर्जा देते हैं और अपने देशहित में खुद को समर्पित करनेवाली राय प्रवीन को नहीं?"

सभा में अस्थिरता आ गई।

दुबे ने माइक सँभाल लिया, "हमारे लिए महामंडलेश्वर पूज्य हैं और खरे मास्टर साहब जैसे विद्वान परम आदरणीय। चूँकि इतिहास की बात चल रही है और कोई मुद्दा उठ गया है अतः चयन की पवित्रता के लिहाज से

एक बार गम्भीरता से विचार कर लेने में क्या हर्ज है कि राय प्रवीन को सती माना जाए या नहीं।"

मैंने उठकर कहा, "पहले तो यह तय हो जाना चाहिए कि ओरछा की राय प्रवीन के बारे में कितने लोग जानते हैं। जो जानते हैं हाथ उठाएँ।"

कोई हाथ नहीं उठा, सिवाय खरे साहब के।

मैंने फिर पूछा, "अभी-अभी तो खरे साहब ने अकबरकालीन उस राजनर्तकी के त्याग की बात बताई। कृपया इसकी सचाई का पता लगा लीजिए फिर इस मुद्‌दे पर विचार हो कि उसे सती माना जाए या वेश्या।"

अगले दिन मुद्‌दा फिर उठा। काफी लोगों ने राय प्रवीन के उत्सर्ग को अद्‌भुत त्याग की संज्ञा दी पर सती किसी ने नहीं माना।

खरे मास्टर साहब ने कहा, "मुझे प्रसन्नता है कि आप लोगों ने कम-से-कम राय प्रवीन के त्याग को त्याग समझा। अब इस परिप्रेक्ष्य में लगे हाथों सिलहदी के इस्लाम अपनाकर सलाहुद्‌दीन बन जाने के औचित्य-अनौचित्य पर विचार कर लें। अगर राणा सांगा के दामाद सिलहदी, या जो भी हों, ने इस्लाम स्वीकार कर किले में बन्द अपने और राजपूतों के निर्दोष बाल-बच्चों के प्राण बचाने का उपक्रम किया तो कौन-सा गुनाह किया? रानी दुर्गावती जी तनिक ठंडे मन से विचार करतीं तो वे सभी जिन्दगियाँ बचाई जा सकती थीं। मनुष्य से बड़ा धर्म नहीं हो सकता। धर्मान्धता में बहुत-सी हत्याएँ और आत्महत्याएँ हुईं।"

"रानी दुर्गावती वीरांगना थीं, मलेच्छों के आगे पति के समर्पण का ठीक ही तिरस्कार कर जौहर लिया। अलबत्ता खुद पर बल-प्रयोग होता तो लड़कर मरतीं।" किसी ने कहा।

"यह भी उसी धर्मान्धता और अतिरेक का काला पक्ष है। एक दिन में डिसाइड नहीं हो जाता। शौर्य को गाढ़े दिनों के लिए बचाकर रखना चाहिए। इसे ही कहते हैं राजपूत फॉली। आखिर बहादुर शाह मरा, किला फिर पूरनमल के हाथों में आया? तब तो किसी ने प्रतिकार नहीं किया। इसके बाद हालाँकि शेरशाह सूरी ने छल से किले पर कब्जा करने के क्रम में चार हजार राजपूत परिवारों की हत्या करवा दी। इसकी कथा हमारे राम अवध जी ने बताई थी,

वहाँ भी रानी उनके अपने हाथों मारी गई सती! लेकिन इस धर्मान्धता की मार-काट में, छल-प्रपंच में शेरशाह भी नहीं भोग पाया। तोप दगने से मारा गया कलिंजर के किले में।"

दुबे ने बताया, "कबी महाराज का ड्रेस कोड देखे? पहले पाजामे-कुर्ते-सदरी में होते थे। दस हाथ दूर से गन्धाते थे, अब सती की कृपा से भगवा-सफारी में, हाथ में रक्षा का मोटा कलावा, मस्तक पर अक्षत-चन्दन-रोली का टीका, दस हाथ दूर से महकते हैं। खास गाजीपुर, जौनपुर या कि कन्नौज से इत्र मँगवाया है।"

विजयगढ़ की सती माता!
न भूतो न भविष्यति।

समथिंग न्यू, समथिंक यूनीक, समथिंक अनप्रेसिडेंटेड! रोज बैठकें होतीं, जिन-जिन पवित्र स्थलों की पवित्र माटी सती के मन्दिर में शामिल की जानी थीं, वह सूची रिवाइज की जा रही थी और गया, मना किये जाने के बावजूद अपनी जिद पर अड़ा था कि उसमें मक्का-मदीना, काबा, अजमेर शरीफ तथा हजरत निजामुद्दीन की मिट्टी को शामिल कर लिया जाए, और उतनी ही बार पंडित जी बहटियाए जा रहे थे कि अचानक फट पड़े, "तू कौन है रे...?"

गया चुप।

"चुप क्यों हो गया वृचो!" वृचो उनकी सड़ी गाली का शॉर्ट फॉर्म था। जैसे ऑक्सीजन का 'ओ' और हाइड्रोजन का 'एच' होता है।

"मैं गया...!"

"पूरा नाम बता।"

वह तनिक हिचका फिर घेरे जाने पर हकलाया, "गयासुद्दीन सिद्दिकी!"

"मुसलमान है?"

"जी जी।"

इस रहयोद्घाटन से बज्रपात हुआ, अउधू ने कपार ठोंक लिया, "तो बताया क्यों नहीं अब तक? पाँच साल से साथ-साथ आल्हा गाता रहा आँय। भरस्ट कर दिया।"

पंडित जी ने बगल का चैला उठा लिया, "भाग, भाग, भाग!"

"भ्रष्ट कर दिया बेदी को।"

गया भागता रहा सियार की तरह, पीछे मुड़-मुड़कर ताकते हुए।

पंडित जी ने समझाने के अन्दाज में कहा, "देखो अउधू और बाकी लोग, एक बात समझ लो, हम पूरे नियम और विधि-विधान से सती मन्दिर की स्थापना करना चाहते हैं, ये अलाउद्दीन-सलाउद्दीन, तुरुक-सुरुक, सारे विधर्मी! इन्हीं के चलते सतियों को सती होना पड़ा था न!"

मेरी जीभ में खुजली हो रही थी। याद आ रहा था श्रीलाल शुक्ल का 'राग दरबारी'—"हम अपने बाप को उठा-उठा के पटका, पटक-पटक के मारा, मगर मजाल है कोई हमरे बाप को आँख दिखा दे?"

14

तब से गया जगह-जगह दुष्प्रचार करने लग गया है। कहता है, "अउधू पूरा माल साफ कर रहे हैं। कैसा छुहाड़ा जैसा था, अब गाँड़ पर चर्बी चढ़ गई है और बदन पर सफारी। कभी इसके बाप-दादा ने भी देखी थी सफारी!"

अउधू इन सबकी परवाह नहीं करते। कहते हैं, "सती माई का भभूत वे चाँद मंगल और धुरब तारे तक पर पहुँचानेवाले हैं, इसी से जलते हैं लोग।"

थान के दोनों तरफ दुकानें सजती जा रही थीं। जब वहाँ जगह नहीं बची तो दुकानों ने छलाँग लगाई, नदी को लाँघकर इस पार यह क्रम सजने लगा। लाल साहब ने तो कुछ नहीं कहा पर रानी कुरमुराईं। मुझे बुलाकर डाँटा, "घोड़ा भी है, फटफटिया भी है, जीप भी है फिर भी यह सब नहीं दिखाई देता तुमको?"

"सवाल सती माई का है रानी साहिबा। दूसरे का होता तो मजाल था कि...। वैसे कहिए तो उजड़वा दूँ, मगर कोई अनिष्ट हुआ तो मुझे मत दोष दीजिएगा।" मैंने झुककर सविनय निवेदन किया।

"न न! रहने दो, गरीब-गुरबा लोग हैं हमारा क्या बिगड़ता है! है कि नहीं।" अपने अनिष्ट की आशंका से इतनी जल्दी यू टर्न उन्होंने लिया कि मैं देखता रह गया, "जी!"

जान बची।

"अच्छा सुनो, सती माई का दुई-दुई ठो फोटू बिक रहा है, चुनरी और का-का तो...मुझे ला दोगे?"

"अभी कहिए अभी पहुँचवा देते हैं आपके पास। वैसे आपके पास तो होगी ही, आप ही के वंश की थी न!"

"नहीं रहने दो। चढ़ावे की चीजें खुद ही अपने पैसे से खरीदनी चाहिए, नहीं तो फलित नहीं होता। है कि नहीं?"

"जी।"

आये दिन कोई-न-कोई चमत्कार जुड़ता जा रहा था। सती के कीर्तिमाल में।

"फलाँ औरत बाँझ थी, लड़का हुआ।"

"फलाँ की लॉटरी लग गई।"

"फलाँ को डागडर ने जवाब देइ दिया था, सती माई का भभूत लगाया, आजु तक जी रहा है।"

"लेकिन भभूत मिला कहाँ से? सती को तो सरग के देवताओं ने लोक लिया था।"

"तुम सती की महिमा का जानो। चोले का एक अंश जर गया, एक अंश सरग गया।" यह दुबे था पता नहीं, अभिधा में बोल रहा था या व्यंजना में।

"हम तो भभूत के बारे में कहि रहे थे। उस दिन परलय पानी था। बप्पा रे बप्पा! मनन का पानी। सब कुछ तो बह गया होगा।"

"का जाने बहिन, उनकी महिमा वही जानें।"

पाँचवीं और आठवीं कक्षा के पाठ्यक्रमों में लगने जा रहा है सती वृत्तान्त। शोध के लिए कितने तो एप्लीकेशन पड़ गए हैं। देश ही नहीं, विदेशों से भी।

दुबे अपनी राह पर था, मैं अपनी राह पर। मेरी समझ में यह नहीं आ रहा था कि सावित्री की वापसी कैसे हो, सावित्री कुँअर ने कसम दे रखी, मगर दुबे को मेरे मानसिक ऊहापोह की खबर होनी चाहिए थी।

उसे तो मेरी बात सुनने की फुरसत न थी। वह पूरी तरह मन्दिर योजना का कर्ता-धर्ता था। आश्चर्य, सती के बिन्दु पर राय साहब और लाल साहब दोनों घराने एक हो गए थे। मैं खेती में जुट गया। इस पार और उस पार की सारी जमीनें ट्रैक्टर से जुतवा कर ऊपर की पठारी भूमि पर मक्का, ज्वार, अरहर, उरद और नीचे धान की पूरी वैज्ञानिक खेती का शुभारम्भ। पानी का समुचित प्रबन्ध हो गया था। कुँआरी नदी और कुओं से बाहर गए 173 स्त्री-पुरुष लौट आए थे और काम पर जुट गए थे। राय साहब और रानी साहिबा मुझ पर मेहरबान थीं, पम्प भिजवा दिये थे उन्होंने और ट्रैक्टर भी और खेत भी हवाले कर दिये थे। रियासत के किनारे-किनारे मैंने सागवान, शीशम के पेड़ लगवाना शुरू कर दिया था और उसकी रक्षा वहीं के लोगों के जिम्मे कर दिया था। यह सब टिकट युद्ध के पहले के काम थे जो अब सतह पर दिखने लगे थे।

दुबे खाँटी बाभन बनता जा रहा था पूरे 24 कैरेट का। एक दिन मैं सुबह-सुबह उसके आवास पर गया तो दंग रह गया, उसने मुझसे बात तक न की। उठते ही उसने अपनी दोनों हथेलियाँ देखीं :

कराग्रे बसति लक्ष्मी, कर मध्ये सरस्वती
कर मूले स्थितो ब्रह्मा, प्रभाते कर दर्शनम्

अब भी वह मुझसे नहीं बोला, जमीन पर उतरा और पाँव रखते ही बर्राया :

समुद्र बसने देवी पर्वत स्तन मंडिते
विष्णु पत्नी नमस्तुभ्यम् पाद स्पर्श क्षमस्वमे।

मैंने एक गहरी साँस ली, "आजकल कुछ ज्यादा ही धार्मिक होते जा रहे हो।"

"मुझे खुद को इस्टेब्लिश करना है। वह दखिनहा बाभन मुझे उखाड़ने पर लगा है। मेरी नौकरी चली जाएगी। अगर मैं खुद को 101 पर्सेंट पंडित नहीं सिद्ध कर सका।" अब उसका गायत्री मंत्र...

ॐ भूर्भुव: स्व:...शुरू हो गया। वहाँ रुकना बेकार था। वह आज भी गायत्री मंत्र का गलत पाठ करेगा, कहेगा, सुधार दो।

दीदी की चिट्ठी आई थी कब तक रियासतों की सेवा में लगे रहोगे, अपना भी सोचो। ब्याह-व्याह नहीं करना? तुम्हारे बहनोई जी ने लखनऊ, जबलपुर, चित्रकूट और कहाँ-कहाँ तो लड़कियाँ देख रहे हैं। तुम एक बार आकर देख लो तो बात आगे बढ़ाई जाए। लौटती डाक से बताओ कि कब आ रहे हो?

माँ के न रहने पर दीदी ही माँ का दायित्व निभा रही हैं। मगर लौटती डाक से...? बहन की फिर चिट्ठी—वो सत्यनारायण की कथा साधु-बनिया मत बनो। यह कर लेंगे तो पूजा सुनेंगे, वह कर लेंगे तो पूजा सुनेंगे। माई होती तो कान पकड़कर लिवा आती। खैर मनाओ बाबू जी भी नहीं हैं, माँ भी नहीं है और मैं ठहरी बहिन न! कहाँ सुनने लगे तुम मेरी।

यह इमोशनल ब्लैकमेलिंग भी बेकार गई। जानबूझकर नहीं अनजाने ही बहता रहा। ऐसा नहीं था कि ब्याह के बारे में मैंने सोचा ही नहीं, पर दिक्कत थी जब भी सोचता, दुल्हन के वेश में लाल बनारसी साड़ी में सजी कुलदेवी और सावित्री सती का चेहरा ही आँखों में झलमलाने लगता। दोनों ही मरीचिका की तरह मुझे छलती रहतीं।

दुबे से एक बार पूछा तो उसकी भी दशा लगभग मेरी जैसी ही थी।

नकार पर जरा दूसरी तरह से। वह अपनी नौकरी के प्रति कुछ ज्यादा ही कॉन्सस होता जा रहा था। उसका प्रबल शत्रु अरुणाचलम काई की तरह पसरता ही जा रहा था। वह एक पैंतरा चलता तो अरुणाचलम आगे चलकर दूसरे पैंतरे से उसका रास्ता रोक लेता।

"यार तेरी तो बहन है, तू बच सकता है, पर मेरे तो माँ-बाबू जी दोनों हैं। बाबू जी समझते हैं, मुझे यहाँ का राजपाट मिलनेवाला है। सती का मन्दिर बना कि मैं बना करोड़पति, अरबपति, खरबपति...। एक-एक क्विंटल का तो सोना चढ़ता है मन्दिरों में। सो जब तक मन्दिर नहीं बन जाता मैं बचा हुआ हूँ।

दिक्कत माँ को लेकर है, उसने जगह-जगह पुत्रवधू गढ़ रखी है। एक नहीं सुनती। एक को भी गृह मन्दिर के गर्भगृह में स्थापित नहीं करा पा रही।"

सोचता था रियासत के पचड़ों को तनिक परे खिसकाकर एक दिन पिकनिक पर कंठा चलते हैं, मुर्गाबियों के शिकार के बहाने। कुलदेवी और सती के बारे में उसे बताएँगे और साथ ही अपनी शादियों पर भी राय-मशविरा करेंगे, खास कर सती के बारे में तो उसे सब कुछ खोलकर बताना ही पड़ेगा। देर होते-होते कहीं ऐसा न हो कि बहुत देर हो जाए। पर आज तक संयोग न बना। दुबे का काम इतना बढ़ गया था कि उसे साँस लेने तक की फुर्सत नहीं। मैंने गायत्री मंत्र लिखकर दिया तो पूछ बैठा, "यार तुम पंडितों से क्यों नहीं लिखवाते। सौ के करीब आ गए हैं और रोज आते जा रहे हैं।"

"पंडितों का हाल सुनोगे? शान्ति पाठ में अरुणाचलम का एक चेला रट रहा था—पृथ्वी शान्तम् अन्तरिक्षः शान्तम् वनस्पतयः शान्तम्...वगैरह-वगैरह। तो वनस्पतयः की जगह वह बार-बार वृहस्पतयः रट रहा था।"

"तुम्हें करेक्ट कर देना चाहिए था।"

"क्यों? वह साला अरुणाचलम का लाया हुआ दखिनहवा बाभन है। बके अशुद्ध अपुन का क्या।" ये महामंडलेश्वर धर्माचार्य जी और अरुणाचलम सभी की नजर मेरी महन्थी पर है।

सती चौरे के बगल में छोलदारियाँ-ही-छोलदारियाँ खड़ी होती जा रही थीं। एक बड़ा-सा स्थायी टेंट लगा था। चौबीसों घंटे कड़ाह चढ़ा रहता। पूरी-सब्जी-बुँदिया। साधु-सन्तों, पंडों, धर्माचार्यों के नये-नये जत्थे आते रहते हैं। शास्त्रविहित चर्चाएँ जमी रहतीं और बड़े-बड़े कुन्दे सुलगते रहते, चिलम चढ़ी रहती। खाओ-पियो सत्संग करो। डालों पर बन्दरों की कटकटाहट मची रहती और नीचे साधुओं-संन्यासियों की। आये दिन झगड़ा होता।

इन दिनों सती के अंग कहाँ-कहाँ गिरे थे—पर भीषण विवाद छिड़ा हुआ था। दुबे भन्नाया रहता—साला मुझको कुछ आता-वाता नहीं, रात को पढ़-पुढ़कर क्लास लेना पड़ता है। पहले जानते कि पंडिताई ही करनी होगी तो वही करता। अब जयन्त जो है सो अमृत का कलश लेके भागा, क्या तो समुद्र मन्थन से निकला था या कि देवी लक्ष्मी या धनवन्तरि लेकर निकले थे

तो चार जगह पर छलका एक-एक बूँद—बताइए ये जगह कौन-कौन-सी हैं—रटता हूँ और भूल जाता हूँ—गंगा जी में हरिद्वार में, गोदावरी में नासिक में, क्षिप्रा में उज्जैन में और संगम पर इलाहाबाद में। क्यों ठीक है न? किसी साधु ने टोका, "इलाहाबाद मत बोलो बच्चा, बोलो प्रयागराज!"

"सो वहाँ-वहाँ की माटी यानी कुम्भ-कुम्भ की माटी।"

"झगड़ा हो गया पानी को लेकर भी। गंगा माई के पानी में कहाँ-कहाँ का पानी आकर मिलता है।"

"पानिए नहीं कहाँ-कहाँ का मल-मूत्र और कौन-कौन-सी गन्दगी। एक बार तो पेट भी लीक कर गया था मेरा।"

"कोई साधु बिगड़ गया, गाँजा बेसी चढ़ गया का? तुम सब लोग हराम का खाने नहीं आए हो। जैसे सीता माई की खोज में दसों दिशाओं में लोग गए थे, वैसे ही सती मैया की खोज में पिल पड़ो। मुझे हल्की-हल्की नींद आने लगी थी। जब भी ऐसी चर्चाएँ होतीं मेरे चेहरे पर कीड़े रेंगने लगते। पुराणों के अनुसार आदि सती तो 'सती' थीं। दक्ष पिता के यज्ञ में शिव जी को नहीं बुलाया गया सो शिव जी के मना करने पर भी जा पहुँचीं। पिता फिर भी पति के अपमान पर कायम रहे तो यज्ञ-कुंड में कूद गईं, शिव जी को पता लगा तो उन्होंने अपने गण वीर और भद्र को भेजा, उन्होंने दक्ष के यज्ञ का विध्वंस कर दिया। दुखी और कुपित शिव जी यज्ञ-स्थल पर आए और उन्होंने कन्धे पर सती को उठा लिया और विक्षिप्त की तरह पूरी दुनिया में चक्कर लगाने लगे, उनके जो-जो अंग जहाँ-जहाँ गिरे वह-वह शक्तिपीठ बना।"

महामंडलेश्वर को अपनी गद्दी याद आई, टोका, "यह यज्ञ कहाँ हुआ था?"

बहस बढ़ती गई।

"खाली भागवते पुराण देखिएगा?"

"दन्त चूड़ामणि देखे हैं?"

बड़का विद्वान आप ही बने हैं तो बताइए न। दक्षयज्ञ कहाँ हुआ था?"

"दक्ष के महल में।"

"जगह बताइए?"

"हिमालय।"

"जाइए फिर से पढ़कर आइए।"

कनखल में हुआ था, हरियाणा।"

"नहीं, शिवालिक हिमालय में ही हुआ था। जाकर फिर से आप पढ़िए। जानना न सुनना चले आते हैं मोटी दक्षिणा के लालच में।"

एक दूसरे पंडित ने पूछा, "ऐ भई, बड़के विद्धमान आप ही लोग हैं, सती तो पती के मरने के बाद न होती है। हमको कन्फ्यूजन से कन्क्लूजन पर पहुँचाइए।"

"बोलिए, का कन्फ्यूजन है?"

"तो वह सती क्यों हुईं। शंकर जी तो जिन्दा ही थे न।"

"अरे नाम ही सती था, गौरी नहीं। कुछ जानना न समझना, चले आते हैं दक्षिणा लेने।"

अब इस पर झगड़ा शुरू हुआ कि कौन-कौन रानी मरने पर सती हुई थीं और कौन नहीं हुईं और अनसुइया, सावित्री-ओवित्री भी सती कही जाती हैं।

"कहाँ जली थीं?"

"51 ठो शक्तिपीठ, 12 ठो ज्योतिर्लिंग, 7 ठो सप्तपुरी, 4 ठो धाम, याद कर लीजिए नहीं तो सती मन्दिर के पुरोहितों की मंडली से निकाल दिये जाओगे। कोई दक्षिणा नहीं मिलेगी।"

फिर झगड़ा हुआ, अब इस बात पर कि शक्तिपीठ 51 हैं कि 52 कि 108, दन्त चूड़ामणि में 52, भगवत पुराण में 51, देवी पुराण में 101 अब कौन अंग कहाँ गिरा पर माथापच्ची। हिमाचल के नैना देवी में नैन गिरे, सुरकंडा में देवी का सिर, हिमलाज में ब्रह्मरन्ध्र, सरकरे में आँख, यह पाकिस्तान में है। "क्लेम ठीक देना चाहिए।" कोई भुन्न-सा बोला। सुगन्धा में नासिका, महामाया में क्या तो गिरा था यह बांगलादेश में है, त्रिपुर मालिनी में वक्ष गिरा था और देवघर में हृदय, नेपाल के गुर्जेश्वरी में उदर...।

51 शक्तिपीठों की गणना में, मैं 52 बार सोया हूँगा। मैं ही नहीं मेरी बगल में दुबे भी फों-फों कर रहा था। झगड़े की नई खेप आई कि कामाख्या में

जहाँ देवी की योनि गिरी थी, वह लाल हो जाता है और उस स्थान पर जहाँ देवी का एनस गिरा था वहाँ का पानी हमेशा बदबू देता रहता है।

कथा का विस्तार तो और भी है पर मुख्तसर में यही है। पहला पीठ जहाँ देवी का किरीट यानी मुकुट गिरा था बंगाल में है। फिर बंगाल से अफगानिस्तान, पाकिस्तान, बांगलादेश यानी तब के अखंड भारत में। अब विवाद इस बात को लेकर हुआ कि इसमें विंध्याचल क्यों नहीं है, मैहर क्यों नहीं है। एक राजस्थान के साधु ने कहा कि बंगाली लोग बटोर ले गए सब पीठ, हम ताकते रह गए, सो नहीं चलेगा—चोलबे ना, चोलबे ना! बंगाली साधु बिगड़ गया, "जाकर भोगोवान शिव जी और माता गौरी से पूछिए।"

"माँ तो पक्षपात नहीं कर सकती हैं।"

"नहीं ऐसे नहीं चलेगा, सन्तुलित वितरण कीजिए।"

दो पंडित भागे जा रहे थे, उन्हें पकड़कर लाया गया।

"अरे आप यह तो बताते नहीं कि सती का क्या गिरा था आपके यहाँ, किस स्थान पर! शास्त्र-सम्मत बताइए, क्रोध क्यों करते हैं?" एक-एक शक्तिपीठ पर कई-कई दावे भी आ गए। एक दावेदार साधु ने कहा, "तुम्हारा मन्दिर शक्तिपीठ कब से हो गया। तुम तो जमीन पर कब्जा जमाने के लिए मन्दिर बनाकर देवी को बैठाकर खड़े हो गए। अब वो शक्तिपीठ हो गया। शास्त्रों में कहीं है उल्लेख?"

दूसरे ने कहा, "और तुम? नेपाल से लड़कियाँ, गाँजा, भाँग, शराब, अफीम की तस्करी करते रहे जिन्दगी-भर। अब पुलिस से बचने के लिए जटा-दाढ़ी बढ़ाकर बैठ गए। जैसे हम जानते ही नहीं हैं। ये देखो क्या लिखा है साधु कौन होता है, कोई-न-कोई वारदात कर धर्म को ओढ़नेवाला।"

तीसरे ने कहा, "इतने सारे पापियों को खेवा-खर्चा कौन देता है। जवाब मिला, बड़के-बड़के ठीकेदार, धर्मप्राण सेठ और मारवाड़ी लोग।" चिमटे की वो मारामारी हुई कि लोग दौड़ पड़े। एक ने तो जलता चैला ही उठा लिया था। ब्रह्मानन्द जी ने डंडा लेकर दोनों को खदेड़ा। राय साहब आ गए थे। ब्रह्मानन्द जी ने कहा, "बहुत से ढोंगी आ रहे हैं राय साहब। आप भी लाल साहबवाली बात को समझिए।"

"अमाँ सुनो तो असल बात तो बताई ही नहीं अभी तक।"

"बता डालो।"

"अपनी इस सती यानी सावित्री कुँअर से तो नहीं मिल पाया मगर जारी ग्राम की सती जावित्री देवी की राख से अवश्य मिल आया। सन् 1980 की एक घोर बरसात में भरी जवानी में सती हुई थीं जावित्री जी, अपने पति की मृत्यु पर। दो ही वर्ष हुए थे विवाह के, नारियल चढ़ रहा था। चढ़ा आए। बहुत कुछ देखा, बहुत कुछ सुना, बहुत कुछ जाना, आँखें खुल गईं।"

"जैसे?"

"लाखों की भीड़, लाखों का चढ़ावा। चढ़ाए हुए नारियल को लौटाकर फिर-फिर बिकते देखा। फिर-फिर चढ़ता रहा वही नारियल! और खाकपति को करोड़पति बना गईं सती माई जावित्री देवी। शाहबाजपुर जाना था फिर पाँच-पाँच सतियों के मन्दिर भी लेकिन नहीं गया। मुझे जो पाना था मैंने पा लिया।"

"क्या?"

"अरे वही। बाँदा के पंडित जी का मानस समाधान—'उभय भाँति देखेसि निज मरना, तब ताकेसि रघुनायक सरना।'"

"माने?"

"माने बाद में बताऊँगा। पहले तुम बताओ कि यहाँ क्या चल रहा है?"

"सूत्रों से जो समाचार मिल रहे हैं उसके अनुसार कलिंजर से कंठा तक जहाँ-जहाँ जगत के करोड़पति बनने की खबर पहुँची, लोग करोड़पति-करोड़पति खेलने लगे—माने 'कौन बनेगा करोड़पति' खेलने लगे। जहाँ देखो जमीन खोदी जा रही है। लोगों को हर जगह हीरा ही नजर आता है। मिडास को हर जगह सोना दिखाई पड़ता था यहाँ हर किसी को हर जगह हीरा, सिर्फ हीरा। रात में आसमान में भी तारे हीरे की तरह नजर आते। सूरज और चाँद भी।

चीटिंया अपने अंडे ले जातीं उसे भी हीरे की कनी मानकर। कुछ लोग पीछा करते, कौवे हाड़ लेकर डाल पर बैठते, उसे भी रतन फोबिया!

मैंने दुबे की आँखों में झाँका, "अब राम शलाका प्रश्न का समाधान भी बता ही दो।"

"यहाँ नहीं, दीवान-ए-खास में। खास-खास लोगों के बीच।"

और दुबे ने उस दिन दीवान-ए-खास में बताया :

कस्तूरी कुंडल बसे मृग ढूँढ़े पनमाहि।

राय साहब ने पूछा, "कहाँ है कस्तूरी?"

दुबे ने इधर ताका, उधर ताका, फिर कहा, "सती थान में।"

दीवान-ए-खास में मैं जरा देर से पहुँचा था, मीटिंग शुरू हो चुकी थी, दुबे का बोलना जारी था, "कुछ नया, कुछ अन्यतम, कुछ अभूतपूर्व...निखिल ब्रह्मांड में यही वो एकमात्र सती का थान है जहाँ लोगों ने सती को साक्षात स्वर्ग जाते हुए देखा है, एकमात्र! इलाके के लोग यही मानते हैं, न भूतो न भविष्यति!" दुबे धीरे-धीरे मन्दिर को खोल रहा था, "सांई मन्दिर से भी बड़ा! तिरुपति से भी बड़ा! सबरीमाल से भी बड़ा! पद्मनाभ से भी बड़ा! सबसे बड़ा होगा अपना यह सती मन्दिर।" यह नया खेल क्यों रचा दुबे ने। दोनों तरफ मौत की निष्ठा कठघरे में थी। इसलिए...! वह बोलता गया और खड़ा होता गया। आखिर तक वह खड़ा हो गया, माने मन्दिर खड़ा हो गया, "अपने देश में खुद को, खुद के बाल-बच्चों को बेचकर भी धरम के नाम पर सब कुछ न्यौछावर कर देने की परम्परा रही है।" दुबे ने आगे बताया, "मैं खड़ा-खड़ा उस दिन सोच रहा था, नवरात्र को सती जागरण उत्सव देखकर तो मैं दंग ही रह गया। लाखों की भीड़ थी, लाखों की! मैहर से, महोबा से, चित्रकूट से, बाँदा से...क्या बुन्देलखंड, क्या बघेलखंड, क्या अवध, क्या सरगुजा...! उस दिन विंध्याचल विंध्यवासिनी किसी को याद नहीं आईं, अष्टभुजा देवी याद नहीं आईं, चित्रकूट याद नहीं आया, मैहर की शारदा मैया याद नहीं आईं। याद आईं तो सिर्फ सती, सती और सती!" सभा में इतना जोश था कि जितना जोश मैंने कभी नहीं देखा।

सती मन्दिर का ब्लू प्रिंट तैयार हो रहा था।

"एक, भारत की नई-पुरानी सभी सतियों की भूमि की मिट्टी..."

"दो, शास्त्रों के अनुसार पाँचों पंचकन्याओं की पीठ की माटी,"

सभा में किसी ने खड़े होकर हाथ जोड़कर निवेदन किया, "क्षमा करें महाराज, ये पंचकन्याएँ कौन-कौन-सी हैं?"

दुबे झुँझलाया उसने मेरी बाँह पकड़कर खींची, धीरे से कहा, "अबे बोल न रे।"

मैंने कहा, "अहल्या, कुन्ती, तारा, मन्दोदरी, और क्या नाम...द्रौपदी।" पीछे से कोई फुसफुसाया, "पंचकन्याओं का क्राइटेरिया क्या है?" जवाब किसी दूसरी फुसफुसाहट ने दिया, "एक से ज्यादा मर्दों से सम्बन्ध होना।"

किसी साधु ने टोका, "कौन बोला, इसको बाहर निकालो!" दुबे ने कहा, "शान्त रहिए शान्त!"

"तीन, सभी पवित्र नदियों और कुंडों का जल।"

कोई हाथ जोड़कर खड़ा हो गया, "कैसे समझेंगे कि कौन नदी पवित्र है, कौन अपवित्र?"

"आपको उनकी पवित्रता पर सन्देह आए तो शास्त्रों में ढूँढ़िए, वैसे क्या जानना चाहते हैं?"

"कर्मनाशा और चम्बल को क्या समझें, पवित्र या अपवित्र?" दुबे ने मुझे चुटकी काटी।

मैंने कहा, "देखिए ऐसा है कि कर्मनाशा त्रिशंकु के लार से निकली थीं, ऐसा माना जाता है। इसलिए वह हुई अपवित्र। स्नान करने मात्र से पुण्य क्षय होता है। बाकी रही चम्बल तो राजा नृग की कथा जानते हैं? कुछ गायें दान दी थीं किसी ऋषि को, काउंटिंग हुई तो एक गाय कम। ऋषि ने राजा से पूछा, कहाँ है? गाय राजा की गोशाला में खड़ी थी। ऋषि ने पूछा, क्यों राजन्, गाय कहाँ है? नृग से जवाब देते नहीं बन रहा था। वे सिर्फ गिरगिट की तरह सिर हिलाए जा रहे थे। तब मुनि ने शाप दिया, जाओ एक सहस्त्र वर्षों तक कुएँ में गिरगिट होकर पड़े रहो। तो इस तरह राजा नृग गिरगिट हो गए। अब जब नृग के पुत्र को यह जानकारी मिली तो वह बहुत ही क्रुद्ध हुआ, उसने गायों का संहार करना शुरू किया। सोचिए, गलती किसकी थी, सजा किसको मिली। तो नृग के पुत्र ने गायों को ही काटना शुरू किया और उसके चर्म से जो जल निकला उससे नदी बनी चर्मणवती यानी चम्बल।

इसीलिए कुछ लोग चम्बल का पानी नहीं पीते, तो यह रही अशुद्ध होने की बात।" दुबे ने लगाम वापस ले ली, "तो इस तरह सभी पवित्र नदियों का जल, सागरों का जल, पवित्र कुंडों का जल, पवित्र झीलों का जल..." एक आदमी फिर खड़ा हुआ,

"महाराज ये पवित्र-अपवित्र का विवाद हटा दो, सभी पवित्र हैं और अपवित्र भी हैं जैसे गंगा और शेष नदियाँ। जगह-जगह पवित्र हैं, जगह-जगह अपवित्र।"

एक संन्यासी ने उठकर कहा कि शंकाएँ उत्पन्न न करें। अपनी सारी जिज्ञासाएँ बाद में महन्तों के सामने रखें।

"चार, सभी हिन्दू, जैन, सिख, बौद्ध धर्मों के तीर्थों की मिट्टी, सभी की।"

"अरे काबा, मक्का-मदीना का भी ले लें।" किसी ने सुझाव दिया। लोगों ने मुड़कर देखा, अउधू के मित्र गया थे।

"न न न! मन्दिर बन रहा है, मस्जिद नहीं।"

"चलिए, छोड़ दिया, आगे सुनिए।"

"पाँच, दुनिया की तमाम सुन्दर बिल्डिंगों के वास्तुशिल्प से चुनकर मॉडल लेना।" पुनः शंका प्रकट की गई, "महाराज, अच्छे-अच्छे वास्तुकार तो मुसलमान थे।" मैंने दही में सही मिलाया, "हिन्दू तो सिर्फ मन्दिर बनाते रहे, लगभग एक ही ढंग का।"

"वही तो हमारी विशेषता है। सिर्फ सुन्दरता से कुछ नहीं होता।" किसी ने कहा। थोड़े विचार-विमर्श के बाद दुविधा को सबने दुरदुरा दिया, "कोच्छ हर्ज नहीं।" न-न करनेवाले धर्माचार्य अब हाँ-हाँ कर रहे थे। पहले सौ से हजार श्रद्धालुओं के रहने का स्थान बनेगा। फिर बढ़ते-बढ़ते लाख तक का 'टेम्पुल कॉम्पलेक्स'—रहने, खाने, ठहरने, सोने का।"

"एक बात?" एक धर्माचार्य ने टोका।

"मन्दिर का कलश इतना ऊँचा हो कि उस ऊँचाई को व्यक्त करे जिस ऊँचाई तक सती के महाप्रयाण के समय लौ को उठते हुए लोगों ने देखा था।"

तालियाँ बजीं। तालियाँ शान्त हुईं तो किसी ने कहा, "कहना आसान है, करना मुश्किल। अभी शुरुआत तो हो ले, फिर बढ़ते-बढ़ते लेजर या कोई टेक्नोलॉजी जहाँ तक पहुँचाती है—वहाँ तक।"

"पैसे?"

"राय साहब! आपको एक फूटी कौड़ी खर्च करने की जरूरत नहीं है। उन्हीं का कारज है, वही प्रबन्ध करेंगी। पहले तो हर दुकान, हर मकान में सती के नाम पर स्वेच्छा से दान करने के लिए एक दानपेटी रखवाइए।

"उहूँ, सबका मूल है प्रचार, हमें जनता को इस सच्चाई को बताना होगा कि पूरे देश में, देश ही क्यों पूरी दुनिया में, पूरे इतिहास में, पूरी सभ्यता में, पूरी संस्कृति में यह अकेली पीठ है, जहाँ सती को साक्षात स्वर्ग जाते सबने देखा है।"

"यह अकेला तीर्थ है जहाँ सभी तीर्थों का पुण्य मिलेगा। एकहि साधे सब सधे तो क्यों भटको दर-दर?" एक योगी उठकर उत्साह में खड़ा हो गया—"बोलो सती माई की जय!"

दुबे राय साहब से फुसफसाया, "वह हीरा 50 करोड़, हद-से-हद 500 करोड़ का होगा, सती मन्दिर करोड़ों-करोड़।"

दीवान-ए-खास जयकारों से गूँज उठा, जिसे सुनकर राय साहब की देह गनगना उठी। वे उठकर खड़े हुए। उन्हें लगा दुनिया के तपे हुए तमाम तपस्वियों, हुक्मरानों और तानाशाहों का तेज उनमें समाहित हो गया है। शक्ति और ओज के आधिक्य से बेचैन हो वे टहलने लगे। ब्लैक होल में जैसे सारा वजन एक बिन्दु पर आकर संकेन्द्रित हो जाता है, वैसे ही...। अगर इस समय कोई उनका वीर्य धारण कर पाता तो दुनिया की परम ओजस्वी सन्तान पैदा हो जाती। सम्भव है जहाँ खड़े थे वहाँ की धरती धँस गई हो। यह संयोग कभी ताड़कासुर के वध के निमित्त कार्तिकेय के जन्म के समय घटित हुआ था, कि दोबारा अब...।

दुबे कुछ कर पाता, इसके पहले ही राय साहब ने बुलाकर कहा, "कल से धर्माचार्य जी सती मन्दिर को सँभालेंगे। आप उनका सहयोग करें।"

"क्या?" कटकर रहा गया दुबे। उड़ने के पहले ही पंख कतर दिये थे राय साहब ने। लेकिन कुछ किया नहीं जा सकता था। धर्माचार्य जी सम्भवत: कुलगुरु थे।

12

विजयगढ़ में सती महिमा की हवा तो पहले से ही बह रही थी। अलग से प्रचार की जरूरत नहीं थी। लोग स्वयंसेवी प्रचारक बनकर प्रचार कर रहे थे। सुनामी बह रही थी, सुनामी! हर किसी के पास सतीदाह के अपने-अपने आख्यान थे। हर कोई दावा कर रहा था कि उसने अपनी आँखों से यह सब होते देखा है। भूलचूक की राई मात्र भी गुंजाइश नहीं। कोई बताता, "हमने देखा सोरहों श्रृंगार किये पति के शव को गोद में लेकर चन्दन की चिता पर बैठीं तो वाह, क्या आभा थी चेहरे पर!"

कोई जलती सती के चेहरे की मोहिनी मुस्कान को नहीं भूल पा रहा था तो कोई तेजोदीप्त उनकी आँखों को!

वैसे सोने के सिंहासन, चँवर डुलाती परियाँ और आकाश से पुष्प वृष्टि के बीच सती के स्वर्गारोहण की पुष्टि सभी कर रहे थे। अलबत्ता कितनी ऊँचाई से अन्तर्धान हुईं—इस पर दावे अलग-अलग थे, कोई एक पुरसा बता रहा था, कोई दो, कोई तीन...! ऊँचाई बताने में मंगरू कहार और नन्दू कोइरी की गर्दनें तनती गईं तनती गईं, इतनी तन गईं, इतनी, कि गर्दनें,

जो हैं सो, खिची ही रह गईं। जैसे सती अभी तक चली ही जा रही हों और वे अभी तक उनका जाना देखते ही जा रहे हों।

जहाँ चार आदमी जुटते, वहीं मीटिंग शुरू हो जाती। शोर है कि मन्दिर की आधारशिला रखने चार-चार पीठों के शंकराचार्य और कई-कई प्रान्तों के मुख्यमंत्री आएँगे।

किसी ने कहा, "प्रधानमंत्री स्वयं आएँगे।"

मगर यार प्रधानमंत्री तो किसानों की आत्महत्या पर भी नहीं आए थे।" एक शंका।

"वो अलग बात है, मगर इस बार अवश्य आएँगे, देख लेना। धरम के कारज में जरूर आते हैं। शंकराचार्य उन्हें खुद लिवाकर आएँगे।"

मैंने दुबे से पूछा, "मेरा तो सिर चकरा रहा है, इतना बड़ा प्रोजेक्ट देखकर...।"

"पवित्र नदियों के जल-संग्रह का जिम्मा तुम्हें ही लेना है। आखिर कोई काम-वाम करोगे कि नहीं, मैं अकेले क्या-क्या करूँ। तुम्हारी तरफ से हाँ कर दी है, ना मत करना।"

"पहाड़ लादने को मैं ही मिला था?"

"पंख लगाकर उड़ा दो पहाड़ों को।" वह तनिक राज भरे अन्दाज में फुसफुसाया, "सबसे आसान काम तुम्हें दिया है।" फिर मेरे कान में कहा, "वर्षा का जल ले लो सब हो जाएगा।"

"तुम्हारी कपट थ्योरी तुम्हें ही मुबारक।" मैं जाने लगा तो उसने पकड़ लिया, "अरे सुनो तो भागते कहाँ हो? सारे जलस्रोतों के जल से बनते हैं बादल। वर्षा का पानी यानी सबका पानी। ब्राह्मणों के पास हर धार्मिक समस्या की काट है।"

मैं दुबे को देखता रह गया, "साला आदमी है कि शैतान!" सावित्री को बाइपास कर जावित्री तक जा पहुँचा और वहाँ से आमदनी के अक्षय स्रोत के रूप में सती मन्दिर का खयाल इसे आया कैसे? कमाल का दिमाग है। पर मुझे सावित्री कुँअर के बारे में कुछ बताना था, कब बताऊँ? पुट्ठे पर हाथ ही नहीं धरने देता। रातोंरात वी.वी.आई.पी. बन गया था मेरा यार।

वह तो धर्माचार्य जी ने थोड़े से पंख कतर दिये वरना इससे मिलने के लिए लाइन लगानी पड़ती।

घाट पर पहले कभी-कभी ही जाता था। अब आये दिन का चक्कर हो गया। आए बिना चैन न पड़ता। उठते-बैठते सावित्री कुँअर के बारे में ही सोचा करता। अक्सर उसे आग की लपटों में जलते हुए ही देखता। न जल पाई, न बुझ पाई...। मगर आश्चर्य, वह मुझे उस दिन सती-चौरे पर ही दिख गई। हल्के घूँघट में छुपा रखा था चेहरा। पेड़ों की गझिन छाँव से कुंज-जैसा लगनेवाला 'थान' एकदम साफ-सुथरा प्रतीत हो रहा था। थान पर नया बाँस, बाँस में सुनहरी गोटेदार श्वेत पताका के साथ-साथ कोई लाल पताका भी फड़फड़ा रही थी। क्या पता यह उसके सधवा और विधवा दोनों प्रतीकों को प्रतिबिम्बित कर रहा था या लाल पताका लाल साहब की माता कुलदेवी के लिए? अलबत्ता पीपल का टूटा अंश उस पर वैसे ही हल्के झुका पड़ा था—प्रणति में। किसी ने हटाने का साहस नहीं किया था शायद।

सती थान कुछ दूर तक मेले में तब्दील हो गया था। औरतों के सिन्दूर-टिकुली, कंघी-चोटी, बच्चों के तरह-तरह के खिलौने, देहाती मिठाइयाँ आदि तमाम तरह के सामान बिक रहे थे। मुझे लव और कुश के लिए एक-एक डंका गाड़ी लेनी थी, समय का उद्घोष करती, जो सत्यजित राय से लेकर व्ही. शान्ताराम की तरह मुझ जैसे इनसान की भी पहली पसन्द थी, नन्हे-से गड्डे पर नन्हा-सा नगाड़ा, चलने पर दो नन्हे डंडे मड-तक बजाते दिख गई। 'रोट' तलती, लपसी घोलती चढ़ावे की तैयारी करती औरतों की नजरें हैरान थीं, मैं किसके लिए हाथ में दो-दो डंका गाड़ी लिये चला जा रहा था। शाम होनेवाली थी।

अचानक चित्रों की दुकान पर दिख गई वह। दस-दस रुपये के चित्र उसने खरीदे और दस रुपये की चुनरी। फिर उसने थान पर जाकर दीया जलाया, धूप सुलगाई घुटने टेक कर दोबारा प्रणाम किया और खड़ी हो गई। सहसा, मुझे लगा, वह काँप रही है। किसी औरत ने कहा, लगता है, सती माई की

सवारी आय गई है। देखते-देखते वह घुमेर देकर नाचने लगी और एक-एक कर कई औरतें इस नृत्य में शामिल हो गईं। चारों ओर से फुसफुसाहटें सुगबुगा रही थीं, "ई कौन मेहरारू है?"

"मल्लाहिन!"

"कौन मल्लाहिन? "

"अरे ऊ अपना घटवरवा अनमोलवा है न, उसी की...।"

वह घूँघट दिये हुए पूर्ववत उठी, अपना सामान सहेजा और चौरे से उतर कर घाट की ओर चल पड़ी।

"अरे मनीजर साहब, सलाम!"

देखा अनमोल था। लव और कुश उसकी उँगलियों से बँधे थे।

"और अनमोल क्या हाल हैं?"

"आप तो एकदम्मे भूल गए साहिब!"

"अरे नहीं!" किनारे के अँधेरे में उसे डंका गाड़ियाँ थमाईं। बच्चों के गाल थपथपाए।

"घर नहीं आइएगा, इनकी माई आये दिन पूछती रहती है। अभी-अभी तो गई है हियाँ से।"

"..."

"आइए न, बस एक कप चाय पीकर चले जाइएगा। वह खुश हो जाएगी।"

मड़ई में विचित्र नजारा था। कोई भूतनी थी जैसे सिर पर लाल चूनर ओढ़े, अपनी दोनों पलकों को उलटा कर खप्पर लिये माँ काली की तरह दौड़ रही थी। शाम के सिन्दूरी रंग में उसकी उलटी पलकों की रक्तिम आभा उसके लव और कुश को डरा रही थीं। डरा रही थी या हँसा रही थी! दोनों बच्चे डंका गाड़ी दौड़ाते भाग रहे थे।

"एकदम्मे पगला गई का? अरे साहिब आए हैं।" अनमोल ने सतर्क करते हुए बताया।

सारा नाटक थम गया। उलटी पलकों के चिक गिर गए, वह अस्त-व्यस्त हो उठी, जैसे मैंने उसे नंगे देख लिया हो।

उसी तरह उसने मुखड़ा फेरा, "आइए, आइए मनीजर साहब।"

मड़ई की मरियल रोशनी में वह पहले की तरह ही डरावनी लग रही थी। फिर तो स्टोव की सों-सों...चाय का पानी चढ़ गया मेरे लिए।

"यही कहा था मेरी सास ने, जब पहली बार ऐसा करते देखा था हमें।"

"सास?"

"अरे इनकी माई...।"

धीरे-धीरे चर्चा उन दिनों पर लौट आई।

"उनकी तबीयत खराब रहने लगी थी। कभी-कभी तो घर में ही अभुआने लगतीं, कभी मुझसे गिड़गिड़ातीं, 'हमरे बच्चन को बकस दो माई!' "

"मैं रोने लगती, वह भी...। यूँ कहें 'भेंटने' लगतीं सास, पतोह! जिन्दगी कैसे मोड़ पर ले आई थी हमें!

"चली गईं सास। रह गई मैं। अपनी ही मौत का स्यापा करती, अपनी ही मौत पर नाचती गाती, अपनी ही आरती उतारती, अपने ही चित्र पर चुनरी चढ़ाती-चढ़वाती।"

"ये दो-दो चित्र ले आईं तुम, दोनों सती माई के हैं?"

"हाँ, एक ये, जब सती नहीं हुई थी, एक वो जब..." आधा बोलकर चुप हो गई वह।

नीचे बैठी एक हाथ से जमीन पर सींकें तोड़ती बोलती जा रही थी। पहले वाला चित्र किसी अद्‌भुत सुन्दर औरत का था, दूसरा आग की लपटों में ठीक से दिख नहीं रहा था। एक मरी, एक जिन्दा। जिन्दा भाग उस पहले वाले का रोज-रोज पूजा-अर्चना करता है, नाचता है उस मरे भाग के आगे।

"कभी-कभी तो हम खुद ही भूल जाते हैं कि वह कौन था जो मर गया, और वह कौन है जो जिन्दा है! अगर मैं जिन्दा हूँ तो वह कौन थी जो मर गई और अगर मैं मर गई तो वह कौन है जो जिन्दा है।" चाय खौल गई थी।

चित्र की औरत की सुन्दरता को मन-ही-मन सराहते हुए पूछा, "मायके के उन दिनों की याद आती है।"

"बहुत! तड़पकर रह जाती हूँ। सेकेंड डिवीजन पास हुई थी। बप्पा इलाहाबाद भेजना चाहते थे। तभी नजर लग गई जैसे किसी शनि की...स्कूल का फंक्शन था। भारत माता बनकर हाथ में त्रिशूल लेकर डांस करना था मुझे, ओजपूर्ण डांस। और जो भी कुदृष्टि डाले उसका त्रिशूल से संहार करना था। वहीं देखा था हमें छोटे कुँवर ने। नृत्य के बाद प्रणाम करने आई, उसी वेश में, राजा उदय प्रताप सिंह को। छोटे कुँवर के भी पाँव छुए। उन्होंने दोनों बाँहों में रोक लिया। लगे ताकने मुझे। बाप ने बेटे को डाँटा, 'छोटे कुँवर!' छोटे कुँवर ने हाथ छोड़ दिये, कहा, 'बप्पा, हमें तो यही लड़की चाहिए, बस यही।' "

"मेरे पिता बगल में थे, बोले, 'अभी तो बच्ची है बेटा। पढ़ रही है।'"

"ढीठ बेटे ने कहा, 'वो हम कुछ नहीं जानते।'"

"उदय प्रताप ने पिता से कहा, 'कन्या रत्न है, ब्याह तो कहीं-न-कहीं करना ही पड़ेगा आपको। बाकी जहाँ तक पढ़ाने का सवाल है, तो हम पढ़ाएँगे आगे की पढ़ाई, क्या?'"

"खूब चटका-चटकी हुई। बन्दूकें निकल गईं लेकिन लोगों के समझाने पर मान गए बप्पा...जिन हाथों ने त्रिशूल उठाया था, उन हाथों ने माला उठा ली।"

"तो यहाँ नाम लिखवाया कुँवर ने किसी कॉलेज में?"

"कॉलेज! हुँह जैसे भूखा कुत्ता भभोड़ता है, उसी तरह भभोड़ता रहा हमें।"

"भारतमाता का बलात्कार!"

"हाँ! बदन उघार दूँ तो आज भी जगह-जगह, नोचने-काटने के दाग—गाल पर ए यहाँ, जाँघ पर, ए यहाँ, सीने पर यहाँ!" दिन-रात, सुबह-शाम क्या मासिक आया हो, क्या नहाकर नकली होऊँ, क्या वैसे...।"

"फिर?"

"फिर ये आ गया पेट में। बहुत तेजी से घटने लगीं घटनाएँ।" उदय प्रताप हार्ट अटैक से मरे। फिर इसके बाप, यानी छोटे कुँवर को गोली... फिर मुझे सती किया गया। गर्म तवे पर नाच-नाचकर मरती बूँद को देखा है कभी—वही रह जाता है तवे पर एक सफेद धब्बा वो सती माई का थान!"

मैं अनमोल की ओर मुखातिब हुआ, "पुलिस नहीं आई थी, उस कांड के समय?"

"आए थे दो पुलिसवाले, गोड़ धरकर चले गए।"

"और कोई?"

"उस परलयवाली रात को कौन आया कौन गया—क्या पता! पचासों तरह के दावे हैं।"

"यहाँ कभी खोजबीन करने कोई आया था—दिल्ली, लखनऊ, भोपाल से?"

"सुना, दुई मंत्री आए थे गोड़ धरने।"

"हमलोग कुछ दिन तो छुप-छुपाकर बाहर ही रहे फिर माई के कहने पर लौटे और माई के मरने के बाद से यहीं हैं।"

"डर नहीं लगता?"

"लगता तो है साहेब लेकिन यही नहीं मानती, पता नहीं क्या है इसके मन में।"

"तुम कहाँ सोते हो?"

"नीचे।"

"और वो बच्चों के साथ पलँग पर? मुझे बेतिया के थारू लोगों की मान्यता के किस्से मालूम हैं। दैहिक सम्बन्ध बनाने तक पति-पत्नी पलँग पर, फिर पत्नी पलँग पर पति नीचे। पूछो काहे, तो पति छोटी जात के होते थे, पत्नी ऊँची जात की।"

दोनों हँसने लगे। फिर सहसा ही उसकी हँसी सूख गई।

"अपने तो जात-पाँत, छुआछूत सारे भरम जल गए उस आग में।" वह कहीं दूर देख रही थी जैसे।

"ये तुम्हारे हाथ बाकी देह से उजले क्यों हैं?"

"ये...?" सहसा वह चुप हो गई, फिर राज-भरे अन्दाज में फुसफुसाई, "वही असली रंग है साहब। मुझे रोज-रोज चेहरे को साँवला बनाना पड़ता है, असली गोरा रंग छुपाने के लिए। पहचान पर परदा डालने के लिए। कॉलेज के ड्रामा से मेकअप सीखा था, बाद में काम आया। कब तक छुपाती रहूँगी खुद को?"

"मुझे लगता है तुम लोगों को यह इलाका जितनी जल्दी हो छोड़ देना चाहिए।"

चाय चुपचाप पी। उठने लगा तो वह बोली, "तुमने गौर किया?"

"क्या?"

"वह पीपर का पेड़ हरियरा रहा है।" वह तनिक रुकी, फिर बोली, "और मैं भी। देखना एक दिन तनकर खड़ा हो जाएगा, और...मैं भी।'"

मैं चिहुँककर उसकी खिंची आँख में झाँकता हूँ—एकदम श्मशानी आँखें!

"मेरा तो वही सच्चा देवता है, आज अगर खड़ी हूँ तुम्हारे सामने तो इसी की, अनमोल की और माई की बदौलत।"

13

मेरा मन अजीब-सी दुविधा में डूब-उतरा रहा था। सती की असली हकीकत बताऊँ। एक मन कहता, 'बता क्यों नहीं देते?' दूसरा मन कहता, 'तुम्हारा विश्वास कौन करेगा?' अगर अंजाम तक न पहुँचा पाओ तो इन्हें छेड़ो ही क्यों? दुबे तक को फुरसत नहीं है तुम्हारी बात सुनने और गुनने की। तो...? थोड़ा और इन्तजार करो। और मैं महटिया जाता।

एक दिन दुबे ने बताया, "आपके कविराज महोदय निन्यानबे के फेरे में पड़ गए हैं, इन्हें वहाँ से निकालिए।"

वाकई, अउधू ने बताया, "निन्यानबे तो मिल गई हैं एक और मिल जाए तो सौ पूरा हो जाए।"

"समझा नहीं।"

"अरे सती लोगन की बात है, उस दिन क्या तय हुआ था, इस पृथ्वी पर जितनी सती हैं सबके चौरे की माटी। सो मैनेजर साहब अब तो सौ पूरे हो जाने पर ही पानी पिएँगे।"

"अरे ऊ कौन तो एक सती थी न, जिनके पति को वेश्या को भोगने

की इच्छा जागी तो सती ने उन्हें कन्धे पर बिठाकर वेश्या के कोठे पर पहुँचा दिया था?"

"शैव्या!"

"राजा हरिश्चन्द्रवाली?"

"अरे नहीं वे दूसरी थीं।"

"धन्य हो सती मावा (मइया) तुम्हारी महिमा अपरम्पार है। पति की इस सेवा की दूसरी मिसाल नहीं।" गया गद्गद हो गया, उसके वेश्यागमन को अब देवताओं का सपोर्ट मिल गया था।

"आप भी तो विद्वान हैं, तनिका देख लीजिए हमारी सूची..."

"सब?"

"अरे नहीं, अभी-अभी ताजा जो जोड़ा है—ध्यान से सुनिए, ई अपने हिन्दुस्तान में दुई किला अजेय थे, कौन-कौन? तो एक कलिंजर का किला, दूसरा रायसेन का। कलिंजर में तो तोप की मरम्मत के दौरान शेरशाह सूरी टें बोल गया था, अब बचा रायसेन का किला। गौड़ या गोंड राजा का किला था। तो कलिंजर पर चढ़ाई के पहिले का वाकया है, इस किले को कभी नहीं जीत पाया कोई। लेकिन शेरशाह के आक्रमण पर जियरा में धुकधुकी समाय गई। हाय दैया अगर कहीं हार गए, मर-मरा गए तो...तो रानी तो सीधे मुसलमान के हाथ पड़ जाएगी। इस स्थिति की कल्पना करते ही काँपि गए। निकाली मियान से तरुआरि और खच्च! काट दी रानी की गरदन। बचा ली सती की लाज!"

"जीओ राजा।" कोई बोल उठा।

"ये तो हाड़ा रानी जैसा...कुछ..."

आँखें चढ़ाकर समझाने के अन्दाज में बोलते गए कविराज, "एक भेद है, पूछो, का।"

"क्या?"

"रायसेन के किले में राजा ने सिर काट लिया था रानी का, बूँदी में रानी ने ही खुद सिर काटकर दे दिया था राणा चूड़ावत जी को और तीसरे पद्मिनीवाले में रानी ही जल मरी थी, जौहर लिया था सखियों के साथ...

अब की बार सती के जलसे में पाँड़े जी वाला गीत गाएँगे ऊ का है—'जान गमन रात का जान समय प्रात का, वीर सब उछरि पड़े, महल से निकरि पड़े, सात सौ सवारियाँ, श्वेत रतन तारियाँ, मखमली ओहार थे...' अकेले इसी से सतियों का कोटा भर जाएगा।"

दुबे दुष्ट है, खुच्चड़ कर बैठा, "कबी जी सती की लिस्ट तो हो रही है, सता की भी कोई लिस्ट बनाई है आपने, मतलब वे पति जो पत्नी के मरने पर सिर काटकर मरे या आग-पानी में?"

कविराज उठ खड़ा हुआ। मैंने कहा, "कविराज जी पद्मिनीवाले में वे सब सैनिक थे रानियाँ-वानियाँ नहीं।"

"सैनिक थे?" अउधू ने कपार ठोंक लिया, फिर कराहते हुए पूछा, "उनकी मेहरारुन का का हुआ?"

"पाँड़े जी से जाकर पूछो।"

"आप न...!" कबी महोदय ने पोथी-पतरा सँभाला और चलते बने।

"लो सुनिए गुरु!" अउधू ने पान का दूसरा बीड़ा निकाला। बोले, रायसेन के उसी किले का वृत्तान्त है। मेवाड़ के राणा संग्राम सिंह का नाम तो आपने सुना ही होगा—उन्हीं संग्राम सिंह की बिटिया का नाम था दुर्गावती। यथा नाम तथा गुण। वाकया तब का है जब बहादुर शाह गुजरात का सुल्तान हुआ करता था। उसने किले को घेर लिया। किले पर दुर्गावती के पति सिलहदी का शासन था। उन्हें कैद कर लिया और मांडू में रखवा दिया। किले में रह गए सिलहदी के भाई लक्ष्मण सिंह और सिपाही लोग तथा उनके परिवार। हार निश्चित थी। बहादुर शाह ने कहा अगर इस्लाम कबूल कर लें तो सबको छोड़ देंगे, किला भी। सिलहदी ने सोचा और तय किया कि इस वक्त इतने लोगों की जान बचाना ही पहला काम है। सो उसने इस्लाम कबूल कर लिया। मुसलमानी नाम मिला सलाहुद्दीन। सिलहदी मुक्त तो हुए मगर इस्लाम स्वीकार करने के लिए दुर्गावती ने काफी भर्त्सना की और जौहर में जल मरीं। उनके साथ कई राजपूतानियों ने भी जौहर लिया। इस शोक में अनुतप्त सिलहदी और उसके बड़े बेटे भोपत ने भी, उन राजपूतानियों के पति आदि ने भी, अपने प्राणों का उत्सर्ग किया।

अउधू ने पान की पीक थूकी, गया से माँगकर तनिक चूना चाटा फिर विजयी अन्दाज में पूछा, "तो गुरु, आपका सवाल कि कोई 'सता' का भी नाम बताऊँ, ये रहे 'सता' लोग—यहाँ नोट करनेवाला पॉइंट यह है कि सती तो अमूमन पति की मृत्यु पर होती आई हैं, दुर्गावती और जौहर में जल मरने वाली राजपूतानियों को 'सती' कहा जाए या नहीं, इस पर महामंडलेश्वर महाराज की राय यह है कि वे सोलह आने सती हैं उनके पतिगण भले ही भौतिक रूप से मृत न हों, फिर भी चूँकि उन्होंने धर्मान्तरण किया सो वे जीवित कहाँ रहे! गीता में ही भगवान श्रीकृष्ण ने कहा है कि 'स्वधर्मं निधनं श्रेय, परधर्म भयावह'। इस आधार पर दुर्गावती सती मानी जाएँ और उनके साथ जौहर लेनेवाली दूसरी तमाम राजपूतानियाँ भी। सती ही नहीं महासती और अनुताप दग्ध सिलहदी और दूसरे राजपूत भी सती तुल्य यानी 'सता' हुए। अनुताप के चलते वे पवित्र हो गए।

सभा में उस दिन खरे माट साहब को भी बुलाया गया था। कब से कुरमुरा रहे थे। महामंडलेश्वर के बाद उठ खड़े हुए, "महामंडलेश्वर जी, चूँकि इतिहास उलटा जा रहा है, मेरी जिज्ञासा है कि राय प्रवीन को आप क्या कहेंगे—सती या असती या महासती...?"

"कौन राय प्रवीन?"

"ओरछा दरबार की प्रसिद्ध नर्तकी, कहते हैं मुगल सम्राट अकबर के कोप से अपने देशवासियों को बचाने के लिए उसने खुद का उत्सर्ग किया था।"

"हम नर्तकी और पतुरिया नहीं, सतियों, पवित्र नारियों पर विचार कर रहे हैं, बैठ जाइए।"

"अपने कुष्ट व्याधि से पीड़ित पति को वेश्या के मुकाम तक पहुँचाने वाली शैव्या को आप महासती का दर्जा देते हैं और अपने देशहित में खुद को समर्पित करनेवाली राय प्रवीन को नहीं?"

सभा में अस्थिरता आ गई।

दुबे ने माइक सँभाल लिया, "हमारे लिए महामंडलेश्वर पूज्य हैं और खरे मास्टर साहब जैसे विद्वान परम आदरणीय। चूँकि इतिहास की बात चल रही है और कोई मुद्दा उठ गया है अत: चयन की पवित्रता के लिहाज से

एक बार गम्भीरता से विचार कर लेने में क्या हर्ज है कि राय प्रवीन को सती माना जाए या नहीं।"

मैंने उठकर कहा, "पहले तो यह तय हो जाना चाहिए कि ओरछा की राय प्रवीन के बारे में कितने लोग जानते हैं। जो जानते हैं हाथ उठाएँ।"

कोई हाथ नहीं उठा, सिवाय खरे साहब के।

मैंने फिर पूछा, "अभी-अभी तो खरे साहब ने अकबरकालीन उस राजनर्तकी के त्याग की बात बताई। कृपया इसकी सचाई का पता लगा लीजिए फिर इस मुद्दे पर विचार हो कि उसे सती माना जाए या वेश्या।"

अगले दिन मुद्दा फिर उठा। काफी लोगों ने राय प्रवीन के उत्सर्ग को अद्भुत त्याग की संज्ञा दी पर सती किसी ने नहीं माना।

खरे मास्टर साहब ने कहा, "मुझे प्रसन्नता है कि आप लोगों ने कम-से-कम राय प्रवीन के त्याग को त्याग समझा। अब इस परिप्रेक्ष्य में लगे हाथों सिलहदी के इस्लाम अपनाकर सलाहुद्दीन बन जाने के औचित्य-अनौचित्य पर विचार कर लें। अगर राणा सांगा के दामाद सिलहदी, या जो भी हों, ने इस्लाम स्वीकार कर किले में बन्द अपने और राजपूतों के निर्दोष बाल-बच्चों के प्राण बचाने का उपक्रम किया तो कौन-सा गुनाह किया? रानी दुर्गावती जी तनिक ठंडे मन से विचार करतीं तो वे सभी जिन्दगियाँ बचाई जा सकती थीं। मनुष्य से बड़ा धर्म नहीं हो सकता। धर्मान्धता में बहुत-सी हत्याएँ और आत्महत्याएँ हुईं।"

"रानी दुर्गावती वीरांगना थीं, मलेच्छों के आगे पति के समर्पण का ठीक ही तिरस्कार कर जौहर लिया। अलबत्ता खुद पर बल-प्रयोग होता तो लड़कर मरतीं।" किसी ने कहा।

"यह भी उसी धर्मान्धता और अतिरेक का काला पक्ष है। एक दिन में डिसाइड नहीं हो जाता। शौर्य को गाढ़े दिनों के लिए बचाकर रखना चाहिए। इसे ही कहते हैं राजपूत फॉली। आखिर बहादुर शाह मरा, किला फिर पूरनमल के हाथों में आया? तब तो किसी ने प्रतिकार नहीं किया। इसके बाद हालाँकि शेरशाह सूरी ने छल से किले पर कब्जा करने के क्रम में चार हजार राजपूत परिवारों की हत्या करवा दी। इसकी कथा हमारे राम अवध जी ने बताई थी,

वहाँ भी रानी उनके अपने हाथों मारी गई सती! लेकिन इस धर्मान्धता की मार-काट में, छल-प्रपंच में शेरशाह भी नहीं भोग पाया। तोप दगने से मारा गया कलिंजर के किले में।"

दुबे ने बताया, "कबी महाराज का ड्रेस कोड देखे? पहले पाजामे-कुर्ते-सदरी में होते थे। दस हाथ दूर से गन्धाते थे, अब सती की कृपा से भगवा-सफारी में, हाथ में रक्षा का मोटा कलावा, मस्तक पर अक्षत-चन्दन-रोली का टीका, दस हाथ दूर से महकते हैं। खास गाजीपुर, जौनपुर या कि कन्नौज से इत्र मँगवाया है।"

विजयगढ़ की सती माता!
न भूतो न भविष्यति।

समथिंग न्यू, समथिंक यूनीक, समथिंक अनप्रेसिडेंटेड! रोज बैठकें होतीं, जिन-जिन पवित्र स्थलों की पवित्र माटी सती के मन्दिर में शामिल की जानी थीं, वह सूची रिवाइज की जा रही थी और गया, मना किये जाने के बावजूद अपनी जिद पर अड़ा था कि उसमें मक्का-मदीना, काबा, अजमेर शरीफ तथा हजरत निजामुद्दीन की मिट्टी को शामिल कर लिया जाए, और उतनी ही बार पंडित जी बहटियाए जा रहे थे कि अचानक फट पड़े, "तू कौन है रे...?"

गया चुप।

"चुप क्यों हो गया वृचो!" वृचो उनकी सड़ी गाली का शॉर्ट फॉर्म था। जैसे ऑक्सीजन का 'ओ' और हाइड्रोजन का 'एच' होता है।

"मैं गया...!"

"पूरा नाम बता।"

वह तनिक हिचका फिर घेरे जाने पर हकलाया, "गयासुद्दीन सिद्दिकी!"

"मुसलमान है?"

"जी जी।"

इस रहयोद्‌घाटन से बज्रपात हुआ, अउधू ने कपार ठोंक लिया, "तो बताया क्यों नहीं अब तक? पाँच साल से साथ-साथ आल्हा गाता रहा आँय। भरस्ट कर दिया।"

पंडित जी ने बगल का चैला उठा लिया, "भाग, भाग, भाग!"

"भ्रष्ट कर दिया बेदी को।"

गया भागता रहा सियार की तरह, पीछे मुड़-मुड़कर ताकते हुए।

पंडित जी ने समझाने के अन्दाज में कहा, "देखो अउधू और बाकी लोग, एक बात समझ लो, हम पूरे नियम और विधि-विधान से सती मन्दिर की स्थापना करना चाहते हैं, ये अलाउद्‌दीन-सलाउद्‌दीन, तुरुक-सुरुक, सारे विधर्मी! इन्हीं के चलते सतियों को सती होना पड़ा था न!"

मेरी जीभ में खुजली हो रही थी। याद आ रहा था श्रीलाल शुक्ल का 'राग दरबारी'—"हम अपने बाप को उठा-उठा के पटका, पटक-पटक के मारा, मगर मजाल है कोई हमरे बाप को आँख दिखा दे?"

14

तब से गया जगह-जगह दुष्प्रचार करने लग गया है। कहता है, "अउधू पूरा माल साफ कर रहे हैं। कैसा छुहाड़ा जैसा था, अब गाँड़ पर चर्बी चढ़ गई है और बदन पर सफारी। कभी इसके बाप-दादा ने भी देखी थी सफारी!"

अउधू इन सबकी परवाह नहीं करते। कहते हैं, "सती माई का भभूत वे चाँद मंगल और धुरब तारे तक पर पहुँचानेवाले हैं, इसी से जलते हैं लोग।"

थान के दोनों तरफ दुकानें सजती जा रही थीं। जब वहाँ जगह नहीं बची तो दुकानों ने छलाँग लगाई, नदी को लाँघकर इस पार यह क्रम सजने लगा। लाल साहब ने तो कुछ नहीं कहा पर रानी कुरमुराईं। मुझे बुलाकर डाँटा, "घोड़ा भी है, फटफटिया भी है, जीप भी है फिर भी यह सब नहीं दिखाई देता तुमको?"

"सवाल सती माई का है रानी साहिबा। दूसरे का होता तो मजाल था कि...। वैसे कहिए तो उजड़वा दूँ, मगर कोई अनिष्ट हुआ तो मुझे मत दोष दीजिएगा।" मैंने झुककर सविनय निवेदन किया।

"न न! रहने दो, गरीब-गुरबा लोग हैं हमारा क्या बिगड़ता है! है कि नहीं।" अपने अनिष्ट की आशंका से इतनी जल्दी यू टर्न उन्होंने लिया कि मैं देखता रह गया, "जी!"

जान बची।

"अच्छा सुनो, सती माई का दुई-दुई ठो फोटू बिक रहा है, चुनरी और का-का तो...मुझे ला दोगे?"

"अभी कहिए अभी पहुँचवा देते हैं आपके पास। वैसे आपके पास तो होगी ही, आप ही के वंश की थी न!"

"नहीं रहने दो। चढ़ावे की चीजें खुद ही अपने पैसे से खरीदनी चाहिए, नहीं तो फलित नहीं होता। है कि नहीं?"

"जी।"

आये दिन कोई-न-कोई चमत्कार जुड़ता जा रहा था। सती के कीर्तिमाल में।

"फलाँ औरत बाँझ थी, लड़का हुआ।"

"फलाँ की लॉटरी लग गई।"

"फलाँ को डागडर ने जवाब देइ दिया था, सती माई का भभूत लगाया, आजु तक जी रहा है।"

"लेकिन भभूत मिला कहाँ से? सती को तो सरग के देवताओं ने लोक लिया था।"

"तुम सती की महिमा का जानो। चोले का एक अंश जर गया, एक अंश सरग गया।" यह दुबे था पता नहीं, अभिधा में बोल रहा था या व्यंजना में।

"हम तो भभूत के बारे में कहि रहे थे। उस दिन परलय पानी था। बप्पा रे बप्पा! मनन का पानी। सब कुछ तो बह गया होगा।"

"का जाने बहिन, उनकी महिमा वही जानें।"

पाँचवीं और आठवीं कक्षा के पाठ्यक्रमों में लगने जा रहा है सती वृत्तान्त। शोध के लिए कितने तो एप्लीकेशन पड़ गए हैं। देश ही नहीं, विदेशों से भी।

दुबे अपनी राह पर था, मैं अपनी राह पर। मेरी समझ में यह नहीं आ रहा था कि सावित्री की वापसी कैसे हो, सावित्री कुँअर ने कसम दे रखी, मगर दुबे को मेरे मानसिक ऊहापोह की खबर होनी चाहिए थी।

उसे तो मेरी बात सुनने की फुरसत न थी। वह पूरी तरह मन्दिर योजना का कर्ता-धर्ता था। आश्चर्य, सती के बिन्दु पर राय साहब और लाल साहब दोनों घराने एक हो गए थे। मैं खेती में जुट गया। इस पार और उस पार की सारी जमीनें ट्रैक्टर से जुतवा कर ऊपर की पठारी भूमि पर मक्का, ज्वार, अरहर, उरद और नीचे धान की पूरी वैज्ञानिक खेती का शुभारम्भ। पानी का समुचित प्रबन्ध हो गया था। कुँआरी नदी और कुओं से बाहर गए 173 स्त्री-पुरुष लौट आए थे और काम पर जुट गए थे। राय साहब और रानी साहिबा मुझ पर मेहरबान थीं, पम्प भिजवा दिये थे उन्होंने और ट्रैक्टर भी और खेत भी हवाले कर दिये थे। रियासत के किनारे-किनारे मैंने सागवान, शीशम के पेड़ लगवाना शुरू कर दिया था और उसकी रक्षा वहीं के लोगों के जिम्मे कर दिया था। यह सब टिकट युद्ध के पहले के काम थे जो अब सतह पर दिखने लगे थे।

दुबे खाँटी बाभन बनता जा रहा था पूरे 24 कैरेट का। एक दिन मैं सुबह-सुबह उसके आवास पर गया तो दंग रह गया, उसने मुझसे बात तक न की। उठते ही उसने अपनी दोनों हथेलियाँ देखीं :

कराग्रे बसति लक्ष्मी, कर मध्ये सरस्वती
कर मूले स्थितो ब्रह्मा, प्रभाते कर दर्शनम्

अब भी वह मुझसे नहीं बोला, जमीन पर उतरा और पाँव रखते ही बर्राया :

समुद्र बसने देवी पर्वत स्तन मंडिते
विष्णु पत्नी नमस्तुभ्यम् पाद स्पर्श क्षमस्वमे।

मैंने एक गहरी साँस ली, "आजकल कुछ ज्यादा ही धार्मिक होते जा रहे हो।"

"मुझे खुद को इस्टेब्लिश करना है। वह दखिनहा बाभन मुझे उखाड़ने पर लगा है। मेरी नौकरी चली जाएगी। अगर मैं खुद को 101 पर्सेंट पंडित नहीं सिद्ध कर सका।" अब उसका गायत्री मंत्र...

ॐ भूर्भुवः स्वः...शुरू हो गया। वहाँ रुकना बेकार था। वह आज भी गायत्री मंत्र का गलत पाठ करेगा, कहेगा, सुधार दो।

दीदी की चिट्‌ठी आई थी कब तक रियासतों की सेवा में लगे रहोगे, अपना भी सोचो। ब्याह-व्याह नहीं करना? तुम्हारे बहनोई जी ने लखनऊ, जबलपुर, चित्रकूट और कहाँ-कहाँ तो लड़कियाँ देख रहे हैं। तुम एक बार आकर देख लो तो बात आगे बढ़ाई जाए। लौटती डाक से बताओ कि कब आ रहे हो?

माँ के न रहने पर दीदी ही माँ का दायित्व निभा रही हैं। मगर लौटती डाक से...? बहन की फिर चिट्‌ठी—वो सत्यनारायण की कथा साधु-बनिया मत बनो। यह कर लेंगे तो पूजा सुनेंगे, वह कर लेंगे तो पूजा सुनेंगे। माई होती तो कान पकड़कर लिवा आती। खैर मनाओ बाबू जी भी नहीं हैं, माँ भी नहीं है और मैं ठहरी बहिन न! कहाँ सुनने लगे तुम मेरी।

यह इमोशनल ब्लैकमेलिंग भी बेकार गई। जानबूझकर नहीं अनजाने ही बहता रहा। ऐसा नहीं था कि ब्याह के बारे में मैंने सोचा ही नहीं, पर दिक्कत थी जब भी सोचता, दुल्हन के वेश में लाल बनारसी साड़ी में सजी कुलदेवी और सावित्री सती का चेहरा ही आँखों में झलमलाने लगता। दोनों ही मरीचिका की तरह मुझे छलती रहतीं।

दुबे से एक बार पूछा तो उसकी भी दशा लगभग मेरी जैसी ही थी।

नकार पर जरा दूसरी तरह से। वह अपनी नौकरी के प्रति कुछ ज्यादा ही कॉन्सस होता जा रहा था। उसका प्रबल शत्रु अरुणाचलम काई की तरह पसरता ही जा रहा था। वह एक पैंतरा चलता तो अरुणाचलम आगे चलकर दूसरे पैंतरे से उसका रास्ता रोक लेता।

"यार तेरी तो बहन है, तू बच सकता है, पर मेरे तो माँ-बाबू जी दोनों हैं। बाबू जी समझते हैं, मुझे यहाँ का राजपाट मिलनेवाला है। सती का मन्दिर बना कि मैं बना करोड़पति, अरबपति, खरबपति...। एक-एक क्विंटल का तो सोना चढ़ता है मन्दिरों में। सो जब तक मन्दिर नहीं बन जाता मैं बचा हुआ हूँ।

दिक्कत माँ को लेकर है, उसने जगह-जगह पुत्रवधू गढ़ रखी है। एक नहीं सुनती। एक को भी गृह मन्दिर के गर्भगृह में स्थापित नहीं करा पा रही।"

सोचता था रियासत के पचड़ों को तनिक परे खिसकाकर एक दिन पिकनिक पर कंठा चलते हैं, मुर्गाबियों के शिकार के बहाने। कुलदेवी और सती के बारे में उसे बताएँगे और साथ ही अपनी शादियों पर भी राय-मशविरा करेंगे, खास कर सती के बारे में तो उसे सब कुछ खोलकर बताना ही पड़ेगा। देर होते-होते कहीं ऐसा न हो कि बहुत देर हो जाए। पर आज तक संयोग न बना। दुबे का काम इतना बढ़ गया था कि उसे साँस लेने तक की फुर्सत नहीं। मैंने गायत्री मंत्र लिखकर दिया तो पूछ बैठा, "यार तुम पंडितों से क्यों नहीं लिखवाते। सौ के करीब आ गए हैं और रोज आते जा रहे हैं।"

"पंडितों का हाल सुनोगे? शान्ति पाठ में अरुणाचलम का एक चेला रट रहा था—पृथ्वी शान्तम् अन्तरिक्षः शान्तम् वनस्पतयः शान्तम्...वगैरह-वगैरह। तो वनस्पतयः की जगह वह बार-बार वृहस्पतयः रट रहा था।"

"तुम्हें करेक्ट कर देना चाहिए था।"

"क्यों? वह साला अरुणाचलम का लाया हुआ दखिनहवा बाभन है। बके अशुद्ध अपुन का क्या।" ये महामंडलेश्वर धर्माचार्य जी और अरुणाचलम सभी की नजर मेरी महन्थी पर है।

सती चौरे के बगल में छोलदारियाँ-ही-छोलदारियाँ खड़ी होती जा रही थीं। एक बड़ा-सा स्थायी टेंट लगा था। चौबीसों घंटे कड़ाह चढ़ा रहता। पूरी-सब्जी-बुँदिया। साधु-सन्तों, पंडों, धर्माचार्यों के नये-नये जत्थे आते रहते हैं। शास्त्रविहित चर्चाएँ जमी रहतीं और बड़े-बड़े कुन्दे सुलगते रहते, चिलम चढ़ी रहती। खाओ-पियो सत्संग करो। डालों पर बन्दरों की कटकटाहट मची रहती और नीचे साधुओं-संन्यासियों की। आये दिन झगड़ा होता।

इन दिनों सती के अंग कहाँ-कहाँ गिरे थे—पर भीषण विवाद छिड़ा हुआ था। दुबे भन्नाया रहता—साला मुझको कुछ आता-वाता नहीं, रात को पढ़-पुढ़कर क्लास लेना पड़ता है। पहले जानते कि पंडिताई ही करनी होगी तो वही करता। अब जयन्त जो है सो अमृत का कलश लेके भागा, क्या तो समुद्र मन्थन से निकला था या कि देवी लक्ष्मी या धनवन्तरि लेकर निकले थे

तो चार जगह पर छलका एक-एक बूँद—बताइए ये जगह कौन-कौन-सी हैं—रटता हूँ और भूल जाता हूँ—गंगा जी में हरिद्वार में, गोदावरी में नासिक में, क्षिप्रा में उज्जैन में और संगम पर इलाहाबाद में। क्यों ठीक है न? किसी साधु ने टोका, "इलाहाबाद मत बोलो बच्चा, बोलो प्रयागराज!"

"सो वहाँ-वहाँ की माटी यानी कुम्भ-कुम्भ की माटी।"

"झगड़ा हो गया पानी को लेकर भी। गंगा माई के पानी में कहाँ-कहाँ का पानी आकर मिलता है।"

"पानिए नहीं कहाँ-कहाँ का मल-मूत्र और कौन-कौन-सी गन्दगी। एक बार तो पेट भी लीक कर गया था मेरा।"

"कोई साधु बिगड़ गया, गाँजा बेसी चढ़ गया का? तुम सब लोग हराम का खाने नहीं आए हो। जैसे सीता माई की खोज में दसों दिशाओं में लोग गए थे, वैसे ही सती मैया की खोज में पिल पड़ो। मुझे हल्की-हल्की नींद आने लगी थी। जब भी ऐसी चर्चाएँ होतीं मेरे चेहरे पर कीड़े रेंगने लगते। पुराणों के अनुसार आदि सती तो 'सती' थीं। दक्ष पिता के यज्ञ में शिव जी को नहीं बुलाया गया सो शिव जी के मना करने पर भी जा पहुँचीं। पिता फिर भी पति के अपमान पर कायम रहे तो यज्ञ-कुंड में कूद गईं, शिव जी को पता लगा तो उन्होंने अपने गण वीर और भद्र को भेजा, उन्होंने दक्ष के यज्ञ का विध्वंस कर दिया। दुखी और कुपित शिव जी यज्ञ-स्थल पर आए और उन्होंने कन्धे पर सती को उठा लिया और विक्षिप्त की तरह पूरी दुनिया में चक्कर लगाने लगे, उनके जो-जो अंग जहाँ-जहाँ गिरे वह-वह शक्तिपीठ बना।"

महामंडलेश्वर को अपनी गद्दी याद आई, टोका, "यह यज्ञ कहाँ हुआ था?"

बहस बढ़ती गई।

"खाली भागवते पुराण देखिएगा?"

"दन्त चूड़ामणि देखे हैं?"

बड़का विद्वान आप ही बने हैं तो बताइए न। दक्षयज्ञ कहाँ हुआ था?"

"दक्ष के महल में।"

जहाँ देवी की योनि गिरी थी, वह लाल हो जाता है और उस स्थान पर जहाँ देवी का एनस गिरा था वहाँ का पानी हमेशा बदबू देता रहता है।

कथा का विस्तार तो और भी है पर मुख्तसर में यही है। पहला पीठ जहाँ देवी का किरीट यानी मुकुट गिरा था बंगाल में है। फिर बंगाल से अफगानिस्तान, पाकिस्तान, बांगलादेश यानी तब के अखंड भारत में। अब विवाद इस बात को लेकर हुआ कि इसमें विंध्याचल क्यों नहीं है, मैहर क्यों नहीं है। एक राजस्थान के साधु ने कहा कि बंगाली लोग बटोर ले गए सब पीठ, हम ताकते रह गए, सो नहीं चलेगा—चोलबे ना, चोलबे ना! बंगाली साधु बिगड़ गया, "जाकर भोगोवान शिव जी और माता गौरी से पूछिए।"

"माँ तो पक्षपात नहीं कर सकती हैं।"

"नहीं ऐसे नहीं चलेगा, सन्तुलित वितरण कीजिए।"

दो पंडित भागे जा रहे थे, उन्हें पकड़कर लाया गया।

"अरे आप यह तो बताते नहीं कि सती का क्या गिरा था आपके यहाँ, किस स्थान पर! शास्त्र-सम्मत बताइए, क्रोध क्यों करते हैं?" एक-एक शक्तिपीठ पर कई-कई दावे भी आ गए। एक दावेदार साधु ने कहा, "तुम्हारा मन्दिर शक्तिपीठ कब से हो गया। तुम तो जमीन पर कब्जा जमाने के लिए मन्दिर बनाकर देवी को बैठाकर खड़े हो गए। अब वो शक्तिपीठ हो गया। शास्त्रों में कहीं है उल्लेख?"

दूसरे ने कहा, "और तुम? नेपाल से लड़कियाँ, गाँजा, भाँग, शराब, अफीम की तस्करी करते रहे जिन्दगी-भर। अब पुलिस से बचने के लिए जटा-दाढ़ी बढ़ाकर बैठ गए। जैसे हम जानते ही नहीं हैं। ये देखो क्या लिखा है साधु कौन होता है, कोई-न-कोई वारदात कर धर्म को ओढ़नेवाला।"

तीसरे ने कहा, "इतने सारे पापियों को खेवा-खर्चा कौन देता है। जवाब मिला, बड़के-बड़के ठीकेदार, धर्मप्राण सेठ और मारवाड़ी लोग।" चिमटे की वो मारामारी हुई कि लोग दौड़ पड़े। एक ने तो जलता चैला ही उठा लिया था। ब्रह्मानन्द जी ने डंडा लेकर दोनों को खदेड़ा। राय साहब आ गए थे। ब्रह्मानन्द जी ने कहा, "बहुत से ढोंगी आ रहे हैं राय साहब। आप भी लाल साहबवाली बात को समझिए।"

"जगह बताइए?"

"हिमालय।"

"जाइए फिर से पढ़कर आइए।"

कनखल में हुआ था, हरियाणा।"

"नहीं, शिवालिक हिमालय में ही हुआ था। जाकर फिर से आप पढ़िए। जानना न सुनना चले आते हैं मोटी दक्षिणा के लालच में।"

एक दूसरे पंडित ने पूछा, "ऐ भई, बड़के विद्धमान आप ही लोग हैं, सती तो पती के मरने के बाद न होती है। हमको कन्फ्यूजन से कन्क्लूजन पर पहुँचाइए।"

"बोलिए, का कन्फ्यूजन है?"

"तो वह सती क्यों हुईं। शंकर जी तो जिन्दा ही थे न।"

"अरे नाम ही सती था, गौरी नहीं। कुछ जानना न समझना, चले आते हैं दक्षिणा लेने।"

अब इस पर झगड़ा शुरू हुआ कि कौन-कौन रानी मरने पर सती हुई थीं और कौन नहीं हुईं और अनसुइया, सावित्री-ओवित्री भी सती कही जाती हैं।

"कहाँ जली थीं?"

"51 ठो शक्तिपीठ, 12 ठो ज्योतिर्लिंग, 7 ठो सप्तपुरी, 4 ठो धाम, याद कर लीजिए नहीं तो सती मन्दिर के पुरोहितों की मंडली से निकाल दिये जाओगे। कोई दक्षिणा नहीं मिलेगी।"

फिर झगड़ा हुआ, अब इस बात पर कि शक्तिपीठ 51 हैं कि 52 कि 108, दन्त चूड़ामणि में 52, भगवत पुराण में 51, देवी पुराण में 101 अब कौन अंग कहाँ गिरा पर माथापच्ची। हिमाचल के नैना देवी में नैन गिरे, सुरकंडा में देवी का सिर, हिमलाज में ब्रह्मरन्ध्र, सरकरे में आँख, यह पाकिस्तान में है। "क्लेम ठीक देना चाहिए।" कोई भुन्न-सा बोला। सुगन्धा में नासिका, महामाया में क्या तो गिरा था यह बांगलादेश में है, त्रिपुर मालिनी में वक्ष गिरा था और देवघर में हृदय, नेपाल के गुर्जेश्वरी में उदर...।

51 शक्तिपीठों की गणना में, मैं 52 बार सोया हूँगा। मैं ही नहीं मेरी बगल में दुबे भी फों-फों कर रहा था। झगड़े की नई खेप आई कि कामाख्या में

"लाल साहब ने क्या कहा था, कहा था प्रेमचन्द की परीक्षावाली कहानी मगर वह बूढ़ा जौहरी देख रहा था कि इन बगुलों में हंस कहाँ छुपा बैठा है।

झगड़ा बढ़ा तो दुबे की खोज हुई। दुबे जी कहाँ गए, किसी ने बताया डोल-डाल करने गए हैं।

"ये डोल-डाल क्या होता जी?" दक्षिण भारत का साधु पूछता है।

"अहा! सच्चे भगत हैं दुबे जी। पक्का साधू, पक्का पंडित। लैट्रिन, टट्टी और क्या-क्या तो बोलते, सो नहीं, सधुक्कड़ी भाखा में बोलते हैं डोल-डाल।" मंडली ने 'धन्न-धन्न', 'सत्त वचन-सत्त वचन' कहकर अनुमोदन किया।

"जी, सभी शक्तिपीठों की माटी या भस्म लानी होगी।"

"जी।"

"और जहाँ विवाद है।"

"विवादित स्थलों की भी क्या जाने कौन सही हो कौन गलत।"

"कौन-कौन, कहाँ-कहाँ जाएगा, सबकी लिस्ट बन रही है।"

"ऐ साहिब," आँखें मुलमुलाता हुआ शंकर चौधरी आया, "हमको तो मुंगेर की चंडिका के लिए रिजर्व रखिए।"

"क्यों तेरी ससुराल है क्या मुंगेर में?"

"नहीं, उहाँ सती की आँख गिरी थी। भसम को आँख में लगाने से आँख खुल जाती है।"

बंगाल के उस शक्तिपीठ का प्रमाण दे रहा था तांत्रिक जहाँ देवी का गुप्तांग गिरा था और कोई साधु बिगड़ पड़ा, "आपने देखा था गिरते हुए।"

विवाद जब चरम पर था तो दुबे कान से जनेऊ उतारते हुए आए, उन्होंने कहा, "सभी देवी-देवता हमारे पूज्य हैं। देखिए सन्तोषी माई बाद में आईं और मनवा न लिया। माँ पर सबका अधिकार है।" एक साधु उठकर खड़ा हो गया, "फिल्म दीवार में शशि कपूर की तरह आप सभी कह सकते हैं मेरे पास माँ है।"

बड़े जोरों से तालियाँ बजीं। दुबे ने कहा, "आप लोग कलह मत कीजिए। माता सर्वव्यापिणी है, शंकराचार्यों को आने दीजिए सबको शक्तिपीठ मिलेगी। कल ही हम एक विद्वान बुला रहे हैं, उनसे भी काफी कुछ क्लियर हो जाएगा।"

ब्रह्मानन्द जी ने कहा, "सतियों के साथ पंचकन्याओं के पीठ की मिट्टी भी लानी होगी। पंचकन्याएँ कौन थीं?" उन्होंने बगल के साधु से पूछा। वह चुप हो गया।

"आप लोग साधु-संन्यासी हैं, यह सब जानना चाहिए। देखिए अहिल्या, तारा, मन्दोदरी, कुन्ती, द्रौपदी।"

"आचार्य जी क्षमा करें, ये पूज्यनीय कैसे हो गईं। इनमें सब-की-सब कई-कई पतियों की पत्नी थीं।"

"वही तो, वही तो। धर्मसभा में यह सब बताया जाएगा।"

15

अउधू ने चूना चाटकर डंडी फेंकी और डायरी खोलते हुए मेरे पास आए, "साहिब, एक नई सती मिली तो है मगर एक बात का हमें कन्फ्यूजन रहा, तनिका साफ कर देते...।"

मैं उसका मुँह ताकने लगा, अब कौन-सा बवाल लेकर आया है अउधू। वह जब भी मुँह खोलता, मुझे दुबे की टिप्पणी याद आती, "साला कविया रहा है।" 'क' को 'विया' से अलग करके बोलता। ब्याना! तो कवि कवियाया :

"हम सुना है महाराजा रंजीत सिंह के मरने पर उनकी एक पत्नी है सती हुई थी। क्या यह सच है?"

"सुना तो हमने भी है लेकिन कन्फर्म नहीं किया है कि वो कौन-सी रानी थी। अब राजाओं की हजार-हजार रानियाँ होती थीं। कौन-सी मरी, कौन-सी बची कौन जाने!"

"इसको छोड़िए, अब जो आपसे पूछ रहे हैं, उसका पता जरूर लगना चाहिए—बम्बास्टिक है!"

मैं सँभलकर बैठ गया, "बम को एक्सप्लोड करो।"

"सन् 1829 में वायसराय विलियम बेंटिंक ने राजा राममोहन राय के कहने पर सती-प्रथा को रोकने का कानून बनाया था न?"

"हाँ।"

और राममोहन को यह पीड़ा क्यों हुई? इसीलिए न कि उनकी भाभी को सती किया गया था और वह भाभी को बहुत मानते थे?"

"शायद।"

"बारिश हो रही थी, रात को लोग जलाकर लौट आए थे लेकिन सुबह लोगों ने पाया कि वहीं झाड़ियों में अधजली अवस्था में कोई नंगी औरत छुपने की कोशिश कर रही है, वही थीं, तब गाँववालों ने उन्हें दुबारा जलाया।"

"अरे, आपने तो काफी तथ्य जुटा लिये हैं। फिर कन्फ्यूजन किस बात का?" धर्माचार्य ने पूछा।

पान की पीक थूककर आए, "पहले सुन लिया जाए महाराज। अंग्रेजों ने हमारी बहुत-सी पवित्र परम्पराओं को नष्ट कर हमें भ्रष्ट करने में कोई कोर-कसर नहीं छोड़ी। क्यों साहब? इसीलिए तो इसके 28 साल बाद धर्मप्राण बाँकुरों को उनके विरुद्ध हथियार उठाना पड़ा—भारत का पहला स्वतंत्रता संग्राम।"

मैं ऊबने लगा, "आप पूछना क्या चाहते हैं?"

"पूछना यह है साहिब कि सतियों की गौरवमयी परम्परा में राजा राममोहन राय की भाभी का सती होना अपने आपमें अनोखा है। एक बार में नहीं जली तो दुबारा जलाई गई।"

"तो?"

"उस सती का नाम क्या था?"

राय साहब सपत्नीक उधर से गुजर रहे थे। खड़े हो गए। मुखड़ा फेरा, "क्यों ठाकुर साहब, अउधू सच कह रहा है?"

"मुझे नहीं पता सर।"

लाल साहब बोले, "अउधू जी आप स्वयं हुगली जाकर पता कीजिए की सच क्या है, झूठ क्या?" अउधू बंगला जानता है पर...

"अउधू लुहेड़ा है, सो आप भी जाओ संग में। यह एक सीरियस मैटर है। इसे हम यूँ ही नहीं छोड़ सकते। आप बंगला जानते हैं न?

"जी।"

"तो निकल जाइए। राजा राममोहन राय मिशन पर—विश यू गुड लक!"

अउधू ने खासी मुसीबत में डाल दिया! मुझे भी साथ जाना ही पड़ा।

राजा राममोहन राय! राममोहन नहीं, राममोहन की भाभी। ढाई सौ साल पहले काई भरे गन्धाते पोखर में डुबकी लगाकर उस डूबी लाश या मूर्ति को निकालकर पता लगाना आसान है क्या! निकाल भी लो तो शिनाख्त कैसे हो—क्या सच है, क्या झूठ? कौन-सी परीक्षण-पद्धति लगाऊँ। अउधू को हुगली भेजकर मैं कोलकाता की कॉलेज स्ट्रीट की खाक छानने लगा। पचासों किताबें! फिर नेशनल लाइब्रेरी, ब्रह्म समाज, राजा राममोहन राय के नाम से जुड़ी संस्थाएँ और पुस्तकालय! भाई की मृत्यु के समय राममोहन नहीं थे, रंगपुर में थे बुलाए गए और इस बीच उस भाभी अलोक मंजरी को मार-पीट कर बाजे-गाजे के साथ पति को गोद में लेकर चिता में बैठा दिया गया।

सतना से मुम्बई हावड़ा मेल पकड़कर तीन सदस्यों के साथ मैं हावड़ा पहुँचा फिर वहाँ से लौटकर हुगली। सबसे ज्यादा सती बंगाल में हुई थीं। सो सबसे ज्यादा तवज्जो बंगाल को दी जा रही थी।

मुझे और कई सतियों के प्रमाण मिले, कई सती मन्दिरों के भी। हुगली जिले का वह गाँव! ज्यादातर लोगों को हमें देखकर हैरानी हुई कि ये 'बिहारी' लोग यहाँ क्या करने आए हैं। उससे भी बड़ी बात यह कि दो-ढाई सौ वर्षों के बाद गड़े मुर्दे उखाड़ने की कौन-सी जरूरत आन पड़ी। हमें बिहारी या हिन्दुस्तानी स्पाई समझ रहे थे। कारण मेरी बंगला चुगली खा रही थी। अउधू बताता रहा, और मैं सुनता रहा :

"कुछ कहते हैं कि राममोहन के सामने सतीदाह हुआ, कुछ कहते हैं कि वे कलकत्ते में थे तब जाकर पता चला। मगर इससे भी जरूरी बात यह है कि आँधी-पानी आ गया। लोग जलती चिता छोड़कर भागे। यहाँ भी दो मत हैं। कहते हैं कि गोरों की फौज की टुकड़ी उधर से गुजरी, इस डर से भागे। जो भी हो बाद में शायद लोग सुबह उधर से गुजरे तो देखा-पहचाना और फिर से सतीदाह की क्रिया सम्पन्न की।"

सोचने लगा, 'और हमारा बहादुर हिन्दू समाज! आँधी-पानी से डरा हुआ या गोरों की फौज की टुकड़ी से। डरकर घरों में जाकर सुरक्षित हो गए। जैसे चूहे सुरक्षित महसूस करते हैं अपनी बिलों में जाकर। बिलों से सुबह निकले तो एक औरत झाड़ियों में छुपती फिर रही थी। देखा-पहचाना, अरे यह तो जगन्मोहन की पत्नी है। एक-एक कर लोग जुटे होंगे, औरतें जुटी होंगी, बूढ़े जुटे होंगे, बच्चे जुटे होंगे, पंडित जुटे होंगे, ज्ञानी जुटे होंगे, गरज की पूरा गाँव जुटा होगा, ज्ञान मन्थन हुआ होगा, क्या किया जाए? शास्त्रों में तो ऐसा कोई निर्देश है नहीं। लोग चीखने लगे होंगे, जो करना है जल्दी करो। इसका बच जाना और जलकर बच जाना मरने से भी ज्यादा खतरनाक है। जलाओ, इसे फिर से जलाओ। सती-दहन की क्रिया को अधूरा नहीं छोड़ा जा सकता। इस तरह सतीदाह की प्रक्रिया दुबारा सम्पन्न हुई होगी।' कितना सच है कितनी किंवदन्ती!

अउधू कह रहा था, तनिक सोचिए, "भगवान शिव से शक्तिमान कौन था भला? चाहते तो सती को अग्नि से निकलकर बचा सकते थे। दक्ष प्रजापति ही चाहते तो जिला सकते थे। मगर नहीं, अग्नि में दाह ही शुद्धि का सर्वोत्तम उपाय है।'काह न अबला करि सके, काह न सिन्धु समाय, काह न पावक में जरे, काह काल नहिं खाय।' " मैं अउधू को सुन भी रहा था और नहीं भी सुन रहा था।

मेरे अन्दर चरम घृणा, अपमान, पराजय और शोक से काँपते राममोहन एक पल को भी चित्त से न उतरते। अकेले राधा गाँव के ब्राह्मणों को या गाँववालों को ही दोष देना बेकार है। क्या कर रहे थे बाकी लोग! चिता के हवनकुंड में जलकर पवित्र हो गए होते!

दूसरे दिन राय साहब के सामने बहक रहा था, "माटी लेकर आया हूँ राधा गाँव से।" अउधू शेखी में बता रहा था, "आकि सोचिए, यथा धर्म, तथा जय! ऐसी गौरवमयी परम्परा को अंग्रेजों ने बन्द करा दी। मैं न हुआ, लॉर्ड विलियम बेंटिंक और राममोहन को गोली से उड़ा देता।" अउधू ने पान का दूसरा बीड़ा मुँह में डाला।

मेरे मन में आग-सी लग गई। यह कैसा समाज है? ढाई सौ साल पहले जो था वही आज भी है और आगे भी जाने कब तक रहेगा। मुझे लगा कि अगर मैं कुछ बोलूँगा नहीं तो मेरा सिर फट जाएगा। भला हो मास्टर खरे साहब का

जो पता नहीं कब से हमारी बातें सुन रहे थे, मेरी सहायता के लिए बोल पड़े, "कवि जी, किसी ने बताया कि आपके पिताश्री नहीं रहे।"

अउधू ने उठकर खरे साहब के पाँव छुए, "आप कब आए?"

"हमने आपकी सारी बातें सुनीं। मेरे प्रश्न का जवाब दीजिए—आपके पिताश्री हैं या नहीं।"

"ऊ आज के! बचपने के साहिब। हम तो अभागे पितृहीन बालक थे। माँ के गर्भ में ही थे कि पिता स्वर्ग सिधार गए। माई ने बहुत कष्ट उठाए। ऊ तो कहिए दुई ठे बड़ी बहिन थीं हमारी, उनकी सहायता से माई ने हमारा पालन-पोषण किया, नहीं तो..."

"अउधू!"

"हाँ, साहिब!"

"अगर राजा राममोहन राय और लॉर्ड विलियम बेंटिंक न हुए होते तो आज तुम जिन्दा होते, न तुम्हारी माई, न तुम्हारी बहनें! तुम्हारी माई को सती बना दिया गया होता।"

"क्या कहते हैं? माई के बाद बहनें तो थीं।"

"विलियम बेंटिंक ने न सिर्फ सती-प्रथा पर रोक ही लगाई बल्कि नारी-शिशु-हत्या पर भी। इस तरह बहनें भी मार डाली गई होतीं!"

अउधू ठकरा गया। वह शाबाशी लेने आया था, राममोहन की सती हुई भाभी के स्थान से माटी लाने की और अपनी ही झाड़ में उलझ गया बेचारा।

"सुना, आप राजा राममोहन राय पर पूरी सामग्री बटोरकर ले आए हैं।"

"जी, कुछ-कुछ।"

"हमारे मेन ओपोनेंट राजा राममोहन राय ही थे। सो जल्द ही धर्मसभा में अपनी विस्तृत रपट पेश कीजिए।" राय साहब ने कहा।

"जी।"

और जिस दिन धर्मसभा में मैंने रपट पेश की, मुझे रोककर धर्माचार्य ने माइक सँभाला, "भारतीय संस्कृति के एक गौरवपूर्ण शिखर पर हम खड़े

होकर सती मन्दिर के निर्माण की आधारशिला रखने जा रहे हैं विश्व का सबसे अनुपम मन्दिर..."

उन्होंने शब्दों को सीझने दिया, फिर उठाया, "लेकिन...!" लेकिन पर बल देकर उठे तो बोले, "हम नहीं चाहते कि इस महान कार्य में किसी प्रकार का संशय या विघ्न रह जाए। आपको मालूम है कि आज से प्राय: ढाई सौ साल पहिले हमारे ही भारत के एक राजा राममोहन राय ने सती-प्रथा का विरोध किया था। वे विरोध तक नहीं रुके, शास्त्रार्थ में हमारे विद्वानों को पराजित किया और लॉर्ड विलियम बेंटिंक या क्या तो थे, उनसे मिलकर इस पर पाबन्दी लगा दी। हमारे देश में हिरण्यकश्यप, असुर और जयचन्दों, मीरजाफरों की परम्परा रही है—इससे क्या घबराना। सभी विरोधी शक्तियाँ पहले अजेय लगती थीं, पर आखिरकार उन्होंने घुटने टेके कि नहीं? हारे कि नहीं?"

"हारे" दर्शकों ने पुन: अनुमोदन किया।

"तो विरोध के इस स्वर को पूरी तरह समाप्त करने का हमने संकल्प लिया और राजा राममोहन राय और उनकी सती हुई भौजाई, मेरा मतलब भाभी का पूरा सच जानने के लिए अपनी खास खोजी टीम बंगाल भेजी कि जाकर सचाई का पता लगा आवें। अब चूँकि वे आ गए है, सो इस धर्मसभा में टीम के एक सदस्य को राजा राममोहन राय के पूरे इतिहास को रखने के लिए आमंत्रित करते हैं। आइए बाबू मनोज सिंह...! आदि से अन्त तक बताइए।"

मैंने माइक थामा, "इस धर्मसभा के सभी धर्माचार्यों, गुरुजनों और महानुभावों, राजा राममोहन राय भारत के सबसे बड़े विद्वानों में से एक माने जाते हैं। ज्ञान के भंडार! देश ने दशक के सारे पुस्तकालयों को उन्हीं के नाम से जोड़ा है, इसी से समझा जा सकता है कि वे कितने बड़े विद्वान थे।"

"जन्मना ब्राह्मण, कर्मणा नास्तिक। गोत्र शांडिल्य। उनके जीवन-काल से जोड़ें तो 26-27 वर्ष पहले उत्तर प्रदेश के कन्नौज से गए थे कभी उनके पुरखे या पूर्व पुरुष। उनका जन्म सन् 1772 ई. में हुगली जिले के राधा गाँव में हुआ था। पिता रमाकान्त बन्द्योपाध्याय, या बनर्जी। घोर आस्तिक, घोर वैष्णव, यानी भगवान विष्णु के उपासक। माता का नाम तारिणी देवी, घोर शाक्ता, यानी शक्ति की उपासिका। उन दिनों वैष्णवों और शाक्तों में कम ही

विवाह होता था, पर दोनों का हुआ। राममोहन तीन भाई थे—बड़े भाई का नाम जगमोहन या जगन्मोहन, उनसे छोटे राममोहन और विमाता से पैदा हुए छोटे भाई रामलोचन।"

"पिता ने राममोहन की शिक्षा की व्यवस्था की। पहले घर में ही संस्कृत, फिर कोलकाता में, पटना में अरबी, फारसी, अंग्रेजी, फिर काशी में वेद, उपनिषद, पुराण, मनुस्मृति आदि धर्मग्रंथ।"

"अरे बाप! इतना विद्वान था!" दर्शक दीर्घा से किसी की टिप्पणी आई।

"सारे ही असुर महाप्रतापी रहे।" टिप्पणी पर प्रति टिप्पणी।

"ब्राह्मण।" तीसरी टिप्पणी।

"रावण भी ब्राह्मण था। महाज्ञानी भी..."

"इतने बड़े ज्ञानी न होते तो काशी के पंडितों को हरा पाते?"

"जिज्ञासाएँ शान्त हो गई हों तो आगे बढ़ें?" मैंने पूछा।

"पिता रमाकान्त जी की मृत्यु 1803 में होती है। जगन्मोहन की चार पत्नियाँ थीं, जिनमें दूसरी या तीसरी थी—अलोक या अलोका मंजरी या अलोका मणि—उम्र चालीस के आसपास...सन् 1810 की 8 अप्रैल को जगन्मोहन की मृत्यु हुई। राममोहन राय की भाभी अलोक मंजरी जी का सहमरण...यानी सतीदाह हुआ। पिता थे नहीं, राममोहन रंगपुर गए हुए थे। उनके आने तक प्रतीक्षा करना जरूरी था, मगर नहीं की गई, सम्भवतः इसलिए कि राममोहन सती-प्रथा के घोर विरोधी थे, होते तो न होने देते। खैर घर आए और माँ से पूछा तो तारिणी देवी ने बताया कि, 'मैं तो पुत्र-शोक में डूबी हुई थी। कैसे हुआ, क्या हुआ, पता नहीं।'"

"तत्कालीन लेखक जे. पेग्स के अनुसार, "कहीं भाग न जाएँ, सो औरत को मृत पति के साथ बाँध दिया जाता था, फिर भी कुछ भाग जातीं, अतः बाँसों से दबाकर जलती स्त्री को तब तक रखा जाता, जब तक जल न जाए। लेखक फेनी ने सतीदाह की ऐसी कितनी ही भयंकर घटनाओं का जिक्र किया है, पढ़ लीजिए तो रोंगटे खड़े हो जाएँ।"

"कुछेक एक हमें भी सुनाइए।" एक पढ़ी-लिखी स्त्री ने पूछा।

"7 नवम्बर, 1830 को कानपुर निवासी एक धनाढ्य वणिक का वर्णन है।"

"आपकी बातों से लगता है कि तब के हिन्दू समाज में कुछ लोग सती-प्रथा के समर्थन में थे। कुछ लोग विरोध में?" उस स्त्री ने इस बार फिर पूछा।

"आप सही हैं। सन् 1818 में कुछ गणमान्य हिन्दू सती-प्रथा के समर्थन में तब के गवर्नर जनरल लार्ड वारेन हेस्टिंग्स के पास फरियाद लेकर गए। उसी वर्ष उसके विरोध में राजा राममोहन राय के नेतृत्व में एक अन्य दल भी गया जो बाद में एशियाटिक जर्नल में छपा भी। राममोहन ने लिखा कि सती-प्रथा के पीछे सम्पत्ति हड़पने की भावना थी। राममोहन ने शाक्तों की बलि-प्रथा जैसा ही सती-प्रथा को नृशंस बताया था। औरत को पति के शव से बाँधकर चिता पर बाँस से दबाए रखा जाता था।"

"राममोहन ने सती-प्रथा का हर स्तर पर विरोध किया था, 1828 में उन्होंने सतीदाह का एक विवरण 'संवाद कौमुदी' नामक पत्रिका में प्रकाशित किया था। यह वाकया कलकत्ते में हुआ था। विवरण के अनुसार एक सती अधजली अवस्था में चिता से उठकर भाग खड़ी हुई। कुछ यूरोपीय और अमेरिकी इस सतीदाह को देखने के लिए एकत्र हुए थे। लोगों ने जब स्त्री को पति के साथ बाँधना चाहा तो उन्होंने ऐसा नहीं होने दिया—मन्तव्य यह था कि अगर स्वेच्छा से सती हो रही है तो आपके धार्मिक कृत्य को हम नहीं रोकेंगे। स्त्री भागी तो उसके आत्मीय स्वजनों ने उसे पकड़कर फिर से चिता पर ले जाने की कोशिश की, किन्तु विदेशियों ने ऐसा होने न दिया। उसी लेख में उन्होंने आगे मंगल घाट नाम के किस्से सतीदाह का जिक्र किया है।"

"तो क्या सती उठ भागी थी चिता से?" किसी ने सवाल किया।

"हाँ! कहाँ गई आज तक पता न चला। राममोहन ने लिखा था। 'संवाद कौमुदी' की तरह कथोपकथन की शैली में उन्होंने तीन किताबें लिखी हैं, बंगला और अंग्रेजी में।"

"आपके पास है कोई?"

"अंग्रेजीवाली है।"

एक गेरुआधारी ने पूछा, "राजा राममोहन राय के वे कौन से तर्क थे जिसका जवाब काशी के दिग्गज पंडित भी न दे सके थे?"

"इसका उत्तर अनुमान से पाया जा सकता है, उनकी किताबों से, कि सभी शास्त्रों में काम्य कर्म अर्थात् फल की कामना से किया गया कर्म निन्दनीय है। आप गीता में भी देख सकते हैं। उन्होंने शास्त्रों के अनेकानेक प्रमाणों से सिद्ध किया कि सती होने, सहमरण की अपेक्षा ब्रह्मचर्य श्रेयस्कर है। विरोधी फुफकार उठे। तब उन्होंने पूछा कि सहमरण में चिता में अग्नि स्वयं प्रकट होती है। उन्होंने बार-बार गीता को और एक दो-बार मनुस्मृति को उद्धृत कर बताया कि कोई पति के साथ जीवन त्याग करे या नहीं—इसका निर्णय स्वयं ईश्वर के अलावा किसी के पास नहीं है और ईश्वर की इच्छा है स्त्री या व्यक्ति को स्वाधीन करना।"

अगला प्रश्न, "कविराज अउधू जी ने पहले बताया था कि राममोहन की भाभी सती होने के क्रम में पहली बार जल नहीं पाई थी तो उन्हें गाँववालों ने पकड़कर दूसरी बार जलाया। अब चूँकि आप लोग स्वयं यही पता करने गए थे, क्या यह सच है?" इस बार स्वयं राय साहब सवाल कर रहे थे।

"इस बात की चर्चा थी और पुष्टि भी होती गई।"

"लिखित प्रमाण...?"

"अलोक मंजरी जी ही नहीं सभी नारियाँ जो सती होने की इच्छुक थीं, आग की पहली लपट में ही भाग खड़ी हुई थीं, यह बात और है कि जिन्हें पति के शव के साथ बाँधकर चिता पर ले जाया गया, जिन्हें अफीम या बेहोशी की दवा पिलाई गई थी, जिन्हें बाँस से दबाए रखा गया, नहीं भाग पाईं।'

"मैंने पूछा, लिखित प्रमाण?"

मैं सकपका गया, "सर यह रही पेग्स साहब की पुस्तक और यह रही फेनी साहब की किताब। यह सब लिखित है अंग्रेजी में। फेनी साहब की पुस्तक में कानपुर की उस धनाढ्य वणिक की पत्नी का साफ-साफ वृत्तान्त है कि कैसे तीन-तीन बार भाग रही उस औरत को उसके घरवालों और सगे-सम्बन्धियों ने ही, प्राण बचाने के लिए अन्तिम बार गंगा में कूदी विधवा को, चिता के हवाले किया मगर कमिश्नर साहब ने उसे जलने नहीं दिया, अस्पताल पहुँचाया जहाँ उसकी जान बची।"

"और फिरंगियों ने हमारे धर्म को भ्रष्ट जो किया?"

"फिरंगियों ने हिन्दू धर्म में कोई हस्तक्षेप नहीं किया, मात्र इतना कहा कि कोई स्वेच्छा से सती हो रही हो तो वे नहीं रोकेंगे? एक अंग्रेज जान्सन साहब को तो भारत छोड़ ही देना पड़ा।"

"आज कोई गवाह तो जिन्दा नहीं है पर अलोक मंजरी के साथ नहीं हुआ होगा जो अउधू जी ने बताया था, कानपुर, कलकत्ते के मंगला घाट, पेग्स, फेनी और राजा राममोहन की पुस्तिकाएँ, इसके पहले बर्नियर, इब्नबतूता आदि की पुस्तकें इन तथ्यों को लिखित रूप से सत्यापित करती हैं। चार्णक की घटनाओं से भी, जहाँ उन्होंने माला को चिता से हटाया और शादी की।"

मेरी रपट अभी चल ही रही थी कि एक दुर्घटना घट गई—सामने की पाँत में बैठी राय साहब की पत्नी कुर्सी से बेहोश होकर लुढ़क पड़ीं। सभा भंग। उन्हें उठाकर चौरे पर लाया गया, पानी के छींटे दिये गए। जब उन्होंने आँखें खोलीं तो एक पालकी में बैठाकर उन्हें महल में पहुँचा दिया गया।

वह रात उन पर भारी रही। वे जब-तब उठकर चीखतीं, चिल्लातीं और भागने लगतीं। रात-भर ओझा, पुजारी और तांत्रिकों का आना-जाना जारी रहा।

सुबह-सुबह जा धमका खरे साहब के पास। उन्होंने कहा, "सब खैरियत तो है?"

"सर कुछ भी खैरियत नहीं, रात राय साहब की मिसेज बेहोश हो गई थीं।"

"सो तो देखा।"

"एक बात पूछना चाहता हूँ।"

"पूछो।"

"जब से राजा राममोहन की भाभी अलोक मंजरी की बात उठी, राजा और रानी साहिबा अपसेट से हो गए।"

"हूँऽऽऽ"

"और एक बात...?"

"वो क्या?"

16

अनुपम खरे साहब! राय साहब और लाल साहब के होम ट्यूटर। एक आदर्श शिक्षक के रूप में ख्यात। क्या नहीं पढ़ाते स्कूल में लेकिन यहीं आकर गच्चा खा गए, विनोदी स्वभाव के खरे साहब। उम्र 70-72। उन्होंने मुझसे पूछा, "मेरी क्या जरूरत आन पड़ी।"

"वह तो आप राय साहब से जाकर पूछिएगा। पहले मेरी कुछ शंकाओं का समाधान कर दीजिए।" मैंने कहा।

"पूछो।"

"यह लाल साहब क्या पहेली हैं?"

सवाल सुनकर चौंके, फिर आँखें मूँद लीं, जैसे ध्यानस्थ हो गए। बोले, "कुछ जासूसी उपन्यास जैसा है। नीलम देश की राजकन्या और नीली आँखें!"

"अब मामला यह है कि कुलदेवी की आँखें नीली थीं, माँ से ट्रांसफर हुई ये नीली आँखें। यह गर्व और आत्मीयता का मुद्दा था, मगर हुआ नहीं। ऐसी धारणा है कि गोरों की फौज इधर से गई होगी और उनके बलात्कार या संसर्गवश कुछ औरतें गर्भवती हुई होंगी, फिर वंशानुक्रम में...अब सच का

पूरा खुलासा तो डॉ. रजनीकांत ही कर पाएँगे। यह बात उन्हीं के मुखारविन्द से सर्वप्रथम उच्चरित हुई थी।"

"पर मास्साब कोई जरूरी तो नहीं कि...।"

"हाँ, जरूरी तो नहीं। लेकिन वो क्या है कि शक का इलाज तो हकीम लुकमान के पास भी नहीं।"

"अगर हुआ भी हो तो क्या फर्क!"

"वही तो।"

"हम परतें उधेड़ते चले जाएँ तो उधेड़ना शेष नहीं होगा और उस सच तक पहुँचकर भी उससे दूर ही रहेंगे कि हमारी जड़ें कहाँ हैं। फिर सच तक पहुँच भी जाएँ तो क्या हासिल होगा। मुद्दा यहाँ यही है। जातिगत श्रेष्ठता का मुद्दा। अब वैज्ञानिक तो कहते हैं कि हमारे पुरखे पिग्मी थे। आज अगर आ जाएँ तो घर में हम घुसने भी न दें या देखते ही बेहोश हो जाएँ।"

"या कि चिम्पैंजी या बन्दर! या एककोशीय अमीबा..."

"बन्द करो, बन्द करो, उलटे चलना, नहीं तो मुझे उलटी हो जाएगी। हर शख्स एक सेपरेट एंटीटी है। अतीत से जुड़ा होकर भी स्वतंत्र है!"

"यहाँ सवाल वंश-गरिमा का है, जो सम्भवतः दो-ढाई हजार वर्ष पहले हम पर लादी गई या हमने ओढ़ ली। धर्म, मजहब, संस्कृति ने तो यही दिया है!"

"हूँ! हवा में ही जहर घोल दिया। अब बताओ लाल और राय तो लाल और राय, इनके बच्चे भी इस जहर से मुक्त नहीं हैं। मैंने सुना कि बच्चे आए तो पिता के पास चले गए। यानी माँ गौण, असल है राजवंशीय पिता। तुम लोग तब तक आए नहीं थे, जब कंठा का गाँव जला था। अरे यहाँ से भी दिखता था उसका जलना। वह दिशा पूरी लाल हो गई थी, उसके पहले दूध में क्या मक्खी पड़ी थी नहीं मालूम। बस कलंकिनी कुलदेवी के कलंक से मुक्त कैसे हों, यही एक खयाल था। तो लाल साहब ने अपने चेहरे को खरोंच डाला था। बन्द सलाखों में गुर्राते पंजे फेंकते हिंसक बाघ की तरह। कमरे में दौड़ते, चीखते-चिल्लाते—मुँह से फिचकुर निकलने लगती। अपने चेहरे को नोंचकर फेंक देना चाहते थे और उससे पहले अपनी आँखें—नीली आँखें!

खैर...यहाँ कंठा के लोग भागे, गाँव जला और कुलदेवी के छुए-छिड़के सारे लोग तितर-बितर हो गए। कुछ एक पकड़े भी गए, उन्हें झील में खदेड़ दिया गया। जहाँ जयन्त-जयन्ती ने कुचलकर मार डाला। उनका दोष सिर्फ इतना था कि वे कलंकिनी से ताल्लुक रखते थे।"

"सर, लाल साहब तो माना एब्नॉर्मल कैरेक्टर हैं लेकिन रानी? मुझसे कह रही थीं कि उस छिनरिया ने पुजवा लिया। लेकिन बाद में फिर उन्हीं की पूजा के लिए गईं।"

"वो तो इसलिए कि अनिष्ट न हो जाए। एक बार पहले भी पूजा बन्द हुई थी, तबाही मच गई थी। फिर से पूजा शुरू हुई तो सब सामान्य।"

"लाल साहब कुलदेवी के इस कलंक को न धो सके और कुलदेवी इस गम को न धो सकीं कि उनका जाया बेटा और उनकी बहू ही उनसे नफरत करते हैं। आगे पोते-पोतियाँ भी करेंगे, सो खत्म कर दिया खुद को उसी चक्करदार बावड़ी में। लाल साहब की इस कुंठा को क्या कहोगे, सोचो, कहाँ उस देवी जैसी महिला से गौरवान्वित होना था, कहाँ उसे कलंक मान लिया। पर कलंक को खत्म कर देना इतना आसान नहीं होता। लाल साहब पर अतीत की जितनी परतें थीं, उन पर एक नई परत-सी आ जुड़ीं—माँ के इस तरह, इस गम को लिये हुए गुजर जाना। किंचित इसका स्वाद अपराधबोध जैसा कसैला है। क्या विडम्बना थी कि उनके किये सारे महत्त्वपूर्ण कृत्य, जिनसे विजयगढ़ की आन-बान और शान बनती थी, भी उनके कलंक को न ढक सके। फर्ज कीजिए वह काम गलत भी हो, किसी अंग्रेज या मुगल की ही सन्तान हों तो भी क्या! उसके लिए वे कहीं से जिम्मेवार या जवाबदेह कैसे मानी जा सकती हैं?"

"और एक बात मास्साब, रक्त-सम्बन्धों की पवित्रता का इतना ही खयाल है तो ये जो राजे-रजवाड़े छींटते-छिड़कते रहते हैं अपने बीज, उन औरतों में, उनसे जो लड़कियाँ पैदा होती हैं वंश की उन गरिमाओं का क्या करते हैं? उद्धार करना तो दूर, पीछे मुड़कर देखा भी कभी उन्होंने?"

"विवेक नाम की चीज तो इस दुनिया से विदा ही हो चुकी है बेटे, खास कर इस मायने में। यह दुनिया ऐसे ही मिला-जुलाकर चला करती है।

नियति के खेल की तरह। यही इसका चरित्र है, यही इसका सौन्दर्य। वंश-गरिमा का वहम, पैदा होते ही वह सेपरेट एंटिटी हो गया। कोई इसे स्वीकारता नहीं। लाल साहब पर अब भी रह-रहकर दौरा पड़ता होगा?"

"जी पड़ता है।"

"डबल फॉल्ट का दौरा है। और रही रानी, उन पर तो कितने फॉल्ट होंगे।"

बातें करते-करते हम शक्तिपीठ के संतों के समागम के बीच आ गए। वहाँ अभी भी शक्तिपीठों का निपटारा नहीं हो पाया था। मास्साब कुछ देर तक तो सुनते रहे फिर एक विचित्र वार्ता पर भड़क गए। बंगाल का कोई संत दावा कर रहा था कि उसके झरने का पानी आज भी गन्धाता है तो निश्चित रूप से सती का एनस वहीं गिरा होगा, इसलिए शक्ति की एक पीठ तो हमारी बनती-ही-बनती है।

खरे साहब सामने आए, "आपकी क्वालीफिकेशन?"

"मैं साधु होने के पहले एम.एस.सी. हूँ केमिस्ट्री से।"

"तो आपका सर्टिफिकेट जब्त क्यों न कर लिया जाए। जो गन्धाता है, वह सल्फर का कोई कम्पाउंड है, सम्भवत: एच टू एस होगा जिसकी बदबू पैखाने जैसी होती है। सल्फर स्ट्रीम होगा। हिमालय में कई जगह पर है।"

"न।"

"तो आपने जो लैट्रिन सात दिन पहले की थी, सूँघा है?—क्या कहते हैं? 'जाकर सूँघ आइए।' वह बदबू आपको नहीं मिलेगी और जिस काल्पनिक माता के काल्पनिक लैट्रिन को आप शक्तिपीठ का कारण बना रहे हैं वह आपके अन्धविश्वास का शिखर है। देवी-देवताओं को तो बख्श देते। अच्छा हुआ आप साधु बन गए, लेक्चरर नहीं बने वरना लड़के आपका टेस्ट करते।"

किसी ने दबी जुबान कहा, "शिक्षा मंत्री बन जाते।"

"सर कामाख्या में तो माता को मासिक भी होता है, वहाँ उनका वह पार्ट गिरा था। गर्भाशय!"

"अब इनका लो, इन ढपोरशंखी संतों ने देवी-देवताओं को भी नहीं छोड़ा, आज ये भटकते-भटकते सही जगह आए हैं, सती मन्दिर। ये कंठा की पहाड़ियाँ दरअसल कुंठा की पहाड़ियाँ हैं।"

दोनों घरानों के लड़के, विदेशों से लौटे हुए थे और आते ही उन्होंने सईसों से घोड़ों को लेकर दौड़ाना शुरू कर दिया था। सती से जुड़े मेले की भीड़ में अक्सर घोड़े दौड़ाते हुए गुजरते और भीड़ जैसे-तैसे जान बचाती। खरे साहब को इन्हें देखकर जाने कैसे 'न्यू डॉली' का प्रसंग याद आया।

तनिक एकान्त पाकर मास्टर साहब ने मुझसे पूछा, "मनोज, ये मॉडल वाला मामला इतना आगे बढ़ा कैसे?"

मैं हकलाया, "सर, मैं क्या कर सकता हूँ। मुझे आए तो सिर्फ तीनेक साल हुए हैं लेकिन रानी जी बता रही थीं कि यह सब उस मुए कबीया की देन है।"

"वो कैसे?"

"बात उस समय की है कि जब अउधू ने गया को मुसलमान जानकर भगाया था। मैंने रानी साहिबा का हार बनवाकर लाल साहब को दिया था। सोचा था लाल साहब और रानी साहिबा खुश हो जाएँगे, सम्बन्ध नॉर्मल हो जाएँगे। मगर लाल साहब ने वह हार उन्हें दिया ही नहीं, दिया अपनी प्रेमिका को जो न जाने कहाँ रहती है, मुम्बई में या कहीं और। रानी साहिबा उन्हें अपने कब्जे में लेने की हरचन्द कोशिश कर रही थीं, ब्यूटी पार्लर भी गई थीं। लाल साहब का इन्तजार करती रहीं, करती रहीं, नहीं आए तो बाहर निकलकर टोह लेने लगीं, तभी उनके कानों में भनक पड़ी :

अमिय हलाहल मद भरे श्वेत श्याम रतनार।
जियत मरत झुक झुक परत जेहिं चितवत एक बार।

लाल साहब सत्यनारायण की कथा-सी सुन रहे थे।

अउधू ने हीं-हीं किया, "अरे आँखें साहब।" उसने एक फोटो निकाला जिसमें स्तन, जाँघें और नितम्ब पर सलमे-सितारे फटे पड़ रहे थे।

"पूछा, यह कौन है?"

"कबीया ने बताया, 'हुजूर इसका नाम 'न्यू डॉली' है।'"

"क्यों, न्यू क्यों?"

"न्यू इसलिए कि डॉली के स्तन संसार के सबसे खूबसूरत स्तन थे, ऐसा माना जाता था। उसी के नाम की भेड़ के स्तन की कोशिका से बनाई गई भेड़

का नाम डॉली रखा गया। अब इस नायिका के स्तन के लिए दूसरा नाम नहीं मिला, इसलिए इसका नाम न्यू डॉली रखा गया। लाल साहब सुनते ही लहालोट। चित्र रख लिया। घड़ी निकालकर दे दी इनाम में।"

"क्या था?"

"अरे कुछ नहीं, वह एक समस्यापूर्ति थी। रसलीन ने अपनी प्रेमिका से पूछा था, सोने की छड़ी जैसी कामिनी और कमर इतनी पतली क्यों? तो रसलीन की पत्नी ने कहा था कि कमर का कंचन काटकर ब्रह्मा ने स्तनों में भर दिया...माने समझ रहे हैं डॉली या न्यू डॉली के नामकरण का रहस्य।"

"फिर अउधू ने मतिराम, बिहारी, पद्माकर और एक-से-एक अश्लील कविताओं की झड़ी लगा दी। रसलीन दम्पती की कटि का 'कंचन काटि के कुचन मध्य भरि दीन'-सी उत्तेजित होते गए लाल साहब।"

"हाँ, तभी से दीवाने हो गए। उधर वे मुम्बई गए इधर रानी को जैसे ही सारी बात समझ में आई तो बबूल की काँटेदार छड़ी से कविराज का परछन किया—छप्प!"

"अरे माई रे, अरे मोरे बप्पा!"

"छप्प!"

"दुहाई रानी जी की, छोड़ दो, अब तो छोड़ दो!"

छड़ी से धमकाते हुए रानी ने कहा, "अब से दिखाई पड़े तो खाल उधड़वा लूँगी!"

खरे साहब ने पूछा, "तुम्हें इनाम में क्या मिला?"

"घड़ी।"

"हूँ। तुम्हें भी घड़ी। अच्छा प्रतीक है घड़ी। समय जो उनके हाथों से फिसला जा रहा है!"

"उठा-पठाकर सतना, फिर बीएचयू रेफर किया, डॉक्टरों ने पूछा, 'कैसे हुआ?'"

"काँटों में उलझ गए थे सर।"

"बुरी तरह घायल हुए हो। एफआईआर कराओगे?"

“न साहिब, किस पर एफआईआर, जब किसी ने मारा ही नहीं!”

“मैं उन दिनों गाँव गया था। मेरे लौटने के महीने-भर बाद लौटा अउधू। इधर गया के दोनों हाथों में लड्डू। हाँकता फिर रहा था, ‘अभी क्या! कीड़े पड़ेंगे, कीड़े, देख लेना!’”

“यह कब की बात है?”

“ज्यादा नहीं पन्द्रह-बीस दिन पहले की।”

17

और अब सतना की वह पनाहगाह जहाँ सावित्री कुँअर ने जलने के बाद अज्ञातवास लिया था। खरे साहब का नाम वह बीच-बीच में लिया करतीं। सो खरे साहब के साथ ही मैं लग गया। गली-दर-गली, गली-दर-गली और गलियों की भूल-भुलैया के बीच एक खस्ता दो मंजिला। इसी भुतहे मकान में जलने के बाद अपना अज्ञातवास काटा था सावित्री ने। विजयगढ़ से निर्वासित चन्द्रिका यादव मास्साब की पनाहगाह में एक-एक कर ढाई साल बीत गए, पत्ता तक नहीं खड़का तो वह सब चन्द्रिका जी की मेहरबानी के चलते। आज चन्द्रिका जी नहीं हैं लेकिन उनकी यादें रह गई हैं खरे साहब के पास। मेरे पूछने पर तनिक हैरान हुए। कभी बताया नहीं चन्द्रिका ने ढाई साल तक कोई था वहाँ मगर उसने चूँ तक नहीं की। अपना काम बिना किसी नुक्स के किये जाते थे।

मुझे सावित्री की कसम याद आई। मैंने बात बदल दी, "सर मैं यहाँ कुछ जानने आया हूँ।"

"आप यहाँ क्या जानने आए हैं, मैं आपको कितना सन्तुष्ट कर पाऊँगा। पूछिए।"

"आप अभी सती मन्दिर की मीटिंग से आ रहे हैं। मुझे यह देखकर हैरानी है कि सती का इतना बड़ा कांड हो गया, पूरी तरह अवैध और चूँ तक नहीं हुई। किसी ने विरोध तक न किया, पुलिस-प्रशासन, दिल्ली, भोपाल, लखनऊ सब सोए रहे। यहाँ के लोग कैसे हैं, मेरा मतलब उनका 'मेक' क्या है।"

खरे मास्साब हाई पावर चश्मे से मुझे ताकने लगे। डरावनी हो गईं उनकी आँखें, "तुम्हारा सवाल अमूर्त किस्म का है मनोज। सतना जाने से पहले मेरी कितनी पुश्तें विजयगढ़ में बीत गईं, सारे बाल सफेद हो गए। मैं आज तक न समझ पाया कि विजयगढ़वालों की केमिस्ट्री क्या है। विजयगढ़ ही नहीं इस समूचे इलाके की।" उनकी आँखें कहीं दूर देखने लगी थीं, "आल्हा की ललकार पर भागते ये शेखीबाज, हुड़दंगिए। संत कवियों की वाणी में शान्ति और तुलसीदास के अन्धविश्वास में मोक्ष तलाशते भगत, हुलकार भर दो तो किसी भी निर्दोष जीव को काट खानेवाले। भय, भ्रम और मिथकों में गहरे धँसे—हिन्दू से बढ़कर मुसलमान, मुसलमान से बढ़कर हिन्दू और सबसे बढ़कर इनकी औरतें। आर्थिक संकट होता, राजनीतिक संकट होता तो भी इलाज था, दिक्कत है कि सांस्कृतिक संकट है।"

आल्हा के स्टाइल के क्या कहने—इतना ओज कि क्या कहें। जाति की नाक आगे-आगे। वे यादव थे, बघेल थे, कुर्मी थे कि क्या थे, नहीं जानता लेकिन :

बारह बरिस ले कुकुर जीवें और तेरह लो जिए सियार।
बरस अठारह छत्री जीवें आगे जीवे को धिक्कार।

"इनका घोड़ा तीस योजन कि साठ योजन दौड़ता-सा उड़ता था, गप्प मारने में कोई सानी नहीं। झूठ-दर-झूठ :

कदरी के वन में मेघा बोलें, हाथी के पाद बन्द होइ जाए।

"यहाँ महोबा में खपड़े पर अशर्फी सुखवाने की बात कही जाती है। क्या पता, महुआ भी मयस्सर होता हो सुखवाने के लिए या नहीं! इस पर तुर्रा यह कि हवा के झकोरे से सुखवाई जाती हुईं अशर्फियाँ उड़कर नीचे गिरतीं तो

गली बुहारनेवाले उठाकर ले जाते। तो यह सब सांस्कृतिक संकट है। देखो अभी-अभी मौनी अमावस्या नहाकर प्रयागराज से लौटी है मेरी बुढ़िया, मेरी पतोहू और पोता-पोती। करोड़ों लोगों की गन्दगी से भरे गंगाजल में। घर में छींटा भी पड़ जाए तो उस पानी को न छुएँ लेकिन उस गन्दे गंगाजल का पवित्र भाव से आचमन करते नहीं थकते। इन्हें कौन समझाएगा!"

खरे साहब ने फोन पर सूचना दी, "सीनियर एस.पी. महमूद आलम ने याद किया है तुम्हें। यूनिवर्सिटी के गेस्ट हाउस में तुम्हारा इन्तजार कर रहे हैं, मिल लो।"

"हठात्...?" मैंने जानना चाहा।

"सती कांड वही देख रहे थे। अब जगत प्रजापति के हीरेवाला कांड भी उसमें अटैच हो गया है। जिस जमीन से सो काल्ड हीरा मिला, वह और उस रतनापट्टी की बाकी जमीन को तुमने और दुबे ने ही बेची थी। राय साहब और लाल साहब के लिए।"

"जी! सर आप भी मेरे साथ चलते तो कितना अच्छा होता!"

थोड़ी चुप्पी के बाद उधर से आवाज आई, "ठीक है चलो, मैं भी चलता हूँ। सीधे मेरे पास पहुँचो डेढ़ घंटे में।"

वह पचास पार का एक स्मार्ट पुलिस अफसर था। औसत कद, गोरा-गठीला बदन, छोटी-छोटी मूँछें—पुलिस के बन्दूकधारी जवानों ने हम दोनों को बाहर ही रोक रखा था कि वह खुद बाहर आ गए, "आइए, आइए जहे नसीब! आपको मनोज सिंह होना चाहिए, अगर मैं गलत नहीं हूँ तो!"

"जी!" मैंने अभिवादन किया, सन्देह हुआ, "क्या यह मुस्लिम अफसर उस केस की तह तक जा सकेगा!"

"आपने मुझे गलत होने से बचा लिया। थैंक्स।" अफसर का मिजाज अच्छा था। हम कमरे में दाखिल हुए। चाय आई। बात-ही-बात में खरे साहब ने चर्चा सावित्री कुँअर की ओर मोड़ दी, "उस केस में फाइनल रिपोर्ट लग गई होगी सर?"

मेरी जीभ में खुजली हो रही थी, "कोई पर्सनल सवाल पूछ सकता हूँ सर?"

"पूछिए!"

"क्या आप भी मानते हैं कि वह अपनी मर्जी से सती हुई थीं?"

महमूद साहब ने चुप्पी साध ली, कमरे में सन्नाटा छा गया। थोड़ी देर बाद बोले, "अगर इसी तर्ज पर मैं भी आपसे एक सवाल करूँ कि जगत प्रजापति को वाकई कोई हीरा मिला था, जिसे वह गुड़प कर गया तो? आप उस केस से जुड़े रहे हैं, यह भी पूछ सकता हूँ कि जगत के साथ कौन-कौन-से इनह्यूमन टॉर्चर किये गए थे, किसके-किसके जरिये?"

सवाल बाहर की बारिश में भीगता रहा। बिजली चमकी, लग्ग, सावित्री कुँअर नमूदार हुई। जिस आकाश में ओझल हुई थी कभी उसी आकाश से उतरी थीं। क्या बिना न्याय दिलाए उससे इस्केप कर सकता हूँ? आकाश में जोरों की गड़गड़ाहट हैं। मैंने कहा, "सर मुझे सोचने का थोड़ा वक्त दीजिए। बट, अभी मुझे उसी मुद्दे के मुतल्लिक जानना था।"

"जानकर क्या करोगे?"

"द मेंटलिटी एंड मूड ऑफ सोसायटी! एक पुलिस अफसर से अलग एक आम सिटीजन के रूप में आप इसे कैसे देखते हैं?" खरे साहब ने यह कहकर मुझे उबार लिया।

चाय आ गई थी

"इस केस ने सच पूछिए तो मेरे सोचने की दिशा ही बदल दी।" महमूद साहब ने धीरे-धीरे कहना शुरू किया, "आमतौर पर लोग सोचते हैं कि सावित्री कुँअर को उन्होंने नहीं मारा। वह तो स्वेच्छा से सती हो गई। जो इन्वाल्व थे वे भी। बल्कि ज्यादातर लोग इसे मर्डर नहीं, पुण्य का काम समझते हैं।"

"सभी?"

"सभी न भी हों तो क्या फर्क पड़ता है? जला तो दी गई एक जिन्दा औरत! आबादी का एक बड़ा हिस्सा क्या करता रहा? कुछ लोग क्राइम में शामिल रहते हैं, बाकी लोग मूकदर्शक, तटस्थ या तमाशबीन! फल? सावित्री कुँअर को किसी ने नहीं मारा। वह तो खुद पतिलोक गई। हम उसमें क्या कर सकते थे! नीचे चौकीदार थे ऊपर जज और शीर्ष नेतृत्व का यही रवैया है।"

"आपको राजस्थान की भँवरी देवी का केस मालूम ही होगा, साथिन थी। सरकारी योजना के तहत लोगों को शिक्षित-प्रशिक्षित कर रही थी। ऊँची जात वालों से न देखा गया। अरे इसका मान बढ़ा जा रहा है चल पड़े मानमर्दन करने। पति के सामने सामूहिक बलात्कार किया और जज ने कह दिया कि ब्राह्मण लोग छोटी जाति की औरत का बलात्कार कर ही नहीं सकते। सारा देश देखता रहा। क्या हुआ? हुआ कुछ? वहीं फूलन देवी की तरह बन्दूक उठा लेती, गलत-सही बदले ले लेती तो...? कुछ लोग 'अश-अश' करते, कुछ 'थुड़ी-थुड़ी'।"

"वही तो। ब्राह्मणवाद क्या करता है! एक बार जहर का बीज डाल दो, सदियों-सहस्राब्दियों तक उसका जंगल फैलता रहेगा। ब्राह्मणवाद को पकड़ो तो हाथ झाड़ लेगा—नंगाझोरी ले लो, हमने नहीं किया भँवरी, फूलन पर बलात्कार। नहीं की वो अपनी रूप कुँवर और ये क्या नाम कि सावित्री कुँअर की हत्या?" मैंने कहा।

महमूद साहब ने टोका, "सिर्फ ब्राह्मण ही नहीं थे, सभी जैकारे लगा रहे थे, लकड़ी, घासलेट, पेट्रोल छिड़क रहे थे हमारे दो कांस्टेबुल रोकने गए थे, सती को प्रणाम कर जैकारे लगा रहे थे। नीचे से ऊपर सब।"

"मेरा दृष्टिकोण तनिक भिन्न है।" खरे साहब ने कहा, "उपद्रवी तत्त्व कुछ ही होते हैं। फकत कुछ लोग, अनफॉरचुनेटली यही कुछ लोग पूरी आबादी को डॉमिनेट करते हैं बाकी लोग वही होते हैं जो आपने कहा, तटस्थ या उदासीन या तमाशबीन। इन्हें ठीक किया जा सकता तो आग आगे न फैलती।"

"कौन ठीक करेगा?"

"आप जैसे ईमानदार अफसर।"

"मुझसे भी ईमानदार लोग धूल फाँक रहे हैं। सर हममें जहरीली विचारधारा की बात कर रहे हैं, जबकि हम आप उसे व्यक्ति केन्द्रित कर रहे हैं—यही फर्क है हममें और आपमें। आप व्यक्ति या व्यक्तियों को पकड़ सकते हैं पर विचारधारा को कैसे एरेस्ट करेंगे जबकि उनके सैकड़ों धर्मग्रंथ और संस्थान उसे पुण्य का काम समझकर दिन-रात फैलाने में लगे हों।" गांधी जी की हत्या नाथूराम गोडसे ने की। बहुतों ने अपनी आँखों से देखा। गोडसे को फाँसी भी हुई, फिर बम्बई, गुजरात आदि में ब्राह्मणों पर अटैक हुए।

क्यों? गोडसे ब्राह्मण था? इसी तरह हिन्दू-सिक्ख, हिन्दू-मुस्लिम, हिन्दू-इसाई, प्रान्त-प्रान्त में, जाति-जाति में हत्यारा कोई एक नहीं पूरा समूह है। इस पूरे समूह को प्वॉयजन किसने किया? इसलिए टॉप टू बॉटम सभी दोषी हैं, लोग मर जाते हैं, दूसरे लोग आ जाते हैं, नये-नये हत्यारे, इसलिए इस हत्यारी सोच का पालन-पोषण करनेवाले सभी दोषी है।"

"जलाने-भर से मन नहीं भरा, सती के अंग कहाँ-कहाँ गिरे सबको शक्तिपीठ बनाकर झगड़ा चल रहा है। हिन्दू हो या मुसलमान औरतों के जिस्म को बोटी-बोटी काटकर उस पर अपने धर्म और मजहब की मीनारें खड़ी करते रहो।"

विषय को वापस सावित्री कुँअर पर केन्द्रित करने की गरज से मैंने कहा, "आश्चर्य है, पहले तो बड़े-बड़े दावे किये जा रहे थे सावित्री कुँअर को सती होते सबने देखा, जैकारे लगाए और दाह में शामिल रहने के दावे भी किये। अब सारे दावेदार प्रत्यक्ष देखने या शामिल होने से इनकार कर रहे हैं, वे दो आदमी भी जिनकी गर्दनें उनके स्वर्गारोहण दृश्य को देखने में आज तक खिंची रह गई हैं।"

"सबके सब।"

"आपको भी एहसास हुआ होगा।"

"राय साहब और लाल साहब का पूरा परिवार शोकमग्न था, उन्हें कुछ पता नहीं, वह तो लोगों ने बताया, देखना या शामिल होना झूठ है, मगर विश्वास है कि ऐसा हुआ अवश्य है, लोग वर्चुअल रियलिटी में विश्वास करते हैं, वही उनका कम्फर्ट जोन है, बोलते कुछ हैं, निशाना कहीं और होता है। शान्ति के लिए हथियार! क्या मजाक है, जो एक्जैक्टली हुआ, उससे लाख गुने सम्मोहन में उसको री-प्रोड्यूस करना ताकि लोगों को सम्मोहित और अभिभूत किया जा सके। क्या यह गुनाह नहीं, जैसे 'मुगले आजम' का शीशमहल। उतनी दूर क्यों जाते हैं, जैसे कंठा का सती मन्दिर?" मैंने कहा तो लोग खिसियाहट में मुझे घूरने लगे।

"तो खरे सर! आप मेरे गुरु, मेरे उस्ताद रहे हैं, आपके अलावा दूसरे गुरु थे डॉ. रजनीकान्त। जो कुछ सीखा है, आप दोनों से ही सीखा है। आपको हाजिर-नाजिर जानकर मैं मिस्टर सिंह से बहैसियत एक दोस्त अरज कर रहा हूँ।"

"सावित्री कुँअर केस में कुछ भी हाथ नहीं लगा, सारे अपराधी छुट्टे घूम रहे हैं। क्यों? इसलिए कि कोई भी गवाह न मिला। उन राजघरानों पर और भी कई ऐसे केस हैं, सबमें मुक्त? जगत प्रजापति के हीरा-चोरी के मुकदमे में भी यही होगा—अपराधी बाइज्जत बरी, वजह,...? एक भी गवाह नहीं। केस उलट सकता है अगर कोई गवाह खड़ा हो। क्या आप सत्य के पक्ष में खड़े होंगे?"

कमरे में फिर सन्नाटा छा गया। बाहर अँधेरा घना हो रहा था। अचानक श्वेत कबूतर की तरह अफसर की आवाज ने पंख फड़फड़ाए, सच पर अन्त-अन्त तक टिके रह पाओगे, सोच लो ठाकुर!" उन्होंने 'शोले' वाला संवाद मेरी पीठ पर चस्पाँ कर दिया—उसी अन्दाज में।

सोचा था इतमीनान से रणनीति बनाएँगे पर इत्मीनान मेरे नसीब में कहाँ था? वह जाड़े की कुहरीली भोर थी जब रानी साहिबा का फोन घनघनाया, "जीप लेकर फौरन मेरे पास पहुँचो।"

फोन रखकर मैंने दुबे से पूछा, "क्या बात है?"

"बात बहुत सीरियस है। जल्दी जाओ, नौकरी खतरे में है। लाल साहब जिस रोग के इलाज के लिए अक्सर बम्बई जाया करते थे, वह जानलेवा हो गया है। लगता है कबीया की कविता सच होने जा रही है।"

"क्या?"

"अरे वही—'चढ़ि गई छिनरिया कोठे पर'।"

कोठी पहुँचा तो रानी साहिबा कुलदेवी की पूजा से लौटकर मेरा ही इन्तजार कर रही थीं। हमेशा की तरह गहनों, कपड़ों से लदीं लेकिन चेहरे पर रौद्र। छूटते ही बोलीं, "कुछ सुना तुमने, लाल साहब बम्बई की जिस छिनरिया से फँसे थे उसी से बियाह कर रहे हैं।" रखैलों के लिए यह नया सम्बोधन था उनका, इसके पहले कुलदेवी के लिए भी उनका सम्बोधन अजीब था—बुर्जरिया, जिसे अपनी मूर्खतावश काफी दिनों तक मैं 'गुजरिया' समझने की भूल करता रहा।

"जी मुझे नहीं मालूम।"

"नहीं मालूम...? जिस बात को सारे पट्टीदार जानते हैं, सारे गाँववाले जानते हैं, एक-एक नौकर जानता है, तुम्हें नहीं मालूम? रात-रात-भर मैं इन्तजार करती रही, पाँच कदम चलकर नहीं आ सके और कुत्ते की तरह दौड़-दौड़कर जाते रहे बम्बई।" स्वर कातर हो रहा था।

"अगर आपको पता था तो रोकना चाहिए था।"

"रोकने के सारे जतन तो किये लेकिन यह तो राज रोग था राज रोग! इसे मिटाया नहीं जा सकता, सिर्फ छुपाया जा सकता है। मैं भी छुपाती फिरी, औरों से भी, खुद से भी...। तसल्ली देती रही अपने-आपको कि चलो, कोई नई बात नहीं है, रखैलें तो रखते ही आए हैं राजा लोग। लेकिन यहाँ तो बात बियाह तक चली आई...फिर वही कहानी कुलदेवी की। मैं हजार रखैलें बर्दाश्त कर सकती हूँ, लेकिन एक सौत नहीं।" स्वर उग्र हो उठा।

खन्ना-सा गिरा कुछ। मैं चिहुँक गया, देखा तो कोई गहना था। एक, फिर दूसरा, फिर तीसरा, फिर चौथा...एक-एक करके सारे गहने उतार फेंके उन्होंने। खर्र-खरे खींचकर गिरा दी बनारसी साड़ी। सिर्फ ब्लाउज और पेटीकोट-भर रह गया। मैंने उनकी ओर पीठ कर ली :

"रानी साहिबा, मैं जाऊँ?"

"नहीं।"

अरे बाप! पता नहीं, आगे क्या करनेवाली हैं! पाँचेक मिनट के बाद उन्होंने कहा, "मैं इस कोठी में और एक पल नहीं रुक सकती। मुझे पाही घर पहुँचा दो।"

मैंने पलटकर देखा, अब वे मामूली सूती साड़ी में साधारण औरत की तरह गहनों-कपड़ों को फिर से पेटी में रख रही थीं। उन्होंने बेटी का हाथ पकड़ा और पेटी लेकर चल पड़ीं। पीछे-पीछे झोला-वोला उठाए कौसिल्ला।

आधा किलोमीटर पश्चिम पाही घर उन्हें पहुँचाकर लौटा तो मेरे साथ दुर्गावती और कौसिल्ला थीं, स्कूल जाना था। कोठी के सामने पहुँचा तो लाल साहब सड़क के बीचोबीच खड़े थे। हाय राम, ये बम्बई से कब लौट आए? सकते में जूते उतारना और अभिवादन करना तक भूल गया।

“क्यों बेगम के गुलाम, पहुँचा आए अपनी रानी साहिबा को कोप भवन?” वही घहराती आवाज। वही नीली आँखों का लोकना, उछालना।

मैं क्या बोलूँ, समझ में नहीं आ रहा था।

“बोलते क्यों नहीं?”

“जी मैं तो हुक्म का गुलाम हूँ।”

“मेरा या उनका?”

“मेरे लिए तो आप और रानी साहिबा दोनों एक हैं।”

उन्होंने हथेलियों पर मुक्के मारे, गहरी-गहरी साँसें लीं फिर लौट पड़े, पीछे-पीछे मैं चला आ रहा था। अपने दरबारनुमा बैठक में दाखिल होने के पहले पलटकर मुझे देखा, नजर ऊपर उछली।

“अब क्या है?”

“लाल साहब, सर...उस महिला से विवाह का इरादा छोड़ दें...वरना सब ढह जाएगा। सिर्फ मान-प्रतिष्ठा की ही बात नहीं है, सोचिए उन निर्दोष बच्चों पर इसका क्या असर पड़ेगा?”

लाल साहब ने कुछ कहा नहीं, खिलाड़ियों की तरह पंजों के बल उचकते हुए ऊपर-नीचे होते रहे, नजरें दूर कहीं भटकी हुई थीं। पाही घर, बम्बई, देहरादून या लन्दन! बोले तो घहराती आवाज मद्धम थी, “हम जहाँ पहुँच चुके हैं वहाँ से लौट पाना नामुमकिन है। अपनी रानी साहिबा से कहो, बहुत कवायदें कर चुकीं, अब हकीकत को स्वीकार कर लें।”

रात के नौ बजे हैं। बिजली नहीं है। पाही घर से पस्त कदमों से बाहर निकला हूँ और उस कच्ची सड़क पर खुद को घसीटते हुए ताल की पुलिया पर आकर बैठ गया हूँ। दुबे कोठी से निकलेगा तो यहीं साथ हो लेंगे।

हाथ-पाँव ठिठुर रहे हैं। पूस की चाँदनी कोहरे को धुआँ-धुआँ कर रही है। पूरा विजयगढ़ दूधिया सन्नाटे में डूबा हुआ है। इस सन्नाटे को कभी-कभी सियारिन की रुलाई हिलकोरती है या फिर पेड़ों के परिन्दों की फड़फड़ाहट। बेशुमार जुगनू अलग तिलस्म बुन रहे हैं।

दुबे आधे घंटे बाद आया है, या पूरे एक युग के बाद। पास आकर भी मोटरसाइकिल पर बुत की तरह बैठा हुआ है। मैंने आगे बढ़कर उसके कन्धे पर हाथ रख दिये हैं, “कहो पार्टनर, क्या हाल हैं तुम्हारे।”

"मुझे फरमान मिला है कि ट्रकों को बेचकर उनकी बम्बईवाली मॉडल के लिए इम्पाला खरीदने का प्रबन्ध करूँ।"

"और मुझे फरमान मिला है कि एक अच्छा-सा वकील ठीक कर लाल साहब की सम्पत्ति को जब्त करने का मुकदमा दायर कर दूँ।"

हम दोनों ही चुप हो चले हैं। थोड़ी देर बाद दुबे सन्नाटा तोड़ता है, "मनोज हम दोनों ने इस ताल से जुड़ी कितनी कहानियाँ सुनी हैं, पर अब तक उन अभागों के 'पैनिक' का ठीक-ठाक एहसास न हो पाया था, आज हो रहा है कि किस तरह ताल में इनके हाथा-हाथी खदेड़ते होंगे लोगों को—भागो कहाँ तक भाग सकते हो।"

सती मन्दिर से अलग, घटनाक्रम बहुत तेजी से घट रहे थे। रानी साहिबा खुद वकील के पास गईं और मुकदमा दायर हो गया पर इसके पहले लाल साहब की लाल कार उनकी नई रानी साहिबा को लेकर मुम्बई से आ गई और विजयगढ़ की धूल भरी कच्ची सड़क पर जयन्त-जयन्ती की तरह लोगों को आतंकित करने लगी, यूँ अभी उनका विधिवत अभिषेक होना बाकी था और उसके लिए युद्धस्तर पर तैयारियाँ चल रही थीं। उधर रानी साहिबा की गुहार पर लन्दन से राजेन्द्र और देहरादून से विजयेन्द्र पाही घर आ गए। रानी साहिबा खुद मेरे साथ इस्टेट और ट्रकों के कारोबार का प्रबन्ध देखने लगीं। दो-दो मोर्चे खुल गए थे—एक कोठी में, एक पाही घर में। अखबारों में आये दिन खबर छपती, लोग रस ले-लेकर पढ़ते।

एक रात मैंने दुबे से कहा, "यार एक बात मेरी समझ में नहीं आई, मुकदमा सम्पत्ति का क्यों, दूसरी शादी का क्यों नहीं, जो कानूनन अवैध है।"

"सम्पत्ति ही तो असली चीज है प्यारे! रहा वैध-अवैध का सवाल तो सरमरथ को नहीं दोष गुसाईं। देख लेना, ऐसे ही लम्पट और डाकू आनेवाले दिनों में पूरे देश में छा जाएँगे। औरों की बात छोड़ो, पाँच साल और तुम इनकी लँगोटी ढोते रहो, तुम्हारी भी पाँच रखैलें न हो जाएँ तो मेरे नाम पर कुत्ता पोस देना। तुम्हारी आत्मा कुत्ते की तरह अकेले में मुँह उठाकर विलाप करेगी, मगर तुम यह सब छोड़ नहीं पाओगे।"

यह सब वैसा ही था जैसे किसी रद्दी फिल्म या सीरियल को देखते-देखते

कुछ ऊब जाते हैं, कुछ अनुकूलित हो जाते हैं। मुझे पहले लग रहा था कि मैं सब कुछ ठीक कर दूँगा। पर अब नहीं। सावित्री कुँअर का कायदे से कुछ सेट हो जाता तो सबको अलविदा कर चल देता, इम्तियाज की पुकार पर।

सावित्री कुँअर से भी ज्यादा रहस्यमय होता जा रहा था दुबे। अव्वल तो मिलता नहीं, मिलता भी है तो सती मन्दिर की बात करता है। जीवित सावित्री कुँअर की नहीं। मैं जब भी बात उठाने की कोशिश करता वह काट देता—"मैं जानता हूँ। सब जानता हूँ। वक्त आने पर बात करेंगे।" एक तरफ सावित्री कुँअर की कसम, दूसरी ओर दुबे का निषेध, एक बड़े घाव को लेकर जी रहा था मैं।

राय साहब पूरी तरह सतीमय हो चुके हैं। गेरुआ चोला, गले में रुद्राक्ष की माला। कंठा इस्टेट में घोषणा हो गई है कि जो भी व्यक्ति या संस्था किसी नई सती का नाम बताएगा उसे एक हजार रुपये बख्शीश मिलेगी। सतियों की इतनी किस्में होती हैं किसी को पता न था। बख्शीश का पहला केस पेश किया उज्जैन के पंडित ने। 31 मई, 1725 को जन्मी इन्दौर की अहिल्या बाई का ही केस देखा जाए...12 वर्ष की वय में विवाह और 28 वर्ष की वय में विधवा अहिल्या बाई का विवाह खांडेराव होलकर से हुआ था। वे परम शिवभक्त थीं। पति को भी उन्होंने शिव के रूप में ग्रहण किया। गोद में पुत्र था। वह भी शिव का स्वरूप! अब धर्म-परायणा अहिल्या बाई सती होने के लिए प्रस्तुत थीं लेकिन गोद के बच्चे का क्या हो, सो लोगों ने परामर्श दिया कि वे सती न हों। उन्होंने महादेव का स्मरण किया, आज्ञा माँगी और अन्दर से एक आवाज आई कि सती न हुई तो क्या हुआ वैधव्य की आँच में झुलसते हुए कर्तव्य अग्नि में स्वयं को दाह कर सतीत्व प्रथा का निर्वाह करना सती तुल्य ही है। अहिल्या बाई के जीवन में क्रम-क्रम से दुर्घटनाएँ होती रहीं और सन् 1795 में ही उनका देहान्त हुआ।

कुछ देर तक सन्नाटा रहा, फिर एक कोने से कुरमुराहट हुई, "बोलो, बोलो पंडित जी, कोई शंका।"

"इस तरह देखा जाए तो सारी विधवाएँ ही सती तुल्य हैं।"

"ऐ चोप! चोप! इस पंडितवा को बाहर निकालो।"

बहुत सारी औरतें एक साथ बोलने लगीं, जैसे सुबह होने पर पक्षी बोलने लगते हैं। बड़ी मुश्किल से इस अव्यवस्था को रोका जा सका। अब समस्या आ गई कि सतियों की इस भीड़ में कौन असली सती है, कौन नकली, यह जाँचने के लिए धर्म और इतिहास के विशेषज्ञों का एक धर्मसंसद ट्राइब्यूनल गठित करना पड़ा ताकि असली सती की पहचान हो और उसके नाम की ईंट का प्रबन्ध हो। इन्दौर की अहिल्या बाई होलकर का सवाल अमीमांसित रह गया, उसी तरह पांडु की दूसरी पत्नी माद्री का प्रश्न भी। हालाँकि माद्री जलकर सती हुई थी और अहिल्या बाई बिना जले।

"पांडव लोग बड़े लाभ में रहे।" किसी ने टोका।

"कैसे?"

"पहली रानी कुन्ती पंचकन्या में आ गई और दूसरी रानी माद्री सती में। बड़े लोगों की बड़ी बात।"

"ऐ चोप!" धर्माचार्य ने घुड़का।

"अच्छा बताओ मेघनाद की पत्नी सुलोचना भी तो सती हुई थी। उसे क्या राक्षस मानकर छोड़ देंगे।" पुरुषों के बीच से एक सवाल।

"नहीं, नहीं। हमारे पास आये दिन सैकड़ों सतियों के नाम आते हैं। वे सती थीं या नहीं। इसका फैसला नहीं हो पा रहा है। बर्नियर, इब्नबतूता, ह्वेनसांग आदि की सतियों को जोड़ डालें तो यह संख्या लाखों में बनती है।"

"ह्वेनसांग?" एक शंका।

"अरे हर्षवर्धन की बहन राजश्री! पति के मरने पर सती होने जा रही थीं, भाई ने समझा-बुझाकर रोका।"

"ओऽऽऽ?"

"और जो बाकी बची हैं उन्हें 'इत्यादि' में डाल दिया जाए।" अच्छा सुझाव था।

सूचनाएँ, शास्त्रार्थ, विवाद और संवाद बढ़ते ही जा रहे थे कि बंगाल से आई एक रपट के सफे-दर-सफे खुलने लगे। सन् 1823 के बंगाल सरकार के पुलिस प्रतिवेदन के अनुसार उस वर्ष यानी 1823 में बंगाल में कुल 575 सतियों की खबर है। जिनमें ब्राह्मणी 234, क्षत्राणी 35, सेठानी या वैश्य 14 और शूद्रा 292 बताई जाती हैं।

"ऐं! इसका मतलब यह निकला कि शूद्र ज्यादा धर्म-परायण थे।"

किसी ने जयकारा किया, "जियो जवानो!"

"मरें औरतें और जयकारा पुरुषों का!" एक शेखचिल्ली टिप्पणी।

"लेकिन ब्राह्मणों को छोड़कर सब पाप योनि में आते हैं।" कोई फुनकारता है।

"नहीं, आनुपातिक भाव से अभी भी ब्राह्मण ही ज्यादा हैं। मगर इतनी बड़ी संख्या में शूद्रों का सती होना गौरतलब तो है ही।"

"उनमें भी बत्तीस की उम्र, बीस से कम थी। हमारे पास कलकत्ता, ढाका, मुर्शीदाबाद, पटना, काशी एवं बरेली खंडों की 1815 से लेकर 1828 तक की सूची है। इनमें से 1818 में सबसे ज्यादा अर्थात 707।"

"इसका मतलब यह हुआ कि सम्पूर्ण उत्तर भारत में सदियों से यह प्रथा चली आ रही थी।" सभा बड़े ध्यान से धर्म चर्चा सुनकर पुण्य-लाभ कर रही थी।

7 नवम्बर, 1930, कानपुर निवासी एक धनाढ्य सेठ की पत्नी ने पति की मृत्यु पर सती होने का निर्णय लिया।

किसी ने पूछा, "अरे ई अपने कान्हपुर में?"

"हाँ जी इसी कान्हपुर में। यहाँ से बस 200 किलोमीटर पश्चिम।"

"जियो जवान!"

टोकनेवाले ने फिर टोका, "मरे औरत और नाम हो मर्द का।"

"ऐ जवान को जरा बाहर का रास्ता तो दिखाओ।" वह शरमा गया।

"अब नहीं बोलूँगा, आप बताइए।"

"तो गंगा के तट पर चिता चिनी गई। दूर-दूर के इलाके से अपरम्पार भीड़! जयकारे-पर-जयकारे। उधर सती मइया माने सेठानी सोलहों श्रृंगार करके चिता के पास पहुँचीं, निरीक्षण किया, 'राम नाम सत्य है' के नारों के बीच उत्साहित सेठानी ने स्वयं ही चिता में आग लगा दी, स्वयं ही पति की लाश गोद में लेकर चिता पर बैठ गईं। चिता जल उठी। तभी क्या हुआ! आँच से झुलसकर पति को ठेलकर भाग खड़ी हुईं। मजिस्ट्रेट साहब स्वयं उपस्थित थे निगरानी के लिए। उन्होंने नंगी तलवारें लेकर एक सिपाही को खड़ा कर रखा था कि कोई अन्य व्यक्ति बल-प्रयोग न करे सती पर। सिपाही ने बिलकुल

उलटे जाकर अपने संस्कारवश सती को ही तलवार से धमकाया और उसे चिता पर जाने को बाध्य किया। लेकिन सेठानी धधकती चिता पर जाएँ कैसे? खैर, जैसे-तैसे साहस कर कदम आगे बढ़ाया, आँच से फिर झुलसने लगीं तो कूद पड़ीं गंगा में। अब सेठ के भाई व आत्मीय जन इस अधार्मिक कृत्य को कैसे सहन करते, उन्होंने सेठानी को पानी से निकाला और चिता के हवाले किया। मगर उनकी यह मुराद पूरी न हो सकी। मजिस्ट्रेट साहब ने उसे बचाकर पालकी में डालकर अस्पताल भेज दिया और सिपाही को कैद कर जेल।"

एक बूढ़े धार्मिक संन्यासी ने कहा, "ऐ सती के नाती ई सब झूठी खबर कहाँ से ले आए।"

बोलनेवाले ने बताया, "फेनी पॉक्स ने इससे भी लोमहर्षक सत्य कथाएँ अपनी किताब में दर्ज की हैं।"

"तो राजा राममोहन राय की भाभी अलोक मंजरी को दूसरी बार जलाने की घटना भी सच्ची होगी।" किसी ने कहा।

धर्मसभा ने घोषित किया कि सती मन्दिर के महत्त्व को प्रतिपादित करने के लिए ये दोनों ही घटनाएँ इसी मंच से मंचित की जाएँगी। सभा ने तालियाँ बजाकर खुशी का इजहार किया, सभा दोबारा पटरी पर आई।

धर्माचार्यों ने मूड़ी हिलाते हुए कहा, "अब सवाल है उस सेठानी को सती माना जाए या नहीं।"

इसके प्रतिवाद में कई लोग उठकर खड़े हो गए, "बिलकुल नहीं।"

एक धर्माचार्य ने कहा, "तब आपको 99 प्रतिशत सतियों को खारिज करना पड़ेगा और एक-दो जो बचीं उनको पागलों के खाते में डालना पड़ेगा।"

दूसरे धर्माचार्य ने कहा, "इसका फैसला धर्मसंसद करेगा।"

"ऐसी विवादास्पद सतियों का क्या किया जाए? मेरा मतलब है उनके नाम की ईंटें पथेंगी कि नहीं।"

मन्दिर निर्माण प्रथमत: और अन्तत: दुबे का मानसपुत्र था। इस पूरी परिकल्पना का वही सारथी था। अब मन्दिर-निर्माण में चूँकि विलम्ब होने लगा था तो लोगों का धैर्य जवाब देने लगा था। सैकड़ों बूढ़ों की एक ही फरियाद थी, 'क्या बिना मन्दिर देखे ही मर जाएँगे?'

"नहीं, नहीं। धर्मसंसद इस पर अवश्य ही विचार करेगा।"

मन्थन शुरू हुआ, ऐसा मन्थन जैसा पहले कभी न हुआ था, "मन्दिर एक-दो दिन में तो बनता नहीं, एक-दो वर्ष में भी नहीं, वर्षों लग जाते हैं और मनुष्य की इच्छा की कोई सीमा नहीं। उसे आज और अभी चाहिए, कल का कौन भरोसा। ऐसा लगा कि मन्दिर के चलते ही सत्ता उलट जाएगी। तब ऐसी बैठकों की गति तेज हो गई। तय पाया गया कि इतिहास में ऐसे भी मकाम आए हैं जबकि मन्दिर निर्माण में आवश्यक तब्दीलियाँ करनी पड़ी हैं। एलौरा और उड़ीसा के कुछ मन्दिरों का निर्माण इस बात का साक्ष्य है। वहाँ रानियों की इच्छा थी कि वे मन्दिर का कलश देखकर ही मरेंगी। बाल हठ, राज हठ और त्रिया हठ। अब आप समझिए कि बाल हठ, राज हठ और त्रिया हठ का तत्काल समाधान खोजना पड़ता है। सो कारीगरों ने खोज लिया।" एक युवा संन्यासी ने कहा।

"कैसे?"

"बूझो कैसे?"

प्रश्नकर्ता हार गया तो लाल बुझक्कड़ ने बताया कि पहाड़ की चोटी की तराश से मन्दिर बनना शुरू हुआ। माने पहले कलश फिर नीचे का विस्तार और सबसे अन्त में गर्भगृह! लोगों ने दाँतों तले उँगली दबाई।

"ऐसा क्या!"

"अरे जाकर देख आओ न। हाथ कंगन को आरसी क्या और पढ़े-लिखे को फारसी क्या।" तो यहाँ दुबे जी ने कहा, "डोंट वरी, पुण्य लाभ से कोई भी भक्त वंचित नहीं रहेगा।"

मिट्टी की जाँच की रपट आ गई थी। उसके अनुसार खेतों को तैयार करने, नकदी फसल, वानिकी और कुछ अन्य योजनाएँ लेकर लाल साहब के पास गया तो उत्साह में मेरे पाँव जमीन पर नहीं पड़ रहे। पर यह क्या? लाल साहब ने उन्हें देखा तक नहीं, "अभी इसे रखो। पार्टी के हजार काम हैं—पहले उनके इन्तजाम देखो। हमारे खानदान की प्रतिष्ठा का प्रश्न है।" और मैं दिन-रात उसी में जुट गया। उधर मैंने देखा कि बच्चे भी कभी-कभी कोठी में आ जाते,

लाल साहब की लाल गाड़ी भी पाही घर के बाहर खड़ी मिलती। मेरी समझ में कुछ नहीं आता कि यह सब क्या हो रहा है।

वर्षों बाद कोठी की साफ-सफाई, रँगाई-पुताई हुई। रैयतों के सैकड़ों पेड़ कटवाने पड़े। बँसवारी साफ हो गई। शूटरों के डर के मारे किसी ने चूँ तक न की। और नई रानी साहिबा के अभिषेक की पार्टी के दिन...। बीसियों जेनरेटर धक-धक कर रहे थे। रोशनी की झालरों, चौंधियाती रोशनियों और दमकती साज-सज्जा से सजी कोठी अपनी नई दुल्हन की अगवानी के लिए तैयार थी। गाड़ियाँ-ही-गाड़ियाँ। राजे-रजवाड़े, मंत्री, अफसर, सेठ, ठेकेदार कौन नहीं था। आश्चर्य तो यह कि राजेन्द्र, विजयेन्द्र और दुर्गावती भी शरीक थे। अनुपस्थित था तो सिर्फ एक व्यक्ति—रानी साहिबा। लाल साहब खुद गए थे उन्हें लिवा लाने मगर असफल रहे। अन्ततः उन्होंने मुझे भेजा, "उनसे कहो कि दिखावे के लिए ही सही, एक बार चली आएँ। प्रतिष्ठा का प्रश्न है।"

जीप लेकर मैं गया तो नीम अँधेरे में अपनी सूती साड़ी में वे साध्वी की तरह खड़ी थीं।

"रानी साहिबा!"

"कुछ मत बोलो।"

मैं चुप हो गया। अचानक मुझे लगा, किसी सोते की तरह अँधेरे में कोई रुलाई बलबला उठी, "मैंने समझा था लाल साहब न मानें न सही, बच्चे तो अपने खून हैं, लेकिन वे भी...एक-एक कर सभी गए बाप के साथ, जैसे मैंने उन्हें जना ही नहीं था।" देखते-देखते उनका स्वर बदला :

"तुम तो वफादार बनते हो मेरे?"

"जी, हुक्म!"

"शूट कर सकते हो?"

"अरे बाप!...किसे?"

"जिसे मैं कहूँ।"

"आपको क्या हो गया है रानी साहिबा, सँभालिए अपने-आपको।"

कुछ देर तक हम दोनों ही कोठी की रोशनी और आतिशबाजी की झलक देखते रहे। वहाँ कितना उजाला था, यहाँ कितना अँधेरा!

"हार! सिर्फ हार!" वे फिर से हिचकियाँ लेने लगी थीं, "सब चले गए, सब, जो मेरे अपने थे, जिन पर मैं गुमान किया करती थी। देखो, तुम भी मुझे छोड़कर न चले जाना।"

मेरी आवाज नम थी, "डॉक्टर बुलाऊँ?"

"डॉक्टर? मुझे जो रोग लग गया है उसकी दवा किसी डॉक्टर के पास नहीं है।"

यकायक मैं उनके प्रति करुणार्द्र हो उठा और सिसक-सिसककर रोने लगा।

"तुम क्यों रोते हो? क्या लगते हो मेरे? जाओ, जीप लेकर लौट जाओ। वरना लाल साहब नाराज हो जाएँगे। मैं नहीं जाऊँगी।"

और वह आखिरी दिन!

उसी दिन कोर्ट में रानी साहिबा का बयान होना था। अखबारों में इधर उनके पक्ष में ढेरों खबरें छपी थीं। आज तक तलवार की धार पर चलता रहा, एक दिन और किसी तरह सँभल जाए, सावित्री कुँअर को मसलकर किसी किनारे लगा दूँ। बस कोठी को हमेशा के लिए सलाम करके चला जाऊँगा। शुकर था, पाही घर तक किसी से भी सामना नहीं हुआ।

रानी साहिबा का कमरा अन्दर से बन्द मिला।

"रानी साहिबा! रानी साहिबा!" मैंने बाहर से आवाज दी।

"रुको।"

"रुकने का समय नहीं है। याद है न, आज कोर्ट में आपका बयान होना है। आपकी जीत के लिए यह बयान बहुत जरूरी है।"

"कैसा बयान? कैसी जीत? मैंने मुकदमा वापस ले लिया है।"

"अरे!" मैं जैसे आसमान से गिरा।

कपाट चर्र से खुले। चौखट के फ्रेम में जड़ी सिर से पाँव तक दमकते वस्त्र-आभूषणों से सजी हजारों वर्षों पुरानी रानी की वही तसवीर।

वे फ्रेम से बाहर आईं, "देखो, मैंने सोलहों सिंगार किये हैं...क्या मैं सुन्दर नहीं हूँ?" वही शाश्वत सवाल जो कभी तोते से, कभी किसी और निरीह प्राणी से आज तक किये जाते रहे।

"आप बहुत सुन्दर हैं रानी साहिबा।"

"उस छिनरिया से भी?"

"हाँ।"

"उस बुर्जरिया से भी?"

"हाँ-हाँ, आप सबसे सुन्दर हैं।"

"झूठ!" अचानक उनका चेहरा खंड-खंड टूटने लगा, "मुझसे सब झूठ बोलते हैं—देवता-पित्तर, भूत-भवानी, आदमी-जिनावर सब।" वे इतने जोर से चीखीं कि मैं सकपका गया, फिर वे छम्मक-छम्मक चलकर मेरे पास आईं, "जीवन में मैं दो बार हारी हूँ—एक बार उस नीच जात की बुर्जरिया से जिसने कुलदेवी बनकर पुजवा लिया मुझसे, दूसरी बार इस बाजार की पतुरिया डॉली से जिसने जीते-जी किनारा कर दिया मुझे। मेरे पास बचता क्या है? आज या तो जीते-जी सती हो जाऊँगी या फिर पक्की छिनार।" उन्होंने आगे बढ़कर हाथ पकड़ लिया मेरा, "राजा रखैलें रख सकता है तो रानी क्यों नहीं?"

"नहीं, नहीं, रानी साहिबा नहीं!"

"वे कदम-कदम आगे बढ़ी आ रही थीं, मैं कदम-कदम पीछे हटता जा रहा था। अचानक रुक गईं वे, और खिलखिलाकर हँस पड़ीं। इतनी हँसी ऐसी हँसी कि लगाम रोककर उन्होंने कहा, "मैंने तुम्हें किसी ऊँचे खानदान का समझ रखा था, तुम तो...।"

लगता था, रानी साहिबा की करुण पुकार सुन ली थी देवताओं ने। डॉली की लाल कार पूरे कंठा में अपने आतंक की धूल उड़ाती सती मन्दिर की धर्मसभा के पास रुकी। खास गेरुआ वस्त्र में थी, गले में रुद्राक्ष, कलाइयों में रुद्राक्ष...दूधिया गोराई पर गेरुआ—वह अंगार-सी दहक रही थी। डॉली कार से उतरी तो वह साक्षात शापभ्रष्टा अप्सरा लग रही थी।

धर्मसभा में उस वक्त राजा राममोहन राय का नाटक चल रहा था। कथा को पहले ही काट-छाँटकर दुरुस्त कर लिया था ताकि वह सतीत्व या परम्परा की गरिमा की ओर लोगों का ध्यान आकर्षित करे। डॉली के आते ही नाटक फ्रीज हुआ, लाल साहब ने उसे ले जाकर विदेशी मेहमानों के बीच बैठाया। नाटक दोबारा चल पड़ा। मंच पर किसी धर्म-परायण विधवा स्त्री का पति के साथ सहमरण का दृश्य मंचित होने लगा। सारा वातावरण धर्ममय था, ऊपर से देवगण पुष्प वृष्टि कर रहे थे।

अजयगढ़ की भावी अधीश्वरी ने अगल-बगल की औरतों से नाटक के थीम को बूझा। कुछ देर देखती रही। वह आई थीं रतन पट्टिका के आकर्षण में अजयगढ़ की अधीश्वरी बनने, या राज पर कब्जा करने, उसे पता नहीं था कि किसी कारण लाल साहब की मौत होती है, जो कि तय है कि कभी-न-कभी होगी ही, तो उन्हें भी लाल साहब के साथ सहमरण में जिन्दा जलना होगा। सती को महिमामंडित करता यह सारा उत्सव ऐसी ही रानी के जलाए जाने का आयोजन है।

थोड़ी देर तक वह बैठी-बैठी झूमती रही। लाल साहब उसके लिए कोई पेय भिजवा रहे थे। लोगों ने समझा कुलदेवी या सती माई की सवारी आ गई होगी कि अचानक वह हलाल की जानेवाली मुर्गी की तरह चीखती हुई भाग खड़ी हुई—"ओह नो?"

"क्या हुआ? क्या हुआ?" लोग उठ पड़े। लाल साहब स्वयं दौड़ पड़े पर उसे किसी भी तरह काबू में नहीं लिया जा सका। जाते-जाते रुककर वह सैंडिल पहने ही चौरे पर गई, सैंडिल से चौरे को किक किया और भाग खड़ी हुई। "काम! काम! डोंट क्रिएट एट सीट!" सबने उसे शान्त कराने की कोशिश की पर वह किसी भी तरह के समझाने-बुझाने की सीमा के पार जा चुकी थी, कोढ़ में खाज किसी ने कहा, "तुम्हें माफी माँगनी चाहिए।" वह चीख रही थी, चिल्ला रही थी, रुद्राक्ष नोच-नोचकर फेंक रही थी—"माफी! माय फुट!"

वह अभी भी 'ब्रूटल' 'ब्रूटल' चीखे जा रही थी।

राय साहब ने लाल साहब को बुलाया, "अपनी इस लैला को तुरन्त रुखसत करो यहाँ से वरना मैं शूट कर दूँगा।"

लोग सकते में एक-दूसरे से जानने की कोशिश कर रहे थे कि वह मेम कौन थी और यह हंगामा क्या है।

इस प्रकार वह दूसरी बड़ी विदाई की कंठा के निवासियों की। पहली उस पागल हाथी जयन्ती की, दूसरी इस पागल डॉली की—दोनों ही तिरस्कार भरी।

विजयनी बनी लाल साहब की रानी साहिबा, उनकी खुशामत में फूल झरने लगे।

खाँटी पतिव्रता हैं, नहीं तो जीत पाती उस गोरी मेमन से!

खुशामद से लिबलिबाई रानी साहिबा उसे 'सती माई की किरपा' बता रही थीं।

धर्माचार्य लाल साहब को समझा रहे थे, "कहती हैं रानी, यह सती माई की कृपा ही है कि तुम उस विषकन्या से बच गए।" फिर तनिक परे ले जाकर बोले, "धीरज रखो लाल साहब, धीरज! सती की कृपा रही तो न सिर्फ वह खोया हुआ हीरा वापस मिल जाएगा बल्कि एक-से-बढ़कर एक सर्वांग सुन्दर-सुन्दरियाँ भी।"

उधर मेरी जीप में डॉली का सामान जैसे-तैसे रखा गया और डॉली को लेकर मैं चल पड़ा सतना, ट्रेन पर छोड़ने। लाल साहब आगे बढ़े पर राय साहब ने हाथ बढ़ाकर भाई को रोक लिया। रास्ते-भर वह सुबकती और बड़बड़ाती रही और अपना मेकअप ठीक करती रही। मुझसे उसने सिर्फ चन्द बातें कीं, जैसे कि मैं कौन हूँ, लाल साहब की कितनी रानियाँ हैं और क्या यह सच है कि यह रत्नों की पट्टी है, लोग रत्न पाकर निहाल हैं? देखकर तो नहीं लगा और किसी गरीब को इस पट्टी से एक हीरा मिला है जिसकी कीमत करोड़ों में है! क्या पति के मरने के बाद पत्नी को उसके साथ जला देते हैं?

प्रथम श्रेणी के प्रतीक्षालय में प्रथम श्रेणी के इस मुसाफिर के साथ पल-पल बीतती रही रात। मैंने चोर निगाहों से कई बार उसके वक्षों का दर्शन करना चाहा, जिसके लोभ में दीवाने हो रहे हैं लाल साहब और जिनका उद्दीपन वर्णन करने के अपराध में अउधू को बबूल की छड़ी का पुरस्कार मिला पर नहीं, वह मेरे नसीब में न था। बड़ी मुश्किल से सुबह एक ट्रेन

के फर्स्ट एसी में विदा कर पाया तो राहत की साँस ली। देह बुरी तरह टूट रही थी। यह तो अच्छा रहा कि बीच-बीच में झपकियाँ लेता रहा था, वरना देह की क्या गति होती! सुबह की ताज़ा झिरकती हवा सुकून दे रही थी। यह किस मनहूस चक्कर में लाकर फँसा दिया दुबइया ने, हुँह रतनों के देश में। खूब रतन बटोरे रतन पट्टिका में!

दो घंटे बाद मुझे लगा मैं भटककर गलत रास्ते पर चल रहा हूँ, पहले पेट्रोल पम्प पर रुका—पता चला नारायणपुर है और यह सड़क बाँदा जाती है, कंठा नहीं। हाय! चलो लौटो, मैंने जीप मोड़ी ही थी कि कुछ औरतों ने घेर लिया, वे सभी युवतियों से ऊपर प्रौढ़ा के वय को छू रही थीं। रिरिया रही थीं, "भैया, बड़ा पुन्न मिलेगा हमें शाहवाजपुर छोड़ देते।"

"बस-वस नहीं है?"

"सब लदी हैं, एकदम जगह नहीं है वरना हम आपसे निहोरा करते।"

"कहाँ है शाहवाजपुर, हमें नहीं पता।"

"पेटरौल पम्पवाले बताय देंगे।"

पता चला, इसी सीध में 30-35 कि.मी. पर जाना है।

"आप लोगों को शाहवाजपुर जाना बहुत जरूरी है?"

"बहुत! जीवन में कभी-कभी तो ऐसा पुण्य का मौका देते हैं राम!"

"पर वहाँ है क्या?"

"तुमका नहीं मालूम? अरे उहाँ एक मेहरारू सती होई रही है आज।"

मैं चौंका, "फिर सती...?" मेरे पाँव तले बिच्छू आ गया, "चलिए।"

वे कुल छह थीं, अकस-पकसकर किसी तरह जीप में समाईं। रास्ते-भर वे यादव परिवार की उस महिला का बखान करती रहीं जिसका पति कल मरा था और आज वह सती होने जा रही थी।

आगे सड़क पर एक लम्बा-सा अजगर लेटा पड़ा था, पर वहाँ तमाशबीन बिलकुल न थे। उससे बड़ा तमाशा उन्हें खींच रहा था एक औरत का सती होना; जहाँ चारों तरफ से तमाशबीन या पुण्यार्थी पैदल या वाहनों से भागे चले आ रहे थे।

जीप दूर खड़ी कर दी। औरतों ने उतरने में बड़ी फुर्ती दिखाई। एक फर्लांग दूर से भीड़ नजर आ रही थी। करीब पहुँचते-पहुँचते चिता की लपटें दिखाई पड़ने लगीं। अब भीड़ लौट रही थी। पता चला कि यादव जी की चिता तो जली पर उनकी विधवा का सहमरण या सती होना सम्भव न हो पाया। गाँव के ग्राम प्रधान, यादव जी के अनुज और गाँव के समझदार लोगों ने बहुत समझाया, पर औरत अपनी जिद पर अड़ी रही।

कंठा का हवाला भी कुछ लोगों ने दिया, सती मन्दिर का भी, उन्हें प्रधान और गाँव के कुछ जाने-माने लोगों ने घर के अन्दर ताले में बन्द कर दिया था। उसका अन्दर से दरवाजा पीटना और रोना-पीटना देर तक चलता रहा।

लाल साहब का फोन आया, "अरे कहाँ मर गए?"

तो मुझे होश आया और लौट पड़ा।

तभी मुड़कर देखा पीछे-पीछे वही औरतें दौड़ती आ रही थीं, "हे भैया, महूँ को लिवाए चलो।"

लाद-फाँदकर जीप दोबारा चल पड़ी वापस...।

"क्या हुआ? देखा आप लोगों ने?" मैंने हवा से पूछा।

"महूँ न देखि पायौं।"

"क्या देखते? उसको तो ताले में बन्द करके रखा है।" बोलनेवाली औरत के स्वर में घोर निराशा थी।

"ये घोर अनियाव है, घोर अनियाव!" दूसरी आवाज, "कोई मजा नहीं आया। आना अकारथ गया।"

"अन्दर से बेचारी रोती-पीटती रही।"

"हे अम्मा!" एक अन्य औरत ने कहा, "हम तो कहत हैं, सत ही नहीं था उसमें नहीं तो एक क्या सात फाटक के अन्दर कैद होती तो भी फाटक तोड़कर आग में कूदकर अपने पति के साथ हो लेती।"

18

बहुत उदास था मन। दुबे को सन्देश भिजवाया था, "जा रहा हूँ, मिल लो।"

दुबे की बैटरी खल्लास थी।

पूछा, "अब क्या हुआ?"

"इन पंडितों के लफड़े न! पहले कहा काशी के पंडितों को बुलाओ, काशी के बिना गति नहीं। अब उन्हें बुलवाया तो पंडितों में झगड़ा हो गया। एक बोले, 'काशी के पंडितों को नाहक बुलाए।' "

"क्यों?"

"कहते हैं शास्त्रार्थ में राजा राममोहन राय से हार गए थे। सिद्ध ही नहीं कर पाए कि सती-प्रथा शास्त्र-सम्मत है। काशी की रंडियाँ, गुंडे, ठग, पहलवान और पंडितों का सिर्फ नाम-भर बिकता है।"

"तो?"

"अरे महाभारत हो गया। फिर एक बोले कि मुसलमान नहीं चाहिए। वो गया को तो खदेड़ ही दिया। अब कहते हैं, बिना मुसलमान के कैसे काम चलेगा। सारे अच्छे-अच्छे राजगीर तो मुसलमान ही होते हैं। मेरी हालत तो

उस बन्दर की तरह हो गई है जो मिठाई के लालच में ट्रैप में जा फँसा। वो जगत प्रजापति के हीरेवाला विवाद न होता और राय साहब मुझे नौकरी से निकालने की धमकी न देते तो मैं क्यों फँसता। "गोया के हनीट्रैप से मंकीट्रैप और तुलसी को छोड़ 'सती'! दुबे बोलता जा रहा था और मेरे साथ चलता भी जा रहा था। अचानक उसने कहा, "सती मैया मिल जातीं तो उन्हीं से पूछता—अब क्या करूँ मैया?"

थोड़ी देर तक हम दोनों के बीच श्मशानी शान्ति बिछलती रही। घाट तक आ गए थे हम। पूछा, "सती मैया से मिलोगे?"

"क्या मजाक है, कभी तो सीरियस रहा करो।"

"मजाक नहीं, हकीकत। वो रहीं।"

मड़ई के द्वार पर लव-कुश के साथ खड़ी थी सावित्री कुँअर।

"ऐं।"

और मैंने सावित्री कुँअर के सती होने की कथा मुख्तसर में सुना दी। वह घस्स से बैठ गया माटी पर। जैसे कोई मन्दिर ध्वस्त हुआ हो। सावित्री कुँअर घबरा गईं। अन्दर से पानी ले आईं। हमने दुबे को सहारा देकर खाट पर बैठाया। दुबे लगातार सावित्री कुँअर को देखे जा रहा था। पूछा, "आखिरी बार बता दो मनोज जो कह रहा है, सही है?"

"जी, हंड्रेड पर्सेंट सही।"

"इन सबने जीते-जी एक जिन्दा आदमी को मार डाला और अब चले हैं उसी का मन्दिर बनाने। यह विष-बीज हमने बोया है हमने, अपने स्वार्थ के लिए।"

"राजा राममोहन राय की भाभी के सती किये जाने की दास्तान सुनकर मैं बीमार पड़ गया था। कब की घटना थी और अउधू ने फिर से उसे जिन्दा कर दिया और आज वह कहानी फिर से जिन्दा होकर मेरे सामने खड़ी होकर डरा रही है। कहीं सावित्री कुँअर के जिन्दा होने की बात राय साहब, लाल साहब तो नहीं जानते? मुझे शक है जान गए हैं और एक बार फिर राजा राममोहन राय की भाभी की सतीदाहवाली कहानी दुहराई जानेवाली है।"

"मैं हैरान हूँ आज तक तूने मुझसे इतना बड़ा राज छुपाया क्यों कर!"

"सावित्री कुँअर ने मुझे कसम दे रखी थी कि जब तक वह न कहे मैं इस राज को डिस्क्लोज न करूँ।"

"और तुम मान गए।"

"कसम से बँधा था।"

"और तुम बँध गए न?" दुबे ने तरस खाती नजरों से मुझे सेंका, "अरे ओ युधिष्ठिर की नपुंसक औलाद, कभी-कभी लीक तोड़कर भी आगे बढ़ जाना चाहिए, खास कर तब जब कोई बड़ा 'कॉज' हो। तुम्हारी भावुकता भरी बेवकूफी की भी हद है। शुकर है कि अभी तक ये जिन्दा है। कल को इनका उलटा-सीधा हो-हवा गया होता तो क्या कर लेते तुम और तुम्हारी पालिता सती। न अब एक पल भी विलम्ब नहीं, चुपचाप देखते जाओ मैं क्या करता हूँ।"

"खतरा?"

"हाँ, हर कदम पर खतरा है। कल रहूँ न रहूँ, इन्हें इनका हक दिला कर कुछ दिन वाच करूँगा।

"मैं?"

"तुम यहाँ से गाँव चले जाना। दीदी को मैंने वचन दिया है।"

"तुम्हें छोड़कर?"

"हाँ। मैं प्रायश्चित्त करना चाहता हूँ। यह ब्राह्मण प्रायश्चित्त करना चाहता है। उसके और उसके पूर्वजों द्वारा किये गए पापों का। वहीं मिलूँगा तुम्हें, उसी पीपल के पास। जब कभी यहाँ से गुजरना, आवाज देना।"

"न! इसके पहले कि अनर्थ हो जाए, मैं मर जाना पसन्द करूँगा। ये अउधू, गया, मैं, तुम तो बुदबुदे हैं, दो-तीन हजार वर्ष पहले फैलाए गए सांस्कृतिक कचरे के। यहीं से निकले हैं, फूटकर इसी में बिला जाएँगे, बदबू फैलाकर।"

"न! मैं नहीं बननेवाला इनका मोहरा, तुम्हें भी नहीं बनने दूँगा। मुझे अफसोस है राजा-रानी की कहानी में हम क्या कर रहे थे अब तक। हमारी आत्मा मुँह उठाकर विलाप करती रहेगी, सियारिन की तरह वर्षों।"

"मैं सती मन्दिर के स्थापना दिवस पर सती को साक्षात उपस्थित कर दूँगा। तुम, गर डर रहे हो तो लौट जाओ और यकीनन इस घटना के बाद मैं भी मार दिया जाऊँगा। आगे या पीछे। बाभन हूँ, मरकर ब्रह्म पिशाच ही बनूँगा।

कभी आओगे तो उस पीपल के पेड़ पर गिद्ध पंख फड़फड़ाएँगे। बगुले चीखते हुए बीट करेंगे, चन्दन नहीं बगुले की सफेद-सफेद बीट। कोई डरावनी-सी आवाज डाँटेगी ब्रह्म राक्षस की—भाग जा, भाग जा!"

अउधू ने एक साथ सात सौ सतियों की खेप उलीचीं—पूरी सात सौ—जिनको आप जितनी चाहो उतनी ईंटें पथवा लो, उनके बबूल की छड़ी के घाव भर गए थे और उजली बिन्दियों का दाग लिये वे फिर से सक्रिय हो उठे थे।

धर्माचार्य के पास निवेदन करने के पूर्व अपना उत्साह शेयर करने मेरे पास आए थे।

"सात सौ सतियाँ एक साथ लाटरी लग गई।"

"मगर वे मिली कहाँ से?"

"दुर्गा सप्तशती!"

"उसके कबी जी सती में 'दन्त स' है 'तालव्य श' नहीं, फिर दन्त 'स' भी होती तो सप्त यानी सात होती।"

"दुर्गा सप्तशती जहाँ तक मुझे मालूम है, मार्कंडेय पुराण में दुर्गा माता की स्तुतियाँ हैं, सात सौ बार करनी होती है।"

कबी जी ने मुझे अविश्वास की नजर से देखा :

"कहीं मुझे ठग तो नहीं रहा है?"

मैं इस्टेट के कामों में इतना उलझा हुआ था कि मुझे कुछ भी अच्छा नहीं लग रहा था। लाल साहब की रानी साहिबा के बुलावे-पर-बुलावे आ रहे थे। डॉली को पहुँचा आने का और उसके बाद के फालआउट मुझसे सुनना चाह रही होंगी। मैं दोबारा उनके सामने पड़ना नहीं चाहता था, चाहता बस इतना था कि किसी तरह सावित्री की नाव गरिमा के घाट पर कायदे से किनारे लग जाए और मैं कंठा को सदा के लिए नमस्कार कर वापस अपने घर पर। वही हाल है, मैं तो कम्बल को छोड़ दूँ, पर कम्बल मुझे छोड़े तब न? लाल साहब का नया फरमान, सती के धर्मसंसद में सहयोग करूँगा।

अब कौन-सा सती का मसला रह गया? पता चला, विवादास्पद सतियों का मंचन होगा ताकि लोगों का धर्म के साथ-साथ मनोरंजन भी हो।

पहला मंचन—'लीला!'

जिस कंठा में एक भी शौचालय नहीं, एक भी विद्यालय नहीं, वहाँ विश्व का सबसे महँगा प्रदर्शन—कम-से-कम धर्मसंसद का अपनी गौरवमयी संस्कृति से परिचय हो।

1630 के आसपास का कोलकाता। भव्य मंच। आधुनिक शैली में असमंजस, सती का आहार, जलता-दहन का शहर। ताँता लग गया जैसे विराट महानगर का रूप लेना बाकी था।

गाँव में एक चिता जलना बाकी है। एक अंग्रेज जाब चार्णक अचानक प्रकट होता है। पूछने पर पता चलता है कि लीला नाम की 20 वर्षीया युवती का मृत पति के साथ सहमरण का उत्सव होगा। जब चाणक रोकता है, "किसके हुक्म से कर रहे हो यह अनर्थ?" उसके व्यक्तित्व के सामने लोग निर्वाक रह जाते हैं।

वह युवती को चिता से उतारता है। उसके रूप-यौवन पर मुग्ध होता है। चिता के दृश्य को काउंटर करता जाब चार्णक। लीला चार्णक के साथ आग के फेरे ले रही है।

बाद में मुझे टिप्पणी करने को बुलाया गया। मैंने कहा, "माफ करें, लीला की लीला की एक तीसरी परत भी है। उसे न उकेरना सत्य से परे जाना है। तीसरी परत में लीला से जाब चार्णक की तीन बेटियों की बात आती है और जाब चार्णक के हिन्दू रंग में रँग जाने की बात।

धर्माचार्य ने इस स्थल पर हस्तक्षेप किया, "आप कहना क्या चाहते हैं?"

मैंने निवेदन किया, "मान्यवर यह वही जाब चार्णक है जिनके बारे में मान्यता है कि उन्होंने अगल-बगल के और दो गाँवों को जोड़कर कोलकाता जैसे महानगर की शुरुआत की।" धर्माचार्य ने टोका, "क्या इसलिए उसके अधार्मिक कृत्य माफ किये जा सकते हैं और लीला पवित्र मान ली जा सकती है?"

मैं अवाक् रह गया, वे पूछते रहे थे, "बाकी बातों को छोड़ दीजिए, सिर्फ यह बताइए क्या लीला को सती माना जाए या नहीं।"

"नहीं, नहीं, नहीं" सभा में शोर मच गया।

नकार का यह शोर बार-बार बजता रहा। शैव्या, राय प्रवीन, राजश्री और पता नहीं कौन-कौन? सतियों का हाट, जाने क्यों, मुझे यशपाल के 'झूठा सच' का वह प्रसंग आँखों के सामने नाच गया—पार्टीशन के समय लूटी गई सड़ी मछलियों की तरह नंगी जवान औरतों के बाल पकड़-पकड़कर नीलामी हो रही है, चारों ओर पुरुष समाज उन्हें टटोलकर-परखकर बोली लगा रहा है। पति के साथ सहमरण।

देश और विदेश से धर्मप्राण जनता का दबाव बढ़ता जा रहा था कि यथाशीघ्र सतियों की शोधित सूची सौंप दी जाए ताकि वे उनके नाम की ईंट बनवा कर भेज सकें। इनमें से विदेश और देश के कुछ धनी-मानी सेठ तो सोने की ईंटें भी भेजने की घोषणा कर चुके थे। सोने की ये ईंटें मन्दिर के कलश में लगाई जाएँगी। राय साहब ने विभिन्न धर्माचार्यों से मिलकर निर्णायक मंडल का निर्णायक कदम उठाया था वह यह कि सभी प्रकार की विवादित सतियों को सीधे साधु संसद और जन अदालत में पेश किया जाए और लोग स्वयं ही विचार करेंगे कि उन्हें सती माना जाए या नहीं।

प्रारूप यह था कि दर्शकदीर्घा में स्त्री-पुरुष सामने की कतार में, देश-विदेश के चुनिन्दा विद्वान मंच पर। एक-एक सती का संक्षिप्त परिचय, एक-एक सती के सुधी प्रवक्ता तथ्य रखेंगे फिर निर्णय लिया जाएगा।

मुम्बई के फिल्मों के एक सेठ ने इस पुण्य-कार्य में थैली खोल दी है—पूरे खुले ऑडीटोरियम खुले मंच का भव्य विन्यास। कुँआरी नदी के दोनों किनारे पर मनोहारी प्रकाश-सज्जा। मुख्य सड़क से मंच तक नई चमचमाती सड़क। एक दूसरे सेठ ने अधुनातन प्रयोगों द्वारा सतियों को मंच पर मूर्तित करने का दायित्व निबाहा है। कहते हैं सती के स्वर्गारोहण के हैल्युसिनेशन का काम उसे ही मिलनेवाला है।

आगंतुकों का ताँता लग गया है, किसिम-किसिम के साधु और तांत्रिक।

कई दिनों से मंचीय प्रस्तुति चल रही थी। जिस कंठा में राजघरानों को छोड़कर एक भी शौचालय नहीं था, वहाँ शौचालय-ही-शौचालय। जहाँ पानी की एक-एक बूँद के लिए तरसते थे प्राण, वहाँ जगह-जगह जल का इन्तजाम। इसके निमित्ति उपेक्षित पड़ी कुलदेवी की बावड़ी को अधिक गह्वर कर उद्धार किया जा रहा था। मेरा ज्यादातर समय उसी में लग रहा था।

धर्मसंसद ने एक ब्रिलियंट आइडिया से मंचीय प्रस्तुति को जोड़ा था, वह था मंचीय प्रस्तुति में मंच पर चिता के जलने का आभास। दो भागों में बँटी इन लपटों के बीच से सती सामने आती, बहुत संक्षेप में परिचय और कीर्ति और पक्ष-विपक्ष में विचार। प्रत्येक की समाप्ति राजा राममोहन राय की भाभी अलोक मंजरी के पति के साथ दाह, भागने और उन्हें पुन: पकड़कर दहन करने के साथ होती, माने इस बहाने वे राजा राममोहन राय से प्रतिशोध लेते—तब तुमने रोक लिया था, आज रोककर दिखाओ।

धर्मसंसद और जनसंसद राय प्रवीन, जाब चार्णक की लीला, हर्षवर्धन की बहन राजश्री जैसे नामों को सती की सूची से पहले ही खारिज कर चुकी थी और रूप कुँवर और कंठा की सावित्री कुँअर को सर्वसम्मति से स्वीकृत कर चुकी थी।

सभा में तिल धरने की जगह न थी। अउधू के सामने समस्या थी कि वे जर्देदार महोबे का पान मुँह में दबाए बिना रह नहीं सकते थे और दबा लें तो थूके कहाँ? कंठा की आड़ी-तिरछी सारी पहाड़ियाँ टूनी बल्बों से जगमगा रही थीं और हवेली भी। सच पूछिए तो पूरा इन्द्रलोक उतर आया था कंठा में।

आज की सभा खास थी। सामने की कुर्सियाँ अत्यन्त विशिष्ट महानुभावों से भरी हुई थीं। आज अपना विचार व्यक्त करने के लिए विदेशी मेहमानों के साथ डॉ. अमिताभ खरे और डॉ. रजनीकान्त को विशेषतौर पर आमंत्रित किया गया था। सतियों की सूची पर एक रपट प्रस्तुत की जानी थी। आज के दिन दो ही मंचन थे—एक आदि सती का, दूसरा अलोक मंजरी का।

"धन्य है वह कुल-खानदान, यह धरती जहाँ सावित्री कुँअर जैसी महान सती ने जनम लिया। उसमें सत था तभी तो देवताओं ने उसे लोक लिया।

बाँदा में सती होना चाहती थी। उस औरत में सत नहीं था, नहीं हो सकी। ऐसी सारी सतवन्ती नारियों को हम प्रणाम करते हैं।"

"कौन बोल रही थी?" मैं चौंका, कहीं उस दिन बांदा के शाहवाजपुर सती-दर्शन को जानेवाली औरतों में से कोई एक तो नहीं।

"अउधू ने 'नहीं देखते सतियों के जलने का है अंगार कहाँ' का पाठ किया। इसके बाद धर्माचार्य ने सती-प्रथा पर एक संक्षिप्त सूची प्रस्तुत की"। फिर आमंत्रित किया गया विदेश से आए दो विद्वानों को। पहले विद्वान ने कहा, "भद्र महिलाओं और भद्र पुरुषों, मैं यहाँ आपकी संस्कृति और सभ्यता की पवित्र भावना को समझने आया हूँ। अभी तक जो मैंने देखा, जो मैंने समझा, उसके आधार पर कह सकता हूँ कि ऐसी आत्मोत्सर्ग की प्रथाएँ दूसरे धर्मों, विशेष कर प्राच्य और कबीलाई समाजों में है। यह गलत है या सही—इस पर कोई कमेंट करने की स्थिति में नहीं हूँ। क्षमा करें।" और वे मंच को प्रणाम कर बैठ गए।

दूसरी विदुषी कोई महिला थीं, जिन्होंने सिर्फ इतना कहा, "मैं आपसे निवेदन करती हूँ कि इस सभा में डॉली के विचारों को सुना जाना चाहिए।"

"सिट डाउन मेम, सिट डाउन!" चारों ओर से विरोध बरसने लगे।

"क्यों? आप बाँदा में सती न हो पानेवाली उस महिला के पक्ष में महिलाओं की बात रखने की इजाजत दे सकते हैं तो डॉली को क्यों नहीं? जो सतीदाह के दर्शक हैं उनकी बातें सुनी जाएँ पर वे जो सीधे-सीधे जलेंगी उनकी नहीं?" और वह अपनी चेयर पर लौट गई।

सभा में खलबली मच गई।

अब बारी थी खरे साहब की।

खरे साहब ने माइक लिया :

"चराचर में सबसे श्रेष्ठ जीव है मनुष्य। क्यों? इसलिए कि वह सोचता है, सोच पाता है और इस सोचने की क्षमता का इस्तेमाल न करे तो उसे मनुष्य की कोटि में रखिएगा? नहीं न। इसलिए सबसे मूल्यवान है मानव-जीवन! अब रहे मूल्य! इस रतनापट्टी के रतन! जगत के हीरा मिलने की खबर पाकर देश-विदेश के कई धनाढ्यों ने इस पट्टी में जमीन लीज पर ली। सोचा, कभी कौन जाने उनके भी भाग्य जग जाएँ जगत की तरह! लेकिन जगत...?

उस जगत के लिए वह हीरा उसके भगवान हैं। तिजोरी में नहीं रखा, पहरे नहीं बिठाए। पीपल के पेड़ के तल रख दिये खुले आकाश के नीचे। औरों के लिए उसका मूल्य करोड़ों, अरबों, खरबों में हो तो हो जगत के लिए नहीं। मात्र भावनात्मक सम्बल। जिस पर किसी का एकाधिकार नहीं है। इस तरह जीवन अमूल्य है और जिन मूल्यों को मनुष्य और समाज ने गढ़ा है वे जीवन सापेक्ष हैं। फकत इन गढ़न्त परम्परावादी मूल्यों और आग्रहों के लिए, एक या कुछ रतन पाने के लिए लोगों ने लाखों लगाकर रतनापट्टी की जमीन को पट्टे पर लिया। उन्हें मिला...? अभी तक तो नहीं न? और जगत को अगर मिला तो उसके लिए उसका कोई मूल्य नहीं। कमाल है।"

उन्होंने दोनों हाथ झाड़े—"इस समाज को कर्म प्रधान से भाग्य प्रधान किसने बनाया?"

"लोगों के शार्ट कट ने।"

"अब रही यौन-शुचिता। इसके साथ जोड़ दिये अपने मान, अपनी मर्यादा! तो यौन-शुचिता और अपनी मर्यादा भी एक मूल्य है। अपनी माँ, बहन, बेटी को छूना तो दूर, कोई आँख उठाकर भी न देखे। हमने हजार परदे, पहरे बिठा दिये, घूँघट, नकाब और बुरके और लक्ष्मण रेखाओं में जकड़ दिया... पर खुद को...? खुद को मुक्त रखा? यह कौन-सा मूल्य है, कौन-सा पाप? परदा हो तो दोनों का, जलें तो दोनों जलें!"

खरे साहब के बाद डॉ. रजनीकान्त को आमंत्रित किया गया।

समूची दुनिया घूमकर आए हैं डॉक्टर साहब। डॉक्टर के रूप में भी कइयों के प्राण बचाए हैं, सो उनकी बड़ी इज्जत है कंठा, कलिंजर और सतना में। ऐसी बातें किसी और ने कही होतीं तो उसकी जबान खींच ली जाती, मगर यहाँ धर्मसभा चुपचाप सुन रही थी; स्वयं धर्माचार्य भी...

"मूल्यों की बात, डॉ. खरे कहते रहे हैं।" रजनीकान्त ने कहा, "इस प्रसंग में मुझे कुछ अप्रिय सत्यों को बोलने की इजाजत दें..., सती या सतीत्व का पूरा मसला ही पुरुषवादी यौन-शुचिता, यौन-वर्चस्व की मानसिकता से जुड़ा हुआ है—एक ऐसा मूल्य जिसे मूल्यवान समझकर समाज ढोता रहे या जगत की तरह मूल्यहीन समझकर मुक्त हो जाए।"

"सोचिए। क्योंकि आप मनुष्य हैं सोच सकते हैं, पशु नहीं सोच सकते। यह यौन-शुचिता, गर्भ-शुचिता या रक्त-शुचिता से भी किंचित जुड़ती है, मगर उसके लिए स्त्रियाँ ही क्यों दोषी मान ली जाएँ? ये बातें सिर्फ हिन्दू नहीं, मुस्लिम, सिख, ईसाई, सब पर लागू होती हैं। ईश्वर या प्रकृति के सिरजी सृष्टि में कोई किसी का गुलाम नहीं है, फिर यह डायन, यह मॉब लिंचिंग, यह ऑनरकिलिंग जैसे बर्बर हुड़दंग क्यों, जिसका शिकार औरत ही तो होती है, आप उस पर ही सती का मूल्य कैसे लाद सकते हैं जो आप खुद नहीं कर सकते। आग...! मैं हाथ जोड़कर अरज करता हूँ, आग से मत खेलिए, आग में औरतों को मत झोंकिए।"

"पिछले दिनों मैं अंटार्कटिका में था, दक्षिणी ध्रुव। वहाँ का अनुभव बताता हूँ। बर्फ-ही-बर्फ! जिज्ञासावश मैं हिम की एक सिल्ली पर आगे बढ़ता गया; थोड़ी ही देर में मुझे किसी आवाज का क्षीण-सा अहसास हुआ। पलट कर देखा, मेरे अभियान के साथी मुझसे लौट आने का आग्रह कर रहे थे। उनका इशारा, बार-बार उस दरार की ओर था जो हिमपट्टिका में पड़ गई थी और चौड़ी होती जा रही थी।"

"तो मित्रो, वक्त रहते साहस कर कूदकर मैं इस पार कूद गया, अगर कूदकर इस पार न आ गया होता तो आज आपके बीच न होता।

"मैंने सतियों के बारे में सुना, बेटी सावित्री कुँअर के बारे में जाना, बाँदा के सती न हो पाने के उस विधवा के मलाल को समझा तो इस समाज को भी सोचना है कि वह दिनोदिन सच से और अपनों से इस तरह दूर होता जा रहा है। किस ध्रुवान्त की ओर होश खोकर? इसके पहले कि इसका सर्वनाश हो जाए, लौट आइए। लौट आइए...?"

"चमत्कार, झूठ और अन्धविश्वास आत्मघाती हैं।"

"चौरी चौरा में गाँधी जी के अहसयोग आन्दोलन में क्या हुआ? क्या हुआ था बिरसा मुंडा के एरेस्ट होने के समय? दोनों ही में अंग्रेजों की गोलियाँ पानी हो जाएँगी—ऐसा कहा गया था। चमत्कार और अन्धविश्वास, धोखा हैं। दोनों में लोग मारे गए अपने बुने धोखे से। हम हिन्दुस्तानी हर जगह क्यों चमत्कार में विवेक खो बैठते हैं।"

अन्त में डॉ. कान्त ने कहा, "ओडिया के सरलादास महाभारत में एक विचित्र कहानी है—महाभारत के युद्ध के अन्तिम दिनों में सारे कौरवों को और अपनी सेना को मरा पाकर दुर्योधन कुरुक्षेत्र से दूर भागने लगा। आगे चला तो एक रक्त की नदी पड़ी। पार करना जरूरी था, एक लकड़ी के कुन्दे को पकड़कर पार किया। पार करने पर उसने पलट कर देखा कि जिसे वह लकड़ी का कुन्दा समझ रहा था, वह उसके अपने बेटे का शव था—अभिधा या स्थूल अर्थ न लेकर भाव में लें तो एक निर्मम सत्य का संकेत है। अपनों के रक्त की नदी को अपनों के ही शव के सहारे पार करना।"

हर दिन की तरह आज भी समापन पर अलोक मंजरी के सतीदाह का हैल्युसिनेशन—मंचन। राममोहन के बड़े भाई जगन्मोहन की मृत्यु, भाभी अलोक मंजरी को ढोल, नगाड़े, तुरुही के बीच लाया जाना। पति के शव को लेकर 'सहमरण' के लिए बैठना, चिता की आग। लोगों का चला जाना। सुबह फिर लौटना, झाड़ियों में छुपती अलोक को लाकर पुनः चिता के हवाले करना।

जलती हुई ज्वाला / लपलपाती लपटें

अलोक मंजरी की जलती लाश—लगा, आसमान से बिजली चमकी और भयंकर गड़गड़ाहट के बीच अलोक मंजरी की चिता से एक सुन्दरी औरत प्रकट हुई। उसके दोनों ओर 5-5 वर्ष के दो बच्चे थे।

"कौन है? कौन है? कैसे आ गई?" के रोष-भरे निषेधात्मक शोर की अवमानना करती, ढीठ बन आगे बढ़कर उसने माइक को थाम लिया :

"आप सारे विद्वान सतियों की पात्रता-अपात्रता पर फिर-फिर विचार करते रहेंगे, आज एक जिन्दा सती पर विचार कर लीजिए।"

"कौन है जिन्दा सती?" धर्माचार्य ने टोका।

"मैं! मैं सावित्री कुँअर! इसी जगह मुझे जलाकर मार डाला गया था, पाँच साल पहले, इसी जगह पाँच साल बाद फिर से आर्विभूत हो रही हूँ।"

"पहचानिए मुझे, जिसे उसके जन्मदाता पिता ने नहीं पहचाना, जन्मदात्री माँ ने नहीं पहचाना, रियासतदारों ने नहीं पहचाना—पहचानिए मुझे। डी.एन.ए. मिलाकर देख लीजिए। एक लम्बी जंजीर घेर रही है हम अलोकाओं को। हाँ, मैं अलोक मंजरी हूँ, राजा राममोहन राय की भाभी, जिसे उनके पति जगन्मोहन बैनर्जी की मौत पर मार-पीटकर सती बनाया गया था, आँधी, पानी झड़-झंझा की रात सुबह देखा कि मरी नहीं तो गाँववालों ने दोबारा जलाया।"

"सैकड़ों वर्षों से जलाई जाती रही धर्म और परम्परा की बेदी पर सैकड़ों वर्षों से। पर इसकी जिद देखिए यह मरी नहीं, जिन्दा है। जलने के दाग—ये, ये, ये, ये।" उसने कपड़े खोलकर दाग दिखाने शुरू किये एक-एक कर।

राय साहब ने लठैतों को बुलाया, पर धर्माचार्य ने रोक दिया।

"सिर के कुछ केश जल गए थे, चमड़े जल गए थे—ये रहे। कुछ आग बाहर थी, कुछ अन्दर। इस अलोक को स्वर्ग ने नहीं लोका। स्वर्ग से उतरकर आ गई सावित्री कुँअर के रूप में आपके सामने। अपने दो बच्चों और पति...के साथ। मेरी एक सन्तान पूर्व पति राजा उदय प्रताप के दूसरे पुत्र की है—यह लव, और दूसरी सन्तान इस पति से है—ये कुश, दूसरे पति अनमोल से।"

"मैं आपके सामने हूँ—पाँच सालों से हूँ आपके सामने, आपने पहचाना नहीं, क्यों? इसलिए कि आपने तो मुझे जलाकर पतिलोक भेज दिया था पर मैं ढीठ लौट आई स्वर्ग से।"

"आप चाहें तो इस अलोक मंजरी को फिर से मारकर जला दें। मेरे इस दाह में आप सभी स्त्री-पुरुष, माता-पिता शामिल रहे, सारे पुण्यार्थों, धर्म, परम्पराओं, समाज—मैं आपके कठघरे में खड़ी हूँ। विचार कीजिए।"